北京宣传文化引导基金
BEIJING CULTURE GUIDING FUND
北京宣传文化引导基金资助项目

海上繁花

Blooming Flowers of the Sea

杨怡芬
著

北 京 出 版 集 团
北京十月文艺出版社

图书在版编目 (CIP) 数据

海上繁花 / 杨怡芬著. — 北京：北京十月文艺出版社，2023.5

ISBN 978-7-5302-2252-2

Ⅰ. ①海… Ⅱ. ①杨… Ⅲ. ①长篇小说—中国—当代 Ⅳ. ① I247.5

中国版本图书馆 CIP 数据核字 (2022) 第 149261 号

海上繁花
HAISHANG FANHUA
杨怡芬　著

出　　版　北京出版集团
　　　　　北京十月文艺出版社
地　　址　北京北三环中路 6 号
邮　　编　100120
网　　址　www.bph.com.cn
发　　行　新经典发行有限公司
　　　　　电话 010-68423599
经　　销　新华书店
印　　刷　北京盛通印刷股份有限公司
版　　次　2023 年 5 月第 1 版
印　　次　2023 年 5 月第 1 次印刷
开　　本　850 毫米 ×1168 毫米 1/32
印　　张　10.25
字　　数　210 千字
书　　号　ISBN 978-7-5302-2252-2
定　　价　55.00 元
如有印装质量问题，由本社负责调换
质量监督电话　010-58572393

此世，如行在地狱之上凝视繁花。

——小林一茶

目录

楔子一：香织离我而去 1

第一部　地狱航船：八百余人沉海底 17

1. 香港沦陷1941 19

2. 里斯本丸启航 45

3.地狱之船 57

4. 岛上天使 81

5. 重入地狱 96

楔子二：我不想再失去你，香织 103

第二部　那三个幸运的战俘 115

1. 礁石洞中的人间 117

2. 洞外的人间 140

3. 出岛之路 149

4. 去往云和 173

5. 伊恩一家在重庆 213

6. 战后重逢 237

楔子三：人间的银河 249

第三部　回来谢恩的战俘 265

1. 去往东极 268

2. 通往海底 280

3. 他们是死两次的 291

4. 漫漫长路通往蒂珀雷里 298

楔子的终篇还是楔子 309

楔子一：香织离我而去

邂逅那艘已在东极海底躺了近八十年的“里斯本丸”，遇到香织，直至为沉船和香织写下这部小说，都是命运的偶然。

大多数的偶然，就只是偶然，蜻蜓点水一般，亮个相，飞远了，顶多留一圈涟漪。有的呢，刹那交汇之后，就在你生命中扎下根来，比如，沉船和香织。换句话说，设若生活真有一条清晰的轨迹可寻，那么，这沉船，不知不觉，成了某种草蛇灰线之类的存在，伏脉千里。

无论我如此这般说来说去，这一切的源头，还是源于偶然，我看不出它们之间有强韧的因果联系。想到这点，有时候，会感觉无力——既然一切从偶然得来，那，是否就有可能因偶然而失去？

也许，正是这样的忐忑，才驱使我写下整个故事的由来。

2004年，我研究生毕业，回到家乡，准备入职一所名字里冠有“海洋”的大学。

有一些人很依恋家乡，我算其中一个，其中缘由，在我，是因为喜欢吃海鲜——外地即便能吃到海鲜，也没有我要的鲜味了。这个理由，实在上不得台面，连我自己，说了几次后，面对别人回应的狐疑神情，自己也跟着狐疑上了。但是，难道回家乡发展的就是命运的弱者？再一想，那是因为家乡不是一线二线城市嘛。到底在第几线呢？这是个大问题。在大城市人眼里，家乡是个很小的地方，一个小岛。但我们岛上的人会跟你急，你说啥？舟山本岛是小岛？它是全国第四大岛好不好？

我学的是比较文学专业，考得翻译资格证书，看上去像个很向往远方的人吧？对了，我还很喜欢村上春树，日语是我的第二外语，他那种一边游玩一边写游记还能出成畅销书的人生状态，我真是十分神往。这话，我导师听了会皱眉头——说自己迷昆德拉都不好意思，你这小子还去迷村上？但我一直觉得村上是一个蛮严肃的作家。这个且不去说它了，各行各业都有自己的鄙视链。

话说这年暑假，最后一次用父母的钱（主要来源于我爸上半年在股市从1300点直冲1700点顶部的时候幸运地售出了他大半股票），我独自跑去游了英国——想看看那里的海和海峡，毕竟，英美文学是我的研究方向，是我将要安身立命的专业。还想仔细看看，那里的海和我们的，是不是一样。答案是，这海，好像都差不多嘛。往深想一下，我对家乡的海，也没有好好观察。或许，获得深层次观察家乡的眼光，前提恰恰是先离开家乡？

我常陷在这样的设问里头。一个人旅行，这样的自言自语，也是很必要的，否则，太寂寞了。除此之外，语言不成障碍，旅行很是愉快。旅行结束，回到家中，吃上清蒸梭子蟹，整个人才觉安泰。远方只是偶然涉足之处，家乡才是安身养胃之所，我如此安慰自己。

对我这独子，父母自然寄予很大期望，时刻准备牺牲他们自己的安乐来成全我的海阔天空，末了，我却仍旧回到原点，说不定，他们很有些失落吧。

好在这份教职，我完全是靠自己实力得来的，一点也没让他们费心。工作一年间，帮了地方政府外事活动几次小忙，见识了各路人物，父母总算微觉欣慰。作为一名翻译，为几乎不能对话的双方搭桥，连信佛的外婆都觉得这是很有功德的事情。我自己倒不是十分看重，不过是帮忙而已。内心里面，对自己的评价，说实话，也不是很高。不过，这也正常吧？傻瓜才总觉得自己是个大人物。

转年暑假，我又想出游欧洲，正准备申请申根签证的资料呢，市里外事部门又来找我，说有个纪念反法西斯战争胜利六十周年的系列活动，想让我去当翻译。来访的人中，有近九十岁的英国老兵和眷属，还有几个国语说得不是很溜的TVB明星，接着，他说道："活动主场是去东极诸岛，纪念'里斯本丸'沉船。那是个历史事件，我会给你相关资料，小张啊，你好好准备准备。"

我本想拒绝的，可犹豫了一下，还是答应了，接下去就老老实实做功课，这一搜寻，倒把自己吓了一跳。原来，我们这个平淡无奇的海域，居然发生过两起著名的沉船事件。一起是“太平轮”事件，1949年1月，在白节山海域附近，“太平轮”与一艘载着两千七百吨煤炭和木材的“建元轮”相撞，近千人遇难。另一起就是这“里斯本丸”沉船事件，1942年10月，在舟山群岛东极诸岛海域被美军潜艇“鲈鱼号”发射的鱼雷击沉，死难八百多人，附近渔民救上了近四百人。再深入“探摸”了一下，我才知道这艘“里斯本丸”就是二战时期被称为“地狱航船”的日军运送战俘船之一。

此处偏僻海疆原来也是太平洋战争的战场一隅，这一发现，着实让我兴奋。在我有限的文学阅读里，并不曾读到过与此有关的作品。历史总是干巴巴的，我喜欢浸润了水分的故事——即便明知它掺杂了虚构，或许还夹带了作者的许多私货。

能近距离接触重大历史事件的亲历者，这机会难得。

我就是抱着这样的心情，从头到尾参与了这个活动，先陪同东极诸岛的老渔民们去了香港，又陪同英国老兵和死难者家属代表回了东极诸岛，和几位来探摸沉船的TVB明星潜水队队员也混熟了。

距离2005年，又过去了十多年。当年还孤悬海外的舟山本岛，如今已有次第相接的五座跨海大桥与大陆相通。这天堑变通途的岁月沧桑，没有淘去他们当时和我漫无边际的那些闲聊，相反，在时光的打磨中，它们慢慢呈现出清晰的模样来，我就想，那，索性把它们当故事写下来吧。

我试试。

先说说地狱航船吧，据说，在西方历史学界，地狱航船是一个与日本战争罪行相关的专有名词。说的是二战期间，日军为了弥补国内男性劳动力的不足，大规模将盟军战俘由东南亚等地用船运到日本本土。那些运送战俘的船，就是地狱航船。

这些年，我翻阅史料，看了一艘又一艘日军在太平洋战场上运送战俘的地狱航船资料，各船中的地狱之相，如《地藏经》所载之“粪尿地狱”“火舌地狱”等诸地狱惨状，不忍卒说。其中，有比“里斯本丸”更惨烈的，但就是没有另一艘船在遭遇海难即将沉没之际，押送的官兵们竟还封闭船舱意图让战俘与船同沉的；也没有看到另一艘船的守兵会用机枪扫射好不容易破舱而出在海面上挣扎的那些战俘。“里斯本丸”是个例。为何会如此？在那里，到底发生了什么？

我愤懑难解。

在人类的原始时代，用战俘来祭祀，并不稀奇。但“里斯本丸”沉船那年，已是公元1942年了。一场战争，就让人重回原始，人类文明，多么脆弱。

“战争嘛，就是这样残酷的。”有一回，小佑拍着我的肩膀说。小佑是我小学同学，我们实在不算太亲密，可不知怎么，我们两个过一阵都会见上一面。他来找我，手上拎着一袋青岛罐装啤酒，还有几包牛肉口味的薯片，凑在一起看场电影。我有套还算拿得出手的家庭影院装备。我们大多是看战争电影，库布里克的《全金属外壳》，反复看过三四遍，连仿着它拍的“锅盖头”系列，我们也看了，不出意料的失望——这是模仿之作大概率的结果。小佑长相斯文，说话也从不粗声大气，可他就是爱看战争片。

在电影里，新兵从不敢杀人到能上阵厮杀，得经历艰苦的训练，这过程，即便只是在银幕上艺术地再现，也足够展示一台杀人机器如何成型。其中的残酷，自不必言。这些明明是用来揭示残酷的画面，是不是在另一个维度也在继续“训练”我们，所以，看过那么多战争片的小佑就把我的愤懑直接认作矫情？也就是说，即使战争已经过去，但某一天战争重来的话，我们就自然地接受它的残酷？因为它本就如此？在那一天，我突然明白自己之所以喜欢村上春树，其中有一点是，他的作品中有对当年那场日本侵华战争的记忆以及与之相关的挥之不去的愧疚和持续连绵的思考。

也就是在那一段时间，我开始迷恋园艺。说迷恋，可能有点夸张，可我的行为确实与沉迷和依恋相去不远。审视自己之后，再深究原因，这确实跟地狱航船带给我的种种黑暗意象有关。为了不被黑暗吞噬，我必须寻找明媚的事物来对抗。

还有一个原因，那就是香织的离开。

香织原先在舟山一个日资造船厂工作，那厂子在一个有深水港的小岛上，她在那里做工程师。合约快到期了，她想续签的，对方却说，她这个年龄，实在应该回国成家，就业的事，那是不着急的。也许，人家也是好意，或者，隐约还有别的。我们的恋爱，在她的工作环境里，并没有公开。香织说，私人的事情，没必要大张旗鼓的。但这样的事情，时间一长，总是瞒不住的——我们也没有刻意掩饰；于是，事情就开始微妙起来。

没有工作签证，她一个日本女孩子，就没有长期在此居留的资格。我们可以结婚，这也是解决居留的一个办法，可我们都还没有和双方的父母正儿八经地提过。他们的态度，我们大致还是知道的。

一段不被周围人祝福的关系，连当事人自己也会跟着不看好。很多时候，我们都假装自己是“里斯本丸”课题组的合作者，在一起的时候，不去展望我们的未来，却沉浸在地狱航船的黑暗空间里，到最后总侥幸自己还活着——光是“活着”，就够让人感激了，其余，都不要多想了。

我们的日常里，和地狱航船牵涉太多。常常，我将记载着种种地狱航船上战俘惨状的文字推到香织面前。她垂着头，仔细读。有一回，她对着面前的白纸黑字自言自语：“那些战俘中真的有割同伴喉管饮血解渴的吗?”

使用中文，对她来说，是在运用外语，因而，在情感表达上，显得特别平静。而那时候的我，并不能体会这些，反倒常常会被这平静激怒，我就会使劲给她看佐证材料，直到她在我面前落下泪来。

当时，我并不觉得不妥。现在想来，我这是一次次逼迫她承担本不应该在现实中承担的东西。我让她的人生变得艰难了。可惜，当时我毫无感觉，我需要有一个人跟我分担那些黑暗，甚至，我还想从那些黑暗里取回一些材料饲育我的小说，香织就这样一次次被我拖进这黑暗之旅。

离境的日期逼近，香织才不紧不慢收拾行李。她准备带走的不过是四季衣物，大部分的日用品，还有她这些年的小收藏，她都放在我这里。她说：“你不介意我把它们留在这里吧？”非常客气的口气。

阳台上的一排花，也是她在打理的，原本她一周从小岛回来一次，她养的这些花，需要照顾的频率也差不多是一周一次——她用工程师的严谨选择了花的品种。香织很抱歉地说，请一定一周一次照料一下。

她走了，我依旧在她营造的环境里。进门，就是她的红色樱花小豆皿。那原本是个小菜碟，她觉得我到处乱放钥匙实在不是个好习惯，就用个美丽的东西来诱使我固定放置。我喜欢这个碟子，她知道。于是，我很高兴进门的时候把钥匙交给它，此后，还真没有临出门前到处找钥匙的窘事。

书柜、浴室、厨房、餐厅，触目都是她的东西，美且实用，像她本人。

我的南阳台算是半包，通风和日照勉强可以，她养的是茶花、杜鹃、小木槿、茉莉、小金桂盆景、小蜡梅盆景，在我们这温带海洋性气候里，这一排绿植，从春到冬，应季都有花看，又没有繁盛到喧嚣的地步，底色总是一片绿。她有一只雾化效果很好的喷壶，每一周，她都会在水中加了液体肥料来喷洒叶子，第二天，她用清水再喷洗一遍。那些叶子，虽大小厚薄不一，却都强壮而洁净。

她离开之后，我怕寂寞，应季从社区花店里买些草花，弄得阳台上色彩斑斓，全无香织打理时的含蓄蕴藉。我在阳台上待的时间越来越多，初冬开始，我就在阳台上的小木桌上，背对阳光看史料，身后一盆紫色角堇开得一团灿烂。

妈妈想让我搬回家住，“方便互相照料”。这是妈妈的客气话，实际是方便她照料我。我犹豫了一下，竟然不肯，说自己得伺候花草，还是住这里方便。

大人养育孩子，千辛万苦，养到成年，这孩子，就先当自己是一个独立个体，然后才是他们的孩子。妈妈从前也嫌外婆管她太多，“我都长大了，她难道不知道?”妈妈这样跟我唠叨过。那么，如今，她也能理解我吧?

我延续着香织在的时候的生活习惯，我甚至也一周一次去沈家门的东河市场，学着像她那样一次性处理好食材。学着煎鱼，双面微焦后撒上香料。肉呢，我在学做炖肉，偶尔有几回做得还挺得意，拍了照，再转念一想，心头一酸，胸口一紧，就只有放下筷子。

那段时间，我们说好了，先试着不互相联系，我们约好的是三个月。

我没熬住，试着打过几次她的移动电话，都是关机。她别的通信方式，我一无所知。我们平常联系用的是QQ，她的头像一直黑着。她也没有注册过微博。那时候——我想一下，对了，是2010年，那年4月上海开了世界博览会，我和香织一起去看过，香织执意不肯走外籍人士绿色通道，一定要跟我一起排队，那队可真长啊，可我们俩倚靠在一起慢慢移动，就不觉得时间漫长。再说回那时候吧，智能手机并未普及，“微信”还是不曾存在的事物。或许她还有别的即时通信工具，可我一直没有留意——她的电脑和手机，出于尊重，我碰也没碰过。

我想跑到她工作的小岛上那船厂里去打听，可冷静想想，这样做，是会被三个月恢复联系后的香织责备的——并没有什么事情紧急到这地步。

她的同事，从前我们一起走在街上时，遇到过两个。一个瘦高个儿的中年男人姓宋，一个同样瘦高个儿的年轻女子姓李，我自信我还记得他们的样子。走在街上的时候，我就在人群中找他们的脸，一边担心，如果真的被我找到了，我该怎样婉转发问。

但是我一次也没找到。

临近春节，陪妈妈上街购物，我也在人群中打望，妈妈问我：“你在找谁啊？”

“香织的同事。”

妈妈看看我，叹气道：“你们冷静一下也是好的。”过了一会儿，她又说：“毕竟，她是日本人，你是中国人……”

在那一刻，我才彻底明白过来，这是我们俩在试着分手。香织提议，我也同意了，那就是我们俩一起做的决定。我手臂一酸，一袋番茄砸在地上，妈妈俯身去捡，我真想一脚把这袋番茄踢开，可还是忍住了。妈妈的头顶一圈白发。一只一只，她把已经微裂的番茄捡进口袋。

妈妈一直说，她将来是要把儿媳妇当女儿养的，弥补她没有女儿的遗憾。还记得第一次带香织来见爸妈，妈妈的兴奋藏也藏不住。妈妈流露的喜欢，浓烈又真诚，还非常温柔。香织跟我说，你妈妈可真好。

等我和香织正式确立男女朋友关系，香织的状况，我才和盘相告。妈妈呆住了，皱着脸，像刚喝下一碗苦药。那之后，她对香织也就客气起来。之后不久，父母给我预备的新房也拿到了钥匙，我就想装修起来搬出去单住，爸妈说，等以后确定婚期之后再装吧？我说，就简单装修一下，能住人就好。

即便是简单装修，也用光了我这几年的一点积蓄。老爸偷偷给了我一笔钱，说是他的所有私房钱，竟然也有十万元，叮嘱千万不可以说给妈妈听。

软装饰上，都是香织在操心，我要给她钱，她就眼睛一瞪，说："你给，我就不来住了。"她把她近年淘来的"中古"瓷器也都搬了来。这个家最后的面貌，是香织给的。爸妈很少来。难得来一回，也必定跟我提前预约，专挑香织不在的时候过来，妈妈想来看看有什么好帮忙收拾的。香织把家里收拾得又干净又雅致，妈妈边看边说，这孩子要不是个日本人该有多好啊。爸爸在一边说，别这样说，阿明自己心里有数的。

爸妈这种态度，恐怕也是让香织下决心离开我的原因之一吧。那场战争，已经过去那么多年，却还是波及了我的生活。

香织离开后，即使不住到爸妈家，我也该经常回家才是。可事实上，我比香织在时还回得少，就是春节长假，我也宁愿在家里伺候花草，专心读地狱航船的史料，试着把自己变成一个战俘，向着虚构之境大步前进。

香织也在被我虚构。她回家不久就是新年前的假期，圣诞啊，元旦新年啊，聚会估计少不了，她一定是会被家人安排相亲吧？这还算好的，总还是被动的。更可怕的是，哪天她偶遇了一位优秀的青年，远远比我好——是啊，我有什么好的？于是，她动心了。于是，新的故事开始了。

在我的脑海里，香织去赴一个又一个约会。有时候，她进了一个咖啡馆，位子在角落里，她到晚了，走得有点急，脸上红扑扑的，她脱掉那件咖啡色大衣，里面是又薄又软的乳白色羊毛裙子，她身体的曲线，就这样清晰地凸现在咖啡馆焦糖色的灯光里。有时候，她进了一个灯光辉煌的大酒店，她被侍者领到一张小圆桌边，她脱掉那件乳白色的大衣，里面粉红色的衬衫裙，更衬得她肌肤胜雪。天哪，她为什么要穿得这么鲜嫩啊？

夜阑人静，我钻入曾经属于我们俩的被窝，脑海里，香织的身体就纤毫毕见，先是手心发热，接着，往日关于抚摩香织的身体记忆渐次复苏。肉体火热，心却是凉的——常常，我在释放自己的那一刻，奔涌而出的还有泪水。一旦入梦，黑暗梦境之中，我遭受的折磨，直到现在，我也不想说出口。

我被这虚构推进了地狱航船，我是战俘们的难友，和他们蜷缩在一起。这样类比，似乎有失庄重，毕竟，这只是一桩前途未定的恋情而已。

只有在更黑暗的事物面前，在更大的失去面前，我才能安静下来。这样坦承，实在是幸存者的心态。

你细想想，我们可不都是幸存者吗？

第一部　地狱航船：八百余人沉海底

1. 香港沦陷1941

伊芙琳站在不通风的衣帽间中央，拿手帕擦着脸上的汗珠，后背已经汗湿，绸缎衬衣皱巴巴地粘在皮肤上。荧光顶灯雪亮，这灯还是春末新换的，就为了给香港的炎热长夏添点视觉上的凉意。这一刻，伊芙琳在一片白光里，对着四周长长短短的衣服发愁。她的晚礼服和茶歇裙占了显眼的一排，那是“战袍”，不说钱了，那上头多少心思啊，不带走怎么行？可伊恩的妹妹在最近的信里说，现在伦敦已实行战时配给制，即便哪家还储存着食物，也不敢拿出来宴客了。这样子，社交也无从说起。退几步说，不说战时，就是往年回国，出去社交的机会也不能跟在香港比的。当然，这话，她从来没有和人说过。伊芙琳的娘家在美国肯塔基州的路易斯维尔，这样的说法比较官方，在自己人中，她会说我来自“打比城”或者“瀑布城”，那也是个港口城。她的父亲是个贸易商人，她的丈夫也是个贸易商人，他们在流动中相识，也生活在流动之中，可女人的天性，总想着在流动当中，使劲去捕捉一份稳定，每日里拧着螺丝，想把这稳定固定。

要回国，是回英国还是美国？他们夫妻俩想了又想，还是跟着伊恩的事业走，回英国，公司的总部在那里。

香港长夏，衣服轻薄居多，看着并不占空间，问题是，她最多只能带走两三只大箱子，多的，她带不动。此行只有她和女儿回英国，她没法带走家里的用人，他们不在“强制疏散”之列。署理总督史美已经正式宣布香港进入非常紧急状态，强制疏散外籍妇孺离港。伊芙琳在香港已经快十年了，她本以为还能稳稳再住个五六年，可是，战争来了。

6月底，她的好友朱迪就已经带着孩子们听命令第一批撤走了，他们取道菲律宾，转赴澳大利亚，再从那里想办法回国。据说这次也还是这条线路。天哪，绕这么大一个圈子。伊芙琳最怕乘船了，晕船，吐，吐到连黄色的胆汁也吐出。苦涩过后，喉咙口竟然又甜又腥，她想一定是她把内脏都吐破了。每回海上旅程都这样，乘一次船，就是一次死去活来。可是，她的命运却总是和海纠缠在一起，隔几年，就来一次远航。

镇定，今天一定得把衣服理出来了。

她已经浑身汗湿了，前胸那里，绸缎软趴趴地粘上身来，就像一个让人讨厌的拥抱。她走出衣帽间，到浴室冲凉，又换了身宽大的居家服。用人已经买菜回来，从厨房给她榨了杯加冰的西瓜汁出来。去年8月深圳再次沦陷，今年5月欧洲战事紧张，港币兑美元暴跌，一港元只能兑二十美分，再加上6月被迫关闭香港边界，曾经很容易获得的牛肉羊肉供应突然紧张，蔬菜、水果也紧俏，家里只好天天吃鱼。好在黄油、奶酪都还有储备，好在用人安妮是香港土生土长的，也有些她自己的路子，好在7月总算复航了，肉和蔬果又出现在餐桌上，价格嘛，那是翻倍又翻倍——食物供应链和货币兑换比率都反了常。这个，怕就是战争逼近的样子？日常生活虽看着还是那样，但内里已经变了。

伊芙琳小口喝着果汁，想着过会儿安妮会拿出一张什么数字的账单来。她走之后，伊恩哪有空每天和安妮来核这样的小账。安妮说多少，就是多少了。

“夫人，您是后天出发吗？”

“是的，往后只有拜托你了，请一定照顾好伊恩和乔。”这样的话，伊芙琳已经对安妮说了好几回了。

虽说是在香港土生土长，安妮却是孤身一人。父母原是九龙那边的渔民，先是父亲海上出事过世，再是母亲因病过世，原说还有个哥哥，却不知道是去了南洋还是上海，伊芙琳从未见过。五年前，她家的厨子介绍来的，当时说她已经十四岁了，可怎么看身量都不足。厨子教她做饭，伊芙琳教她家务，安妮都学得很好。厨子一家上个月离开香港去桂林了，说还是那里安全。说起来，如今她该给安妮再配个助手，那么，安妮是个“管家”了。这事情，伊芙琳也就一直想着，却没有行动。而且，这时候，真不敢往家里招陌生人。伊芙琳和安妮说了这一层意思，安妮也这样想，她觉得家务和做饭她一个人就能应付，“反正老爷请客都在饭店的”。这也是实情，伊恩不爱在家宴请，他享受就一家人在一起的感觉，不想被别人打扰过多，所以，他们家就没有讲排场请多几个用人，他宁愿带伊芙琳出去交际，他回请的时候都是在市区的香港饭店，她打扮得漂漂亮亮，司机载着她，自太平山半山腰而下，维多利亚海湾就在不远处，平静得像她的蓝裙子，闪光，柔软，荡漾。

这样的日子就要过去了。

没有她，日子真的会像从前一样顺利过下去吗？每个主妇都把自己想得不可或缺，伊芙琳也这样，她紧紧地盯着安妮，想在她身上附体似的。安妮缩了一下身子，回厨房去了，伊芙琳看着她玲珑的背影，叹了口气，又钻进不透风的衣帽间。

下午，伊恩从公司来电话，说晚饭会回家吃，但会晚一点，让他们先吃，别等他。安妮来转告的，伊芙琳一直在衣帽间里，午饭就简单吃了早饭剩下的，连下午茶也没喝。

她的箱子已经满了。她装进了女儿所有的衣服，她自己的，日常穿的，带了大半，社交穿的，带了小半。她还把他们父子的衣服，能挂的，都挂了出来，抽屉里放着的，在后面贴了指示标签。她晚上要领着乔看一遍。

有一个念头，是在她往袜子抽屉里贴标签时候想到的："要不要也帮他们父子整理一箱随时拎着可走的衣服?"她摇摇头，甩掉了这个念头。日头已经西斜，露台上黄金雨树的影子长长地打在檀木地板上，繁花密叶在那里纠结成一团。过会儿孩子们就会到家了，司机去接的。

伊芙琳换了条简单的晚装，也就是一条墨绿色的连衣裙而已，帮安妮一起做了甜点。看看快到孩子们平常进家门的时间了，她连做了好几个深呼吸。等会儿，她就要迎接敏妮的"不高兴"情绪，十七八岁的女孩子，特别容易情绪化。她自己得振作起来，先是承接，再是化解，她得做个好妈妈。敏妮不想离开香港，这里有她的同学、朋友，不过，好在她的朋友们大多也一样要离开的，她只是舍不得她最好的朋友，一个叫陈沐的华人女孩子，伊芙琳只知道陈沐家境富裕，其他的，也没有多问——自知也问不出来。

不想，孩子们也到得晚了，那就索性再晚点开饭，等着伊恩回来。吊扇转着，时不时吱的一声，得找人修一下了。角落里的墙纸有点发霉，本来打算今年换的。落地窗帘，最近特意去做了厚的，万一哪天有空袭呢。伊芙琳慢慢巡视四周，敏妮也特别安静，在起居室的角落里整理她要带走的书籍；乔一回来就进了自己的房间，要等喊吃饭才会出来。说起来，敏妮像她爸爸，有自己的主意，还会行动。乔更像她自己，想法多，也会研究，但真要做点事情，他就给你拖着，最舒适的状态就是安静发呆，甚至，他有一头男子少有的金发，敏妮反倒是普通的褐发。要是都能换一下就好了。伊恩倒是不愁，他说乔这样子将来适合做研究，也挺好，至于发色，因为稀少，更容易被记住，有何不好？伊恩总能看到别人的好。

换个外人的角度看，或者可以说，伊恩有点儿居高临下的姿态——他做公司东亚地区的主管很多年了，不知不觉，他就有了这个姿态，藏也藏不住。

伊恩到家后，大家才上桌坐定，伊恩带着大家祈祷完毕，晚饭才像模像样地开始。明天还能再这样子团圆着吃一餐。伊芙琳咽下一口沙拉，差点呛着。安妮醋又放多了，弄得她的喉咙口痒痒的。

“我今晚特意在等公司总部的电报回复，我想暂停东亚的业务。我想和你们一起回国。我真的不放心你们这样子回家。”伊恩说，“可是，公司不同意。不到最后一刻，他们就不想暂停。他们说，只有我熟悉这一块业务。你知道，这时候，确认你的重要性，不过是拒绝要求的另一种说法。”

伊芙琳清了清嗓子，说道：“放心，我们会安全到家的。”

敏妮锐利地看了她一眼，说道：“还有一条路，我这两天一直在思考是否可行。陈沐邀请我和妈妈随他们全家一起回上海，她家的房子在公共租界。我记得上回爸爸带我们去上海住的公司租的房子，也是在公共租界对不对？很漂亮舒适的一幢小楼。那房子还在吗？如果在，我们可以回上海。就目前来说，公共租界，还是安全的。陈沐听她家人这么说，我也这么觉得。”

“陈沐家，是从商的，还是从政的？”

“从商的。”敏妮说道，“她带我去过她家公司的仓库，他们做的是进出口生意，做得很大。她说他们家不从政。”

伊恩和女儿交换了一个意味深长的微笑。

伊恩说：“经菲律宾去澳大利亚，到了那里后，能否顺利去英国，都还是未知数。即使能平安到伦敦，你们怎么住，我这边也心里没数。我们离开得太久了，不知道家人朋友们的真实状况。战时民生，想来也难乐观。”

伊恩说出的，是伊芙琳一直不敢去面对的一个问题。伊恩的家在一个村子里，虽然是个大宅子，可已年久失修，要好好整治一番才能住人。当然，伊芙琳可以在伦敦租公寓住，但是，不知道能不能有合适的。伊芙琳的娘家在美国，如去那里，又是一番折腾。

伊恩的公司确实在上海有一幢小楼，还带着一个小院。这些年，伊恩就在上海和香港之间来回住的，那里，一切都是现成的，还有人照应。

“好吧，我过会儿就给上海的公司发电报。”伊恩赞赏地看着敏妮，说道，“你也和陈沐小姐约一下。晚些我们可否和你一起去趟陈家，商议一下路上细节。”

伊芙琳顿觉轻快。乔却轻声说道：“万一美国也参战的话，公共租界，还能安全吗？”大家都像没听到他的话。

伊恩和敏妮很快吃好就先告退了，都没等甜点上来。他们母子对坐，伊芙琳小声说：“如果去上海，你跟我们一起去吗？”

“我不是妇孺。我成年了。”乔正把一勺鹰嘴豆放入嘴里，耐心咀嚼下咽后，他很严肃地回答着，“而且，爸爸也需要有人照顾。我观察过你怎么管理家务，我猜爸爸不会。”

伊芙琳和乔交换了一个意味深长的微笑，伊芙琳笑道：“儿子长大了。”

“将来，你可以依靠我。”乔仍旧很严肃，“如果有将来的话。”

“怎么会没有呢？”伊芙琳柔声说道。安妮上了甜点，是道杏仁酥，乔爱吃的。伊芙琳把它整盘推到儿子面前，心满意足地看着他吃。客厅那头，先是敏妮说电话的声音，再是伊恩的，似乎电话上说的事情很顺利，说到最后，他们俩都有爽脆的笑声。父女俩真像。敏妮学爸爸社交，乔却学她管理家务，这个，叫人说什么好呢？

伊芙琳送他们父女出了门，看着车子往山上开，转个弯，不见了，她才恍惚着进了屋。

如果真能去成上海，还可以再带个箱子吧？织了一半的毛线衣，还有那些晚装裙，都能塞进去。也许得考虑买些首饰带去，听说走单帮的就有卖首饰发财的。带一些香烟去，那是肯定的，那本来就是伊恩的本行。

乔看着皱着眉头想事情的妈妈。她被困在她自己小小的天地里，对家庭之外的世界，怕是充满恐惧吧？敏妮毕竟是受过一定程度的教育了，而且对时政和新闻都很关注，她大致知道世界是怎么样的；她也读小说，因此也知道社交上怎么进退的，她很快就会比妈妈更能对付这个世界了。唉，大人们啊，真叫人放心不下。

两天之后，乔在码头送别妈妈和妹妹，爸爸和司机往船上扛了七八个大箱子，他们不要乔搭手。因为他会气喘。为这个病，他畏惧寒冷的地方，伦敦和上海的冬天，都很阴冷。他喜欢香港，他在这个城市从懵懂小童长成成年男子，是的，他成年了，这一点，他不停告诉自己。再过一些年，爸爸将会衰老，妈妈也是，妹妹会嫁人，他得照顾他们。他还不知道应该怎样让自己变得有能力，但他肯定会的。他的成绩，在班级里是拔尖的，他想去学医。这是后话，这会儿，他已经和爸爸一起报名参加了志愿义勇军，如果战争到来，他们将会协助守备和战地救护。

“我们会被授军衔的。”爸爸还这样跟他解释，“按照英国的军事体制，我们也算军人。”

“那，这样报上去的数字，会不会给英国本土的军事官员错觉？”

“不会吧？”爸爸笑了。

为什么不会呢？乔刚成年，正是踏着门槛细细观察成年人世界的时候，对那里的很多事情，都不放心。

乔对去上海租界的事，也一直不是很放心。都说租界是沦陷中的上海的“孤岛”，战争在岛外，岛内的日常生活，一切都平安有序，除了物价飞涨——哪里不涨物价呢？他大约一个月接到一封敏妮的来信，这种由信件建立起来的某种秩序感，让他安心。除了生活起居，敏妮居然还有闲心告诉他，她去过陈沐家的别墅，那里的窗帘布、沙发料、家私和浴器都是vintage（古董）。乔担心敏妮的英文不地道，真正的古董，该是antique。vintage，不过就是精美的旧货而已——不过也许这就是敏妮想表达的意思。

转年春末的时候，敏妮的信里还详细说了她某一日去公园的穿着，“一件草绿背心配上草绿雪纺绸小黄花的外套，脚上一双印度风的黄绿色钉珠的丝缎平底鞋”，乔把色调和光泽在脑海调和了一番，再配上敏妮白皙光洁的皮肤，那么，她走在公园里，就是一处明媚的风景。这样不受保护的美，是危险的。

妈妈在信里则很少说她自己，只是一个劲地告诉他应季该做的事情，怎样看安妮的账单，说得绵密仔细。想来日子还是过得平静的吧？他只希望敏妮走在公园里的时候，妈妈是陪在身边的。也许，妈妈也是一道风景？

他就这样烦恼上了。在这样的局势下，他却为这样的小事情烦恼，他的女友罗斯是要笑他的。罗斯是去年9月到的伦敦，没到几天，就遇到了空袭。乔一边担忧女友的安危，一边庆幸敏妮和妈妈去了上海，公共租界和法租界，目前还是安全岛。罗斯也有信来，并无抱怨，相反，还乐观冷静，“在9月5日的漆黑早晨，大概有九架轰炸机对伦敦进行了一次炮弹齐射，但请放心，它们的命中率据说并不高”，乔读到这样的句子，心跳得厉害。他和罗斯，真的很谈得来，处得很愉快，恋人之间该有的亲密动作，他们倒羞于去做，也就偶尔蜻蜓点水吻在嘴唇上，罗斯说，“婚前大概就只能这个样子”，他也没别的想法。

乔把信件都珍藏在一个皮箱里，他真的在为他和爸爸准备两只一提就能走的皮箱了。晚祷感谢的时候，他加上了感谢万国邮政联盟，没有他们在战火中的超凡努力，他怎么可能收到信件呢？在正常生活中视为理所当然的事情，在战争面前，你就会知道，一切都没有那么简单。也许，只有大城市还能有这样的邮政服务，那些小地方的人们，他们可怎么办？

乔总是会这样想开去。安妮就是他眼前在考虑的最近的人，如果他们父子也离开，她该怎么办？

和父亲说起。父亲抱着手臂看着他，说：“我欣赏你的善良，但是，每个成年人都得为自己负责。你不是上帝，儿子。你将来也会有你的困境。安妮也会有她自己的困境。人生大约就是这么残酷。”

“不，爸爸，在我们的能力范围内，我们有责任保护好身边的人。安妮对我们忠诚，我们也理应忠诚于她。”顿了顿，乔又说，“如今，安妮也只有我们可以依靠了。”

“那一定要让自己强大起来，这样，才能保护身边的人。”爸爸说得很严肃。

乔在家旁听伊恩打电话，说得最多的也是万一战争明天到了，他要怎样善后。乔静静听着，暗暗为父亲自豪。自己的父亲，是个有能力和有责任心的人，看到这一点，让他对自己的未来更有信心和期许——战争总会过去的。

香港到底会怎样？最切近的地方，最不确定。以旁观者的眼光，日军趁势南下，那是必然的；但人在港岛中，看着生活一日一日如常展开，又觉得也许战争永远不会来。"日本人不会愚蠢到真的发动攻击"，谈论战局时，大家都这么说。

就这样一天一天，在侥幸当中过着日子，想着1938年就建成的号称"东方马其诺防线"的醉酒湾防线，据说靠这条防线至少能守半年，那么，这半年还是可以从容善后的吧？伊恩这样和乔说的时候，乔一脸狐疑，没有问出声："难道打仗不是靠人而是靠防线？"

冷空气来过几阵，气候到底是慢慢在接近冬天了，敏妮在信里抱怨上海的冷，"要冷到骨头里去"，因此，她们母女俩都置了大氅，出门时一裹，就不觉得冷了。敏妮说，她在上海看到了公共租界之外的人们活得艰难，这样的冷天里，街头角落里能看到冻死的人。日本人对公共租界，也就维持着表面上的礼貌，其实骨子里是冷冰冰加蔑视，她不知道他们这样的优越感是从哪里来的。在这样说着各种寒冷的话里，乔寻找着战争的踪迹。毕竟，这是来自沦陷区的通信。

也许，有些人以为，战争是别人家的事情，战火一定不会烧到自己家门口。上海孤岛上的那些人，还有香港孤岛上的有些人，就是这样想的吧？

父亲说像他们这样的志愿义勇军有近两千人，七七八八，连正规军加后防，据说才一万多人。

乔默默计算着，他不想说悲观的话。事情明明白白就在那里。安妮帮着他，一起收拾出了三个箱子，每人一只，都放在自己床底下，预备一提就能走人，里头有换洗衣服，还在角落里塞了一卷小面额的美金和港币。

“谢谢你的好意，我听到你和老爷说起我了。”安妮有一回跟乔说，“你真的是个好孩子，乔少爷。”

乔听着倒挺尴尬的。他和安妮差不多年纪，两个人都在这个家里，从十三四岁的孩子长成一个大人，这过程，让他觉得安妮属于他们家。在此地，他和安妮中间隔着好多个“阶层”，这是英国人特别在乎的，他们是纯正的英国人，之后是葡萄牙人、欧亚混血，再是有钱的华人，最后是没钱的华人，那就是像安妮这样为他们服务的用人们。乔觉得这样的种族和阶层划分真是毫无道理，前两年跟着家人回伦敦时，他分明也感受到了本地伦敦人隐约的骄傲。他庆幸他的家人也和他一样，对这一套并不非常在乎。

安妮最近天天唠叨，一定要让他围上领巾，天气已经转凉了。他的箱子里硬是塞进了卷得不能再紧的一卷领巾。谁会在逃难的时候顾及这些？可乔还是把它留在箱子里了。还有，冬天到了，往年常备的药，今年也得提前备些，得拜托医生去开药方。这个也是安妮要乔去做的。

进入12月，安妮就开始一个人碎碎念，三个人的圣诞也是圣诞，她得好好准备。也许妈妈确实把自己的一部分附在安妮身上了，这是妈妈的说话方式，似乎，一切都会如常继续，不会有什么改变。

正常的时间流动，在1941年12月8日停止了。

那天拂晓时分，乔听到了一阵密集的闷雷，迷糊当中，他只当是雷声，转身又睡去，却听到楼下人家在阳台上大声喊："启德机场！是启德机场！"那机场在九龙半岛上，离这里还老远呢，瞎喊什么啊。一转念，乔才猛然惊醒，披了毯子出房门，却见父亲已在露台上，一见他，就火道："看来愚蠢的日本人真的向英国开战了。向大英帝国开战啊。这些愚蠢的日本人！"

乔一时愣在那里。

他们这栋楼的方向，确实远远可见启德机场，在地平线那里，火光的红里透着灰，仿佛天地有一角已经开始融化了。紧接着，他看到在港口方向，一群飞机掠过朝霞，刹那间，轰炸声和火光一起出来，像地狱从海面上打开了一扇门。

安妮在厨房里煮咖啡，烤吐司，煎鸡蛋；伊恩在客厅里打电话，翻着他的备忘录，记下什么；乔只看得到画面，却听不见，也闻不到，在那一个刹那，世界好像突然碎裂瓦解了。

过了好一会儿，他才听到自己对伊恩说："爸爸，好像港口也被炸了。"

父子俩并立在黄金雨树下，伊恩喃喃道："这下，怕是飞机也炸没了，兵舰也炸没了。谁比谁更愚蠢啊？"

伊恩赶去公司，他还必须整理一批数据立刻寄出，立即处理一批货币进银行。安妮去菜场，她还得再储备一些食物，伊恩刚给了她一沓港币。他们让乔守在家里，守在电话机旁边，因为，他们登记为志愿义勇军的时候，用的是家里的电话号码。

他试着往学校里打了电话。这几天本就是期末考前的复习，不用去学校集中，老师办公室没人接电话。

安妮进出了好几趟，“我去好几个地方买来的，够我们吃半个月的”，她说。仿佛战争只是一场超长的台风，一家人只要窝在家里就没事。父亲依旧在公司忙碌，“我得最后确定库存，找到保险点的仓库”，他说。仿佛战争只是一场需要避免的抢劫，只要他找到可靠的山洞，宝藏就无虞。

他们的邻居，有好几家全家搬往山上更高的地方，说他们这是按计划撤退，他们的家将给从九龙撤过来的人住。乔问了安妮和伊恩，都说没收到过什么撤退计划，那难道是去年妈妈收的？这不可能啊。或许，他们被遗忘了，因此，他们侥幸能住在自己家里，他们侥幸还能拥有自己的库存，可是，乔总害怕下一秒就会在眼前冒出陌生的一家人。

楼里出现了很多陌生面孔，有欧亚混血儿，还有葡萄牙人。安妮对这个变化有点着慌，她把储备的东西从地下室拿到了家里，可她依然不放心。她的慌张都在脸上。“我那些姐妹好多都往贵州那个方向去了。”乔听她说不清楚方位，乔自己也不清楚，对于香港以外的中国其他地方，他真的没有概念。他站到父亲书房里的那张地图前——父亲经常看，因为他要安排货运路线，可乔是第一次这么认真地端详这秋海棠一般的图形，他的手指在西南那里滑动，又张望了一下上海所在的海湾，最后把手指放在香港这个角落。安妮本可以随同伴们去逃难，她手里也有点钱，可她还是没走。他能为安妮做些什么让她心安些呢？

可乔对这一切无能为力。更大的破坏就要来了，不是台风，不是抢劫，他说不出是什么。但他什么也做不了，他只好盯着那个电话，复习他的功课，默默祈祷军队能打退进犯九龙的日军。默默祈祷醉酒湾防线真的是东方的马其诺防线。可是，12日中午，原先清晰可闻的九龙方向的猛烈炮声，突然沉寂了。伊恩特意跑去香港大酒店打探消息，那里有记者，他们能拿到远东情报部发布的公告。他带回来的消息是，防军已于今日正午12点自九龙撤退，以后即进入保卫香港的正规战争。乔听不明白，伊恩也没法解释更多，他还要去写字间，他还有事做，他想知道更多的信息。

乔只有在家里等待。到了晚上，隔着维多利亚海湾，双方开始互相炮击，乔蹲在露台上看，怎么也想不通这是什么战术，号称至少可以抵挡半年的醉酒湾防线这几天内就被突破？伊恩坐不住，又出门打探，没多会儿，就回来了。

“香港大酒店的大堂里塞满附近的居民，他们带着棉被、席子铺在地上，一家老小都挤在一起，大酒店是钢筋建筑，他们指望那里能是个庇护所。我挤不进去。”

乔只有看着伊恩一个人干着急。伊恩习惯了从无线电、报纸和公司本部这些渠道得到很多可靠的信息，他会以此来安排他的生意，这些年，他就是这么过来的。而现在一切都不确定，一切都变了。他说：“乔，我们可能会变成难民。我想，敏妮和你妈妈已经是难民了。我没法得到她们一丁点的信息。你想，只要她们还有自由，她们就会想尽办法和我们取得联系。”

说来说去，他派给乔的任务还是守着家里的电话。通信时断时续，因此，守住电话机接到每一个能接到的电话，很重要。

14日那天，乔被一阵低沉的轰鸣声吸引到窗边。港岛的西端，湛蓝的天和海之间，迎着日光，一群飞机组成雁阵，乌云一般压过来，随之，硝烟和火花与爆炸声一起升起。如此真切，就在耳边。如此真切，不可思议。

电话铃声终于响起。确实，日军已经从九龙打到港岛这边了，“我们的部队正在尽力抵抗。”乔握着听筒，手心出汗。

他被编组到救护伤兵的队列里，伊恩则被编在运送物资的队列里。他恍惚又兴奋，也许，这两种情绪是用来掩盖恐惧的，但谁愿意承认自己是个胆小鬼呢？昔日，乔在街道上看到穿着笔挺军服的年轻军人，他也幻想过自己穿上军服是什么样子，但真的没想过自己会真的参战。

他的岗位点在赤柱大街，他们在掩体里望着前方海湾，那里有军队在抵抗。炮弹从海上呼啸而来，落地爆炸那一刻，他脚下的地和他的鼓膜一起震动着，被撕破了的空气也震颤着，乔不由自主想后退，可身后的橱窗玻璃上，即便店家在里头交叉粘上了长纸条，那玻璃也在颤抖，下一秒就要碎裂似的。他站住了，握住拳头，稳住了自己。他是个成人了，不害怕。

救助的第一位伤兵，比他大不了几岁。那人躺在担架上，撑起身子努力去按住大腿上的伤口，可没用，鲜血还是从手指间涌出，整个人就像一只漏了的血袋。他脸色煞白，望着乔，他的眼神和乔一样，恍惚他们都在梦中。乔受过一些战时救护的培训，这些天，他在家也复习过，他知道怎么用止血绷带。他剪开伤员的裤腿，军裤的裤腿真的太窄，他真怕剪到肌肉。在毛发和黏糊糊的血液丛林里，他凑近搜寻，找到了大动脉上的喷射点。脚在抖，牙齿也打战，可他的手却镇定向前。等他将绷带固定，他的脸上和手上，已都是温热黏糊的血液。伤员躺平了，还记得谢他，这让他十分惭愧。他颤抖着往伤员手上套了手环，往那标签上备注已经用过止血带，又叮嘱伤员，等会儿见了医生，务必告诉医生这一点。培训会上，医生说过，如果止血带超过六个小时，那条腿就有可能坏死。那可是一条年轻人的腿啊！

这一天，他大半夜才回的家。他一敲门，安妮就开了，一把把他抱在怀里。她哭了，热的泪水融化了已经发硬的血块，血的腥气在室内浓烈起来，他冰冷的身体，也在她的怀抱里暖了过来。这温暖，就是家。这个家，现在是安妮给的。

伊恩比他到得更晚，好在伊恩只是一身灰尘，这让乔放心好多。

大概是赤柱半岛那边伤员过多，第二天起，乔就被告知，“半岛上圣士提反书院已被紧急征用为战时医院”，他被改换到闹市区的流动岗位，救助巷战中的伤病员。

巷战在继续，第二天，第三天，他们父子疲惫至极回家，安妮在家做好了饭菜，家里有热水，有热咖啡，无线电还能收听。回家看到安妮，乔紧绷的神经才松弛下来，日常生活还在，他们就还能喘息。

在无线电里，他们知道了日军在轰炸香港的同一天，差不多时候，他们也突袭了珍珠港，美国宣战了。在同一天，日军就进入了上海的公共租界，孤岛，终于也沦陷了。伊恩拍电报给上海的公司请他们务必关照伊芙琳母女，但他收不到回复。他又拍电报给陈沐的父亲，也一样没收到回复。

乔想安慰父亲，可是怎么说都是空洞的，这一点，连安妮也知道。夜晚来临，巷战的流弹声还不停息。厚窗帘也派上了用场，星光被遮，灯光也被遮住。曾经灯火通明的这座城，现在是黑的。目前的情势，厚窗帘的作用，并没有发挥，因为炮弹总是白天来的。乔揣测，对方大概对夺取这座城市已胸有成竹，因此，他们开始讲究破坏的效率。他们住太平山，原本大家都以为山上会比闹市区安全，其实不然。这山上有英军的炮台，也是英国上层社会的主要集聚区，白天，炮弹就有目的地冲着他们来。在靠近山顶的地方，一座英国政府公务人员集中居住的大楼，被炮弹轰为平地。乔不确定那大楼里有没有人，是不是都跑去防空洞了，他记得有个男同学就住那幢楼里。他不敢多想。

他们的公寓楼下有地下室，楼后面也有防空洞，白天，乔和伊恩去坚守战斗岗位，他们让安妮一听到空袭警报就去防空洞，炮声不停，千万别回家。可安妮总是不听他们的，总会在做晚饭的时间跑回去。

“要是被炸到了怎么办?”乔那晚回家，推着安妮，掀开一道窗帘缝，看斜对面一幢被炸塌一半的楼房。黯淡星光下，塌陷的窟窿像极骷髅，乔浑身一颤，他也感觉到了安妮的震颤。安妮往他身上一靠，他搂住了，她身上的玲珑凹凸，都在他怀里。乔只觉得耳朵一阵轰鸣，全身上下所有的血液都奔向一处，在这样的末日图景里，他的身体竟第一次有了具体的渴望。乔吓得弹开，他弓着背，把自己的身体转向遮光的暗处。

安妮像被定在窗边，好一会儿，才叹气说道:“可是，总得有人做饭。饭，总是要吃的。放心，明天我一定等，等天暗了再回来。”

“明天”却是以日军登陆港岛的消息开始的。一大早，乔就听伊恩在客厅打电话，他吃惊地重复着:“真的吗？日军昨晚真的从北边登陆了？肉搏战？巷战？天哪!”

他放下电话，对乔说:“他们朝南边来了。”

安妮在厨房门口愣着，乔对她说:“如果有空袭警报，你就去防空洞。如果今天没有警报，你就待在家里，哪里也不要去，就待在家里。”乔说得如此啰唆，连他自己都觉得不好意思。

是的，他觉得自己已经足够坚强，面对新鲜的血液、外翻的肌肉、断折的四肢，深吸一口气，就能稳住了。此起彼伏的巷战声音，已经是背景音一般。远远近近的火力点都有枪炮声，还听得见坦克隆隆驶过街道的声音，在这一刻，乔认为他们是一定能赶跑入侵的日军的。在圣诞节前能赶跑他们吗？

即便在这样的环境里，安妮也还是会飞快地掠过他的思绪，她应该安全吧？快点回家。回家就能感受到安妮的温暖了。

黄昏降临，该亮的路灯没有亮。战争仍在继续，换乔班的人来了。秩序还在，谢天谢地。回到家，厨房里是烤牛肉的香味，他抬手开灯，没电。那么，电力的供给，已经被日军控制了。

"没电了。有煤气，有水，就不怕。"安妮跟他说，"赶紧去洗个澡吧。"

在昏黑中，安妮的眼眸亮亮的。洗过澡，换上蓬松香软的毛巾浴袍，乔到了厨房，喝安妮给他准备的冰水——冰块都已经融化了。安妮在灶头前忙碌，乔从背后抱住她，把头埋在她的脖颈窝里，闻她汗蒸的体味。

锅子里的水已经沸腾，安妮放下西蓝花和芦笋，盖上了锅盖。她回过一只手来，慢慢地抚摩乔的额头，像她曾经照应他发烧的时候那样。她轻轻叹了口气："乖孩子，现在快回去换好衣服等爸爸回来。"

在烛光中，他们父子俩吃着饭。山脚下流弹的呼啸，像北风。伊恩说今天还是没有联系到上海方面的人。妈妈和妹妹，她们的生活到底会怎样？乔默默咀嚼着牛肉，把一阵阵泛上来的无力感咽下去。如果明晨，一颗炮弹击中他们这幢楼呢？乔抑制住这个念头，透过珠帘看厨房中单独吃饭的安妮，他说："爸爸，我们明天请安妮一起上桌吃饭好吗？"

伊恩点头，说道："我听说好多家的用人都去各自逃生了。安妮和我们留在一起，真是个好姑娘。"幸亏煤气管道还是通的，炉子还能用，他们就开始吃那只圣诞火鸡。乔庆幸自己还活着，还在享用食物。

这庆幸，是在21日消失的。冰箱门敞开着，滴答滴答滴水，安妮用个铝盆接着，走道时不小心钩到，哐啷一声，和楼外的巷战声合在一起。乔坐在客厅里，依旧穿着外出时的服装，胸口那里一大块血渍。他习惯一进门就赶紧洗澡，洗完之后，就是一个还拥有日常生活的自己。但是，水，也被切断了。失去电，尚有烛光可照明。没有水，文明生活，也就干涸了。乔坐在桌边，他真的不知道该如何是好。

战争就这样铺天盖地来了。乔简直不知道该怎么过日子，他不像父亲那样吃过苦，在他的日常里，每天洗热水澡，是天经地义的事情。现在，所有理所当然的事情都在剥落，甚至，包括他活着这个事情，也是在刹那之间可以改变的。

伊恩一样一身灰尘回家，在知道停水了之后，他打开酒柜，打开一瓶威士忌，给乔也倒了一杯，给安妮也倒了一杯。他们还是吃了晚饭，安妮做了法式炖羊肉，是乔爱吃的做法，加了无花果炖的。安妮说她把所有化冻的肉腌成咸肉，把鱼剖成鱼干晾晒，贝壳类的，也都做熟后腌了。谢天谢地，在停水之前，她已经做好了这一切，谢天谢地，她囤了好多盐。库存的鱼、肉、面粉和黄油、奶酪、砂糖、干果、果酱、香料、酱汁，如果省着点吃，搭配些罐头，说不定能吃上十天半个月。摇曳的烛光中，他们默默听着安妮的唠叨，这房间里，也只有安妮的声音还活着。

没有洗澡的夜，在威士忌的微醺中，也过去了。酿造威士忌是妈妈故乡的传统手艺，他成年后的第一个生日，妈妈就给他喝这种热辣辣的液体，她说："我们只在庆祝的仪式上喝，好吗？"妈妈现在在哪里？

第二个没有办法洗澡的夜，也在微醺酒意中过去了。露台上，去年新装的史密斯落地热水器，在如今成了个大储水器，没法顾虑这生活用水合不合适饮用，这两天，真就靠它了。

第三夜了。安妮问，这个平安夜，可怎么过呢？乔才猛然醒悟，原来这世界还有平安夜。这世界现在谁在过平安夜？

安妮说，我们来烧壶温水吧，你冲个身子。我明天出门去想办法找水。

他往身上拍水的时候，眼泪掉进水里。今夜，妈妈和敏妮，她们怎么过？看上去永远有办法的爸爸，这会儿，都没有心思对他说节日应景的话，或许，他已经忘记了，今夜是平安夜。

他留了半壶水给安妮。他已经能闻到她身上的汗味了，他自己的汗味，那就更不用说。

他们用这饮用水擦洗身子，有犯罪感。爸爸能熬住，晚饭后就去躺下，长睡避世。他们竟不能。这一刻，他们确认自己真的还是个孩子。两个孩子换上干净睡袍，听窗外的枪炮声、流弹声，隐约的喊杀声。他们抱在一起。抱着，能让他们感觉舒服些。他们进了安妮的房间，乔隐约知道，他可以在此时获得欢悦。他的身体已经在响应，安妮也在配合，在这个乌黑的夜里，他们俩的身体会发亮，直到闪光。夜是那么黑，一切都不用羞愧。他摸到了安妮的柔软和湿润，安妮也摸到了他的坚硬和汗意，她一只手还小心地帮他盖住后背，是的，他不能受凉，那会引发哮喘。是这个小心翼翼的动作，让乔清醒过来。此刻再进一步，他就会毁了她。这样的故事，妈妈和阿姨们电话里聊天的时候，并不避开他，他懂。他亲吻了安妮，用他觉得最温柔的方式。他们的舌头纠缠着，他进攻，她躲避；她引逗，他接受；在漆黑的夜里，他们吻了很久，很久。有那么一刻，他已经抵在入口，他们俩之间，只要谁用力一挺，就成一体的了。安妮轻声呢喃，出口却仍唤他“少爷”。

乔最后都不敢相信自己真的离开了安妮的房间，穿过客厅时，黄金雨的树影在窗上晃动，流弹的呼啸更加清晰，可他的心，仍是暖的。战争，历史上所有的战争，终究是要过去的，战后，他要好好照顾妈妈和敏妮，照顾安妮，世界会重新完整的。他不能在老故事的版本里毁掉这么好的安妮。

躺到自己床上时，他才发现，手里抓的不是自己的内裤，而是安妮的。无须深嗅，他就闻到安妮的气息，欲望再度蓬勃，怂恿他原路返回。他还是绷住了，全身紧张，直到把自己释放在手上的内裤里。无论如何，他觉得，他的第一次，还是给了安妮。他带着愉悦睡去，也带着愉悦，吃了第二天安妮做的果酱面包，好像，屋外也还是从前的世界，今天，是圣诞节。刚刚，他偷偷地把内衣给安妮的时候，安妮的脸，和窗外的朝霞一样红。他这算是某种誓言吗？他不知道。他只想让安妮知道，他对她的渴望是真的。

带着恍惚，晨光里，乔沿着棕榈树荫走下山去，正好看到两三颗炸弹在港湾里轰然爆炸，江水喷涌上来，泥浆四溅，碧澄海天瞬间脏了。走到山下市区的街道上，碎石满地，尘土飞扬，被毁掉的车子歪歪斜斜停在那里。乔看到他们家的车也在其中，他心一阵狂跳，直到看清楚车内没有人，也没有血迹，才放下心来。原先说好的，伊恩先来公司烧毁最后一些文件，他叫乔也来一起帮个忙，两个人能快一点。

他进了格洛斯特酒店，伊恩的公司就在这幢楼里。大堂和走廊里，很多中国人在那里躲避轰炸，他们无语地坐在那里，一副无助的表情。这是乔第一次见到那么多中国人，他愣住，呆站了好一会儿，模糊想到，这个城市，是中国人的，是安妮们的。

电梯没法用，他摸黑从楼梯上到三楼，隔着玻璃门，他看到伊恩在一个桶里烧着纸，许是太心急了，火焰起不来，黑烟起来了，蘑菇似的云一样。他站到桶边，拿着一根铁棒，抬高纸张，让火烧得均匀些。伊恩说："炮台山丢了，金马伦峡、马己仙峡、礼顿山那些防线，也都没了。浅水湾那里，也已经沦陷了，据说，这些日本人正往赤柱半岛那边前进。你知道，赤柱那里的加拿大兵团，抵抗得最厉害了。"

"我们太平山这一块，也幸亏有军队，否则……"乔没把话说完，他真的害怕了。他从遮蔽落地窗的窗帘缝隙往外望，他看到了往山上行进的日军。

太平山上，还飘扬着英军的旗帜，他们是冲着旗帜去的吗？

枪炮声就在楼外，他们父子被阻在楼里了。文件已经烧完，公司尚存的备用金，伊恩已经全部汇回本部，对于公司，他尽力了。家里的贵重物品，他觉得放到银行的保险柜并不是一个好选择，如果战败，银行必定也被日本人夺去经营权，私人的财产，作为"亡国奴"，会有资格拥有吗？他跟乔讲着道理。但是，到底放哪里好呢？哪里都不安全。他收藏过几条他的中国同行们从前远行用的藏钱神器——褡裢，所以，他把这几年积攒的金币，分成两份，藏在两条褡裢里。他从公文包里取出来两条绿地绣红花的褡裢，他穿了一条在身上，再套上外套。乔也照样穿了。"这些钱是给我的吗？"乔得到了确定的回答。那么，过会儿，等枪炮声平息回家后，他得取出一些给安妮。

时间漫长，再漫长也得等。冰冷的金币，已经在身上焐暖了，乔隔着外套，摸着它们。枪炮声歇了，写字间的钟，正走向晚上8点。

他们又听了一会儿，外面一片静寂，隐隐约约地，有来自太平山顶的欢呼声。

上山的路上，影影绰绰总有黑影闪过，伊恩带着乔走得飞快，月轮半圆，他们没心思停步打望四周，一心只想赶紧到家，他们饿了。

家里的门大开着，一股血腥气。客厅里陈列柜倒了，碎玻璃一地。乔大声喊安妮，没人答应，他冲进厨房，安妮整齐储备着的腌制食物的大玻璃罐都消失了。安妮在他的卧室里，她在床上仰躺着，鲜血浸透了身下的褥子，五斗柜也倒在地上，里面的东西散落一地，乔惊叫一声，脱下外套盖住安妮的下身，俯身去抱，她的脖子往右一耷拉，赫然两道深且齐整的伤口，新鲜的血液汩汩而出。乔尖叫起来，伊恩上来捂住他的嘴，说:“你听，楼上有军靴走动的声音。”

但是，已经来不及了，一阵急切的脚步声朝他们来了。

2. 里斯本丸启航

“1942年9月25日”，在等待港务运输司令局的船舶检查员上船检查的间隙里，荒木在黑皮封面的航海日志上标上日期。

9月底的天气，还热成这样，一走动，就一身汗。现在藤原的绵绵青山之上，秋色已经渐染了吧？想着红枫与青松交相辉映的景致，心头稍有凉意，可是，如此一来，却更想家了，儿子黑亮的眼睛就闪在眼前。他甩甩头，把思绪集中到眼前的工作上来。刚从别的商船的三副升至“里斯本丸”的二副，对这个要满场飞协助船长管理航海所有事务的职位，他还有些忐忑。救生艇、舢板、信号设备，还有大大小小船舶安全法所规定的其他各种事项，他还不是特别熟悉，因此，特别用力。

荒木一直很忐忑。这种忐忑，自日本开战后，就有了。为此，他想守在邮船会社的总部，做一些案头工作，但即便是统计从各个战场来的数据，也让他心惊肉跳。常年浸淫在数字中，就会对数字产生实体感，对战场深感恐惧。因为眼睛近视，历年的兵役体检，都是名正言顺地通不过。可是，去年，连这一条，征兵体检也开始装作看不见，听说连智力有些问题的，都被征了。不可能反抗被征的，认命吧。好在是在被军队征用的运输商船上工作，也是他本行的延展，如此一想，稍觉宽慰。

他是在藤原宣誓入伍的，现场狂热而虔诚的氛围，也让他忐忑。战争就是死亡，人就这样兴奋地扑向死亡？现场，他也被带动着兴奋起来，可这是假装的而已，他不知道人家是不是也和他一样。大家都只想和人家一样吧？我们是同类，人在同类中有安全感。

“荒木——”大副在甲板上喊他。他出了舱，眯起眼睛，看到了大副带着三个船员在向他招手。等他赶到舷梯口，正赶上向刚登舰的检查员鞠躬。

荒木一路跟随。检查的过程，也就跟他刚复习过的程序一样，不用赘述。但检查员是否知道即将登船的人数，所配备的救生设备是否与此相当呢？荒木几次想问，终于熬住了。船长提前说过，本次任务目前在保密状态，让他不必多问。

荒木心里盘算过，具体去哪个港口还未知，驶往国内是肯定的——从装的货物上就可以判断。这批货是诸如钨矿、锰矿、黄铜之类的金属材料成品和半成品，还有五英寸的高射炮之类的军械，这些沉重的家伙，就都放在各舱内压舱；那些轻的比如棉布，就放船尾的舱里和甲板上，它们都是国内的稀缺物资，怎么说呢？估计国内现在样样物资都紧缺——这么小的岛国，却发动鲸吞亚洲的战争，能行吗？这样的疑问，荒木也就自己嘀咕，他只要稳妥装好货物就成。

检查官员全船走了一遍，一一看过，并无异议，签发了准许出港的文件，就走完了程序。看他要走，荒木终于忍不住要开口，大副扯了他一下，悄声说："战时状态，将就点吧。"

是的，现在是战时状态。"里斯本丸"并不是一艘普通的运输船，去年11月，它就被陆军省征用了，编号为帝国陆军第972号船舶。前后甲板都安装了一门火炮。昨天大副还笑指着炮对荒木说："看清了没有？这可不是摆设。到时候，会有专门的炮手，会真枪实弹，啪啪啪连发，威力也不小的。"

荒木一阵尴尬，为自己的近视眼。荒木即使戴上眼镜，视力也还是不够好，因此，很多时候，他索性连眼镜也不戴。他不想做戴眼镜的异类。

荒木心里也为大副尴尬。说实话，他所骄傲的"里斯本丸"，在邮船会社的人眼里，实在是个运气不好的家伙。当然，战争爆发前，这艘船还是挺拿得出手的，毕竟也是七千吨位级别的运输船，1920年首航的时候，跑过纽约—横滨线，而后，东海、南海、马六甲海峡航线它也常跑，停泊的都是大港口。参战之后，它的厄运开始了。去年12月，它载着部队去了菲律宾，又去了越南，在海防市那里，走错了路线，船腹触到了自己军队布下的水雷，被炸得人亡船毁，情形严重到所有人都被命令弃船。最后，被拖到台湾修理，刚修好不久，又在台湾那里触碰水雷，船体又严重损坏，今年9月，转拖到香港九龙修船所的太古码头修理，这不，就这几天，才修好。连船长也是新的，十多天前才来上任的，他和轮机长都是从一艘叫“加尔各答丸”的船上来的。至于这艘叫“加尔各答丸”的船，五个月之前，被鱼雷击沉了。听起来，“里斯本丸”也好，“加尔各答丸”也好，这船长也好，都挺倒霉的。可这个状态，就是战争。荒木在总社的时候，就是不停统计这样类似的数字，说实话，挺让人沮丧的，但他一直不敢将这沮丧说出口。今年春天，目睹了全民庆祝夺取新加坡的兴奋劲，他就更不敢了。

如果消息来源只是日方的胜利报道，所有人都会觉得，这场战争真的如宣传的那样，已经把亚洲从西方列强的手里解放出来了。荒木爱读历史，比如他就知道他所居住的藤原，曾是日本第一座较为正规的都城，是飞鸟时代三代天皇居处，据说，藤原京时代，是日本向文明国家体制迈进的转换期。那么，日本现在是文明国家了吧？文明已进化到占领别国以解救其国民了。什么叫文明呢？难道文明就是借着“解放”之名，让那些国家的人做出牺牲？那些被杀的人，真的是“牺牲”，就如献祭仪式上的猪羊。这样的推理，其实很清晰，荒木多想能遇到也这样想的人，能一起聊聊也好。但是，他运气不好。也许，等儿子过几年大了，他们父子俩能好好讨论一下。父子之间的对话，无须提心吊胆，那会多酣畅。有时候，他就模拟着这样的对话。

从报纸上看，这文明的国家不仅占领了亚洲，还占领了澳洲的一部分，甚至骚扰了美国的西海岸，让全世界瑟瑟发抖。但只要足够留心，像荒木那样，就能从各种舰只的汇总报表数字中，得到相反的信息；从报纸赫然开天窗的空白处，呆想那里原本是什么消息——特高科管制言论越来越紧，他只能自己去寻找“真实”。他自己观察，今年6月之后，情势已大不如前。就连本土，也已经遭受了美军的轰炸。太平洋，已不再是日军独步天下，美军的潜艇部队，三五成群，在海洋的某个角落等着狩猎。

荒木心怀忧虑，也心有期待，这忧虑和期待，竟是不相容的两端，而这两样，他都只能藏在心里。就像现在，他只能默默听着大副说船长的厉害。他说船长拥有航海A级资格证书，可以开船去世界任何一个港口，这级别啊，相当于尉级了。他也就附和着赞叹几声。他只是个二等运输兵，他也不想在战场上建功立业，能活着回家就好，他不要开船去世界上任何一个港口，他只要他如今任职的这条船平安抵达国内任何一个港口就行。

望出去，昂船洲海岸那边，太阳旗在太阳底下，白旗上面，血色模糊，山顶上的无线电发射接收装置，模糊成一张人脸，静静看着他，仿佛能看穿他。这设备还是新装的，有了它，荒木在船上就能接收NHK（日本广播协会）对海外的广播，都是南进的胜利消息。

荒木稳住心神，船上的事务重又占据了他。全船有从船长到部门负责的十二个指挥管理人员，还有六十五个船员，甲板部的，轮机部的，事务部的；加起来就是七十七个人，每个人都有自己的职责，这得有多少细致的事情啊，他都要看着，可他又不是直接负责的，这微妙的尺度，尽管他还拿捏不准，但尽力去了解总不会错。

下到轮机室那里，轮机长山口正在轴隧道口，一见他就挥手致意。山口是和经田船长一起从被炸毁的“加尔各答丸”上来的，有一回和他聊天，说起船沉之时，船长就要自杀与船同沉，是他一把将船长拖到救援艇上的，“这是战时，被鱼雷攻击沉没，船长有什么办法对不对?”

荒木连连点头，但心里总有点不以为然。他细究过自己的不以为然，大概也是挺大众的想法。大众总是看不起失败者，无论你是怎么失败的。所以，我们总想做个胜利者?

在荒木的沉吟中，一队接驳船从深水埗码头而来，每只船上都坐满了人。近了，荒木眯起眼睛，认清船上坐的是白人。那么，是战俘？不容他多想，他又听到了大副在喊他，声音里还有些不耐烦。

先登船的是警卫队，船长带着他们这些管理人员在舷梯处迎接。

一名少尉带着二十五个人上船，在各个舱口和来往通道都设了岗位。警卫队携带的步枪、刺刀和轻便型机关枪，在阳光下闪烁幽蓝光泽，这是荒木第一次这么近距离地看到兵器。接着登船的是战俘，他们每船都有领队，依次上来，就直奔自己的舱位，虽然看着都是一副营养不良的样子，行动却一点也没有拖泥带水。

倒是他们自己的船员有来看热闹的，还推推搡搡。“一群投降的人!”不知道哪个船员大声说。荒木转身，让他们赶紧回到各自的岗位上去。越是底层的人，好像越看重输赢，只以成败来论英雄。荒木并非自高身份，他的家庭也只是职员家庭，生活一样过得捉襟见肘，可是，荒木总觉得，把自己归到胜利者队伍里嘲笑失败的，一大半大概是为了消解自己的自卑。如果他也这样做，他会觉得羞愧。

最后一批上来的战俘，就看着像是英国侨民，他们有比战俘士兵更多的行李，脸上更有不乐意的表情。那少尉对着他们大声呵斥，命令他们行动快点。从上午10点半到下午3点，战俘们登船完毕。荒木做了统计：第1号舱二层住战俘，三百六十二人，底舱装满货物；第2号舱和第3号舱（其实合起来就是一个主船舱）上下两层住了一千零七十七个战俘，底舱里的压舱物是麻袋装的沙子之类的东西；船桥下的第4号舱住了三百五十五人。站在舱口安排入住的战俘指挥官像是不停在抱怨人太拥挤了，他在几个舱之间平衡，这边出去几个，那边进来几个，可是，太难了，到最后，还是一样挤。

战俘们把他统计中的2号舱和3号舱合称为2号舱，因为领队的上校是同一个。那么，荒木统计的4号舱就成了战俘们自认的3号舱。荒木想去纠正，可觉得战俘们这样分舱也有道理，也就不再多说。

荒木按舱统计人数，三个舱（被改装成了四个空间，是四个统计单位）一共装了近一千八百名白人战俘（具体数字他晚些时候再精确计算）。但是，船上怎么不悬挂红十字会的旗帜呢？那样至少能提醒敌方这船上有俘虏。他把这一条记在备忘录上。他听船长讲过，这条船最多能装载一千人左右，现在这数字，几乎翻倍。救生设备、医生配置和医药供给、船舱里的通风问题、后勤食物供给问题、卫生和监督问题，他默默复习他的职责所在，又把这几个问题也写到了备忘录上。

4点钟，荒木被叫去大会议室，和船长、大副一同参加警卫队和田少尉召集的会，与会的有战俘的领导人斯图亚特和豪威尔，新森做现场翻译。荒木在他的备忘录里记下这些人名。他们说的是食物、饮水和放风的事情，和他的航海事务关系不大，可他默默盘算着船上的食物和淡水库存，想着应该明天再去设法增加一些。目前船上有近两千七百个活人，超出负荷太多了，一旦储备紧缺，那，商定的，怎么执行？人员如此密集，万一有个流行病，医生呢，药品呢？

会后，荒木和船长、大副碰了个头，说了这些问题。大副说："这些，都是港口船舶运输司令局的指挥官们定的，我去开会了，我们能做的就是尽量配合。打不打红十字旗，也不是我们能定的，对吧？但既然前头说这是一次保密行动，那怎么能打那旗帜呢？"船长皱着眉头说："明天部队上有三百个左右士兵和军官来搭船。我会再去要一批救生衣，争取每人一件。其余的救生艇之类的，难。毕竟，战时困难，食物和淡水，大概连我们自己也都不会十分宽裕。医生，据说战俘里头倒是有几个的，我们这边的警卫队里也有两名医务兵。药品嘛，你知道，药品比食品更紧缺。别的，我们真管不了那么多了。”荒木暗叹，船上也就有一些甲氧甲酚和石炭酸诸如此类的消毒剂，再加一些人力喷雾器，能抵啥用？也许，大家都侥幸，也就几天航程，快的，不会出什么大事。

荒木默默记了航海日志。是的，这是战时，他是二等运输兵，他只有服从。这么多人，只有四艘救生艇，两艘小舢板和六艘木筏。这些都是大副向九龙修船厂定制的，荒木奉命去取了来，大副验收保管和分配。救生艇都固定在甲板上，救生筏也在附近，相互交叉用绳子固定；两艘小舢板固定在吊艇柱上，甲板两侧各一艘，舢板每只也就能容纳十个人。

第二天，船长总算争取来了一批救生衣。按现在的人数估计，一人一件差不离，两千七百件，没算上今天即将登船的三百多人。但是，搭船回国的，最后竟然来了七百八十人！士兵们入住了船尾的6号舱和7号舱，军官们住了船桥下面的客舱。他们的救生设备，必定是要保证的。

说到救生衣，荒木早在23日就去司令部领了一批，交给大副验收保管，由他分配。大副将分给战俘的部分，给了和田少尉，但荒木今天看到救生衣的时候，它们是被堆放在舱口角落里、柜子上，并没有人保管，似乎随便战俘取用。荒木很想去提醒，这些救生衣实在应该分发到每个人手里的。但他到底没说，这不是他的职责范围，再则，说了之后，救生衣短缺，就是个明显的问题了。

既然战俘那边就没法一人一件，堆在舱口自取，也是一种变通吧？万一有事，救生设备至少是能保证自己军队所用吧？能活着回国，是多么幸运的事情。荒木在他们喜悦的神情里，也感受到了自己的欣慰，无论如何，毕竟是在回家的路上啊。

"9月27日，上午8点10分，里斯本丸搭载77名船员、778名军人和乘客、1816名英联邦军队战俘、26名警卫队以及1676余吨货物，以船首吃水深度5.30米，船尾吃水深度6.10米过关。"荒木在航海日志上记录道。

照他以往的经验，他向船长要出港之后的航行路线，船长摇头说，他没收到呢——司令部那里，没有给他任何路线指令。荒木有些尴尬，不知道船长是真不知道呢，还是只对他保密。

出港北上，启程时，还有同行的船，也有护送的舰只，很快，那一队船就离他们而去，"里斯本丸"只得孤独前行。荒木在甲板上走了一圈，和放风的战俘们保持着距离。他们是外人，不，是敌人，这是肯定的，他们不在他生活的时空了，他对他们的日常生活，也一无所知，"这些西洋人啊！"他身边的人说这话时，有时候是愤怒，有时候是羡慕，有时候是无可奈何，总之，他们和我们不一样，他们似乎代表了一种更先进的文明。而现在，当这些白人战俘出现在本土，被当作最低下的体力劳动者使用，就凭让民众看到这一点，也是“很长志气”的事情。荒木猜想，这也是军部煞费周章一定要把白人战俘从南太平洋送到日本本土的原因之一吧——光是想要劳动力的话，还有别的途径，也不用背负可能有的国际压力。荒木甩甩头，把这些甩出去。

无论他怎么躲避，他和战俘们已经在船上生活三天多了，他看过日本士兵把吸了一半的烟头丢给他们，让他们捡拾，士兵们是为逗乐，战俘中偶尔也会有捡起来抽的，但是那个瞬间，双方脸上的表情，荒木会觉得害怕，他隐约觉得，这些战俘，其实也是和他们一样的人，他们一样会脆弱，一样会低头，但同时又觉得羞耻，他们也是骄傲的人。

荒木也和那些回国的士兵保持着距离。他们中的一些人，实在太闹了，不知天高地厚。荒木看到过他们扛着一桶水，向船舱里倒，就为看战俘们像白鹅一样抬头来喝的可笑样子。他知道，还有一回，有两个十分恶劣的，居然向舱内倒小便，而战俘们以为又是水，都抬头来迎。这样的事情，他不喜欢，但是，他也没勇气去阻止。他只是士兵眼睛里“没用的学生兵”——如果你戴眼镜又文质彬彬，那你就是这种类型，除非你表现得比他们还要凶残，那他们才会服你，但荒木可不想这样，他只要对付过这次兵役就好，他一点也不想在部队里求功名，他只想和这船一起安静待会儿。

在总社的时候，统计到它，写下它的名字时，荒木的脑海里都是在明信片上见过的圣乔治城堡，它高高耸立在夕阳之中，完整而美丽的大西洋景色尽收眼底，他总觉得，如果站在塔尖，他能在那里眺望到整个日本列岛。这艘运行了二十多年的船，就跟他这个总社的资深社员一样，都是老家伙了。

“荒木君！”搭船回国的军人当中有人喊道。是他在总社工作时认识的船舶工程师木村——透过木村的军人装扮，荒木还是认出了那张单纯而热情的脸。荒木记挂本职，也就在甲板上匆匆说了几句，就去了驾驶舱。好在航程还有几天，找机会再聊吧。木村常常夸赞他有一个聪明的妻子，若长聊，必定又得听他说这个。

下午4点多，通过大星簪岩西南偏南六英里的海域后，船长下令，沿着近海岸，以“Z”字形行船。不知怎么，船长很虚弱，他可能病了。荒木挺担心的，他劝船长半躺在沙发上养神。毕竟，这是一趟没有航行路线指令的航程，如果他是船长，就会觉得责任无比重大。

幸亏天气很好，风平浪静，能见度好，就连夜晚，也都圆月朗朗，加之海面反射银光，有几个瞬间，荒木如临仙境。但这样的时刻，只以秒计，总体来说，这几天的航行就这样昏沉而平安地沿着大陆海岸线“Z”字形滑过，直到9月30日傍晚，大雨骤然而至。荒木正好轮到值班望远，近视加上满天雨幕，他的眼前只有一片跳动闪烁的黑色。这样的可见度，岛礁甚多的海岸线航行太危险了。晚上8点多，驶过北渔山岛灯塔东南约七英里海域，风雨又加剧，风声雨声混在一起，如天地合作挥鞭，不颠覆此船不肯罢休。

请示了蜷缩在沙发上的船长，荒木带领着船，摇晃着，以每小时三英里的航速，顶风冒雨驶向外海。荒木的头被鞭打得几乎裂开，一旁的船长，更是虚汗淋漓，看他连抬起头部都觉得吃力。

熬到凌晨2点40分，风雨终于歇了，余波仍在撼动船体，荒木能看见东汀岛的灯光了。此时已驶抵东汀岛八英里海域，远方的海上一片月光。终于驶离风雨圈了。是从此处返回海岸线做“Z”字形曲折路线，还是再朝外海开一点儿？船长命令，向东，前往浙江省舟山群岛外侧，调整罗盘东偏北六十度。他下令之后，离开驾驶室，去自己的房间休息。这是一条相对轻松的路线，这里近外海，不用那么使劲地盯着海面，荒木心头一松，头疼却较之前剧烈。

荒木换班下来，去请了警卫队的医务兵来诊治船长。真的病了，说可能是“登革热”。荒木听说过这种病，是蚊子叮咬传播后的急性传染病。那么，他和大副能否幸免？很快，荒木就知道自己也不行了，发烧，头痛，肌肉和关节疼痛，所幸，程度比船长的要轻，还能支撑；所幸大副没有症状。这个时候，荒木突然希望大副是个强势有主见的人，不会事事听命于船长，可是，荒木也知道，他这是奢望。

3.地狱之船

“到哪儿了？”有人在问。

没人回答。经过昨晚的颠簸，晕船的人更多了。

迷糊中，有一个刹那，约翰还以为自己在香港深水埗战俘营的硬板床上。一船舱近四百人在密闭环境里一礼拜没洗澡的酸，菜叶子烂到发酵的腻，屎尿尖利的冲，还有船底桐油混杂着海水的呛，晕船呕吐物的腥，约翰越想屏住呼吸，这些气味就越层次分明地入鼻而来，他清醒了。

这次，他数到了二十五，没法再多了，憋过气后，换进的气特别长，约翰真怕这些空气会在他体内继续发酵、膨胀，直至爆炸。

身子底下当褥子用的毛毯已经湿了，但并不冷，他的体温，他身边人的体温，把它烘得暖暖的。是疟疾病人的稀粪，随着船的颠簸，慢慢渗透整个舱底。久处其中，嗅觉已经习惯这种沼气似的味道，每次上甲板放风，在新鲜的空气里，他反倒打起了喷嚏。

这可是用来过冬的毛毯啊。好在无论这船走得多慢，冬天之前，他们肯定能到日本。到了那里，一切都会好起来的，会有吃的，有穿的，自然，也会有盖的。这好日子，是在香港登船之前，一个叫华尔达的日本上尉许诺的。虽然那翻译的英语口音让人觉得好笑，但话倒是说得清清楚楚："你们将被带离香港，去一个你们会被好好照顾和善待的美丽国家。我将率领军队照顾你们的健康，记住我的脸！记住！"

约翰觉得日本人的脸都是差不多的。那天，他深深地盯了他好一阵，直到找到属于那张脸的特征——左耳朵受过伤，末端卷了起来，伤口像一条毛毛虫趴在那里。此刻那张脸压着他的耳朵在上等舱里酣然入眠吧？一起登船的日本兵都是喜气洋洋的。是啊，他们一路打胜仗，连东南亚都是他们的了。他们是得胜还朝啊。现在战局到底怎样？在战俘营里，他们能得到的，只有日军给的消息，一路高歌南进。

前后左右的人也渐次醒来，一个个坐起，向后挪去，空出一片地来。对面原先打盹的人窸窸窣窣移过来，躺下了。这几天，他们就是这样轮流睡觉的。壁灯昏黄，给躺下的人晕上一层淡淡的金，诡异如在异界。能躺平，是奢侈的。今晚，约翰他们这队就该轮到蹲着睡了，像一只蜷缩的鸟。

船舱用圆木隔成两层结构，这样，他们这个3号舱从地面到空中，才能塞下这么多人。隔层是匆忙搭就的，粗糙的木刺会刮到手，这也罢了，最怕的是一遇颠簸，木架就会颤悠，会嘎吱作响，随时要断裂的样子。最要命的是，从上层下来，没有固定的阶梯，只有绳梯——它在那里晃悠，拒绝手脚无力的病人。今天有力气的，谁也不敢保证明天还是有力气的。登革热、白喉、疟疾……这些传染病，在密闭拥挤的空间，悄悄蔓延。所有的战俘当中，有五六个医生，十多个护士，病人越来越多，带上船的一点点抗生素，也已经用完，船长那边说他们没药，军队那边说，他们也没有，只有盼望着快点到日本。到了，总有办法可想。从这几天的伙食看，是比在集中营的时候要好一些。他们每天有两顿饭，早餐供应米饭和加了糖的茶水，晚餐增加点牛肉罐头，还有一小勺蔬菜。有时候，他们还能分到一点香烟。上午9点的时候，大家能分批排队装一小军壶的水。每回，约翰上下绳梯的时候，总是小心挂好水壶，按紧卡扣。水壶是搪瓷的，套了毛毡，睡觉的时候，他就把它放胸口，千万不能让毛毡沾染上毛毯上的液体。这船舱，简直就是“地狱”，只有这水壶里藏的水，让他知道还有洁净存在。

每天，舱里的人可以分组到甲板去放风。轮到清早上去的，就是福利。今天，就是约翰的幸运日。他努力让自己有小小的喜悦。

对面角落里几块木栅栏围起来的卫生间升腾起新一天的屎尿味，约翰熬着不去。这样熬着的，肯定不止他一个，今早轮到上甲板的那几个人，都会憋着。他抬头仰望了一下舱口，那里已经有灰白的天光显露了。

他把头垂在自己竖起的膝盖上，假寐会让等待的时光和膀胱都更好过一点。十个月的战俘营生活，已让他练就了一手假寐的好本领，只要他眼睛一闭上，身边的世界就会渐次隐去，连自己也消失了。家乡的景致，一样一样闪现：积雪的银光，白桦树树干的银光，屋檐下冰挂的银光，冰河上面的银光，还有爱丽丝眉毛上雪花的形状。有多久没收到爱丽丝的信了？约翰进战俘营之初，他收到过最后一封，信里说她在学会计了，也许她会是他们镇上第一个女会计，“都拜战争所赐，”她这样写道，“要不我这会儿就在天天洗尿布了。”这倒是实话。战争来了，这个世界就改变了。约翰写了回信的，他说那以后我们家一定会是镇上最富有的，一个会做会计的女人也一定会经营家庭。他和爱丽丝是笔友，他们只是互相寄过照片，可是，他们却相爱了。他想象中的爱丽丝，是他遇到过的所有女孩里面最美的，也是这些女孩里面最真实的一个。他把战俘营的地址留得清清楚楚，可就是一直没有收到信。当然，没收到信的不止他一个，兴许，大家都没收到信——这是战时，任何联系都很脆弱，又或者，他的信，战俘营根本就没给寄出？虽然他相信万国邮政一定仍在努力让这撕裂的普通人的世界保持联系。

自从进营之后，消息就被阻塞了，他们只能得到日本人过滤之后的一些信息，都是日本人战果辉煌的好成绩，好得让人绝望，这绝望里头的一丝小喜悦是，他们已经知道美国参战了，日本人宣扬的战功都是和美国人作战的。有时候，约翰会羡慕父子俩一起关在战俘营的伊恩和乔，但更多的时候，他都庆幸只有他一个人遭此劫难，战争，总会结束的，约翰确信，上帝保佑，他终将和他们在一起。

“约翰，今早，你能把上甲板的机会换给我吗？下回，我的换给你。”约瑟夫用双臂紧紧抱着自己，他的身子在发抖，他想制止它。他们是一个小镇里的，约翰大两岁，他们一同入伍，一起受训，又一起到香港，约瑟夫就像他的弟弟。约翰点点头，挪过去，搂住约瑟夫的身子。

去年12月，他们先在九龙，后来败退撤守赤柱半岛。炮火和硝烟，对于约翰，不是词语，而是他在那十八天里每天感受的事情。身上每天落满灰尘，鼻腔每天都是黑的，炮弹的呼啸和地面震动，是那些天的平常事。他们抵抗得激烈，战友中每天有人受伤，等他们撤到赤柱半岛时，那里的圣士提反书院已被紧急征用做战时医院，病床都是满的——似乎受伤也是平常事。他们直到26日才放下武器。他们不甘。25日凌晨，日本军队居然血洗了圣士提反书院，他们刺杀、肢解病床上的伤兵，他们轮奸、杀害医护人员，禽兽做的事情，他们眼里哪有战争法规和人道主义准则！约翰没有亲见，他们是听从医院里侥幸逃出来的轻伤兵说的。25日夜里，总督在签署投降书，他们还在奋力还击，直到26日，不得不听命放下武器。

他们活下来了，一起进了战俘营，还是在一个房间，一起上了船，进了同一个船舱，被编在同一组，这样的幸运，除了感谢上帝保佑，还能再说些什么呢？翻译时不时鄙夷他们："你们这些投降的人！"约翰不去出声反驳，只在心里暗暗说，我们只是听命令放下了武器，我们没有投降。但是说这些，还有意义吗？

约瑟夫的身体时好时坏，好的时候，没事人一样，要不，也过不了上船前的体检；坏的时候呢，就这样抖个没完。约翰总是默默搂着他。这几天，疟疾也找上了他，"约翰，我想我活不到船靠岸了。你如果能活着回家，一定要告诉我妈妈，我很爱她。我离开前还跟她赌气，那只是我的任性，我一点也不怨恨她。"约瑟夫这样说，约翰又有什么好说的呢？安慰在此刻都太轻飘了，他们已经听闻有人因疟疾而失去了生命。这会儿，约翰也就只能这样搂着他，到了日本，那里没有战争，总能找个医生看个病吧？

"约翰，你和约瑟夫上去。"他们身边的查尔斯也从膝盖上抬起头来，轻声说道，“我不想去给他们的天皇叩头。”

约翰叹了口气。约翰有着出了名的好性子，即便是对日本人，他也希望自己能站在他们的角度想问题——上帝教导过，要爱自己的敌人。约翰相信，到了日本，他们就会善待俘虏了——毕竟，他们的国民看着呢。

每天早上，日本人要这船上的英国人、加拿大人、澳大利亚人都要和他们一样，朝着天皇所在的方向叩头。在底舱，这样的仪式在早点名之后，也会进行一下，但人挤人的，怎么叩头？敷衍一下就可过关。一上甲板，那是日本人的世界，士兵会盯着你标准地做完叩头程序，看你马虎，立马就踢打过来。约翰是这么想的，我下跪时，拜的是我的上帝，在你看来我拜的是天皇，那是你们的事情。约翰把这个心得和查尔斯说了，查尔斯还是摇摇头。

约翰在数日子，他们9月25日上的船，9月27日出发，他们在海上已经五天了，那么，现在是10月1日。从香港到日本最多一周的航程，再熬两天吧，再两天。再两个月，就是圣诞节就是新年，1943年要来了，他们能回家了吗？能的，一定能的。约翰抬头看看舱口，天快亮了。在他第三次张望舱口的时候，舱口被打开了，就如他祈祷的那样。

他们在底舱，要爬过两层陡直的梯子才能上到甲板，第一层是绳梯，第二层好歹是固定的木梯。上绳梯前，约瑟夫跟在约翰身后，等约翰爬上第二级，转身来拉约瑟夫，却发现约瑟夫已退到一边，“我不上去了！”他对着约翰喊道，一只手捂住自己的臀部。昨天，约瑟夫就跟约翰说，因为频繁忍不住地拉稀，他的肛门已经突出来了。约瑟夫怕极了，此刻，他的表情，隐在舱底的灰暗里。约翰犹豫了一下，就继续向上攀登。

这才是人间啊！在甲板边的厕所里，约翰畅快地排空自己，新鲜的空气已经充满了他的肺叶。海上有层薄雾，看不清陆地的样子。这是到哪里了？一阵风来，小雨丝也随风而来，约翰使劲地搓着自己的脸。这样的晨间小雨，甘霖一般，即便在此境地，约翰的心头也生出了活着的喜悦，现在就跪地感谢他的上帝吧，先跪向西方。

就在他膝盖将要着地的瞬间，整个船像撞上了礁石，船身急速向右旋转，再右转，又右转，约翰趴在甲板上，一动也不敢动。爆炸的声音从船后部传来，震得约翰耳膜颤抖。船尾的小火炮也急速地嗒嗒嗒开火。直到船完全停下来，约翰才抬起头，以远方的那几个小岛为坐标，他估计了一下，船旋转了将近五十度。平常在甲板上也能听到的发动机轰鸣声，这会儿也没有了。

甲板上一片慌乱，枪炮声仍在继续，日本兵急着把甲板上的战俘赶进船舱。约翰的右膝盖痛——刚才膝盖着地时，甲板像活了似的冲撞上来，震惊中没有感觉，这会儿才痛起来，他一拐一拐地走在最后，过了船桥，就被不耐烦的士兵推进了2号舱。“我不属于这里”，约翰打着手势告诉士兵。没人听他的。每个舱口都派了守兵，端着枪，对着他们。进了2号舱之后，过了一会儿，约翰又挤到舱口，士兵不等他开口，就端枪对准了他，眼睛定定地看着他，像看个靶子。

那么，就留在2号舱吧，他认得这里的波特中校，过会儿他可以过去和他说说话。波特中校这会儿就在那里整顿队形，他的眼光扫过约翰，只诧异了一下，没有认出他。这也不奇怪，他们也就见了两三回。波特中校终于走到他跟前，待要说话，壁灯突然灭了，整个舱埋进一片灰黑，波特中校低低骂了一句，又从他身边走开了。

约翰刚才想着和他叙旧呢，他们在半山区梁爵士家的宴会上见过两三回面，聊得很好，他们还有个共同的朋友，那就是梁夫人，一个娇小玲珑的上海女人，特爱教人说上海话。有一回，她拉他们组成一对，反复地教他们说："阿拉英国人。"他们说得走调，她就躲在小檀香团扇后，掩着嘴哧哧笑，一绺黑亮的鬓发垂在扇面上，遮住了扇面上的一棵芭蕉。回想间，梁夫人的脂粉香也萦绕过来，一切都是那么真实——他们在香港是有过好日子的。那个旧世界，只隔一年，却如隔世。这会儿，真不是拉住人感慨的时候。

头顶上枪炮声密集，日本兵在粗野地大吼大叫，听上去如临大敌。约翰下意识地伸出左手让约瑟夫握，去年初冬的枪炮声中，在维多利亚港口死守的时候，他们这样无望地握过，他们已经退无可退，身后只有大海，海湾里还有日本船。过了好一会儿，约翰才明白过来，约瑟夫不在他身边。越过好多人的头和脚，他看到了伊恩和乔。乔比在战俘营的时候更瘦弱了，伊恩努力张开双臂，好歹给乔隔离出一寸空间。这个年轻人，总是一副失魂落魄的样子，伊恩说他儿子受了血腥场面的刺激，一直缓不过来。伊恩不说，约翰也不能问，战争中，血腥场面，还会少吗？对于一个刚成年的青年，这个世界太残酷了。如果他以后有儿子了——一定会有的，他祈祷儿子一生都生活在一个和平的时代里。

船舱越来越闷热，汗味、咸腥味、腐臭味混在一起，空气越来越黏稠。即便如此，这里的情形，比3号舱要好出一大截。他们这里还有个舷窗，能看到外面的世界，让人觉得还在人间。今天的海水蓝得深沉，看来，他们已经驶入海洋深处。雾淡了，远处隐隐约约有一列小岛。约翰的祖上是爱尔兰一个小岛上的，他从不曾回去过。没来由地，约翰很想看清楚这些岛的样子，能再近些就好了。

队列开始松散起来，形成了五六个谈话圈，对这场爆炸的猜测，目前有“内部故障说”和“外部攻击说”两派。“内部故障”派显然对船只运行有点经验，他们说这是发动机中止，动力失灵了。“外部攻击”派则对时局有着敏锐关注，他们说美国的潜水艇很是了得，这一定是美国的潜水艇向这艘船发射鱼雷了。他们这艘船本就是一艘运输船，现在也还是继续保持一般运输船的外观，但甲板上走动着的日本人都是一身军装，一打眼就知道这是被军方征用了的运输船。甲板上也有几个战俘在活动，但是，太不起眼了，很难留意到。再说，这只船根本没有悬挂装运有战俘的红十字会标志，谁又能看得到甲板之下的他们呢？约翰也就只有静静听着，他来自英国的乡下，对这个世界，除了香港之外，他真的没有发言权。

又有两次爆炸声传来，这之后，船身有点向右倾斜了。“外部攻击”派的说法得到大家更多认同。约翰不禁有些激动，盟军就在近处，仅想想这一点，也让人心热。

波特中校在几个圈子间快速走动，最后，他走向一个稍微显得宽敞些的角落，向那个端坐着的上校报告。约翰现在知道了，那是斯图亚特上校，即便在这样的船上，依然收拾得像个绅士。斯图亚特上校身边还有一个中校，约翰听大家叫他豪威尔，看上去比波特中校更壮实，一身肌肉，抱着手臂在那里一言不发，一副默默忍耐的样子。约翰插不进任何一个谈话圈子，他就在舱壁四周慢慢踱着。他伸直身子凑近舷窗，一丝凉凉的空气掠过鼻尖，他猛吸一口，新鲜空气直达肺叶，又吸了一口，似乎连心脏也感受到了新鲜的养分。为了省力气，他像壁虎一样贴着舱壁。约翰心里又感谢了一声上帝。上帝总能听到他的祷告。

太阳已经升高了，辽阔的海面上金光闪烁，犹如仙境，约翰想，等战争结束了，等我把日子过好了，我要到这里来度假，带着爱丽丝一起来，还要带上儿子。

他闭上眼睛，使劲想着爱丽丝的面容，她笑起来抿着嘴，挑高了眉毛，倒像在那里嗔怒似的。在信里，她写她吻他，吻他的嘴唇，他的耳垂，她觉得他像巧克力做的。多甜的话啊。

就在这时，一声比之前的爆炸声响上两三倍的爆炸传来，头顶响起了飞机的盘旋声，机枪的扫射声、火炮的发射声跟着四处响起，随后，爆炸的余波从海底而来。这一切，坐实了“外部攻击”派的推断，但他们中没有一个人为此兴奋，相反，是忧虑和恐惧：一波接着一波的爆炸，这囚禁着他们，却又庇护着他们的船，不知受创如何——他们能明显感觉到船速在减慢。

临近中午，没吃早饭的肚子开始等待午饭，到了平常开午饭的时间，还是没有动静。午间的热气让舱里的空气更加闷臭难耐，约翰一心只想着那一丝漏进来的新鲜空气，让自己平静些——烦躁不过是徒耗力气而已。没有水，没有食物，作战中的士兵根本顾不到他们。想上甲板透透气？那更是妄想。

等待和饥饿让时间无限漫长。午后，他们听到一艘船靠了过来。舷窗前顿时挤满了人，约翰缩起身子，更紧地贴住舱壁，望向船外。多云的天穹下，来船旗帜上一轮太阳猩红无比。是一艘驱逐舰。

海上没有枪炮声了，只有静默的对峙。

船只失去了动力，随波浪起伏着。

晚饭的时间也快到了，会有晚饭吗？斯图亚特上校派人去问守兵，如果没有晚饭，那水呢？守兵只是端起枪，逼人一退再退，直到舱底。患了疟疾的病人，还有本就被隔离在甲板上的患了白喉的病人，他们在舱下的忍耐，几乎到了极限，有一个在呻吟的间隙里嘶哑地喊：“让我死了吧！让我死了啊！”大家只默默听着，无可安慰。斯图亚特上校又派人去为他们求情，但守兵还是端起枪，根本不去找翻译。

2号舱有两个鹅颈样式的通风机，停电后，这两个机器也停了，只有靠舱口的自然风了。底舱压舱物的气味也升腾盘旋，混杂舱内人群的气味，空气浑浊得跟泥浆似的。约翰捕捉到的那丝新鲜空气，简直就是从地狱到天堂的超拔通道。

天色渐渐灰了下来，连风声也小了，一切都那么安静，没有发动机轰鸣，舱内也是安静的，静得让肠鸣都清晰可闻。甲板上的紧张氛围似乎消除了，士兵们走动的声音也松散起来。又有一条船到了，这回是条运输船。那么，补给到了？

他们等着，竖起耳朵搜集甲板上的响动，好像士兵们又在集中了，接着，从舷窗往上看，一道横梯已经搭在两条船之间，士兵们的腿晃动着，从这端到那端。他们在撤离。

良久，这道梯子才抽掉，整条船再度静了下来。

那么，日本军人的转移已经完成了，接下来，就是他们战俘了吧？海面上有好几艘船，自己将会被救去哪一艘？约翰踮起脚，从舷窗里仰望。

夜色已经浓重了，舱内陷入昏黑，舱口敞开着，有小雨丝飘进来。大家尽可能往舱口去，只有那里才有一些光线，有一些湿润的空气。雨渐渐大起来，在舱口的那些人仰着头，植物一般，迎着雨。

约翰还是在自己的位置，竭力捕捉着新鲜空气，他努力让意识从空肚子和干涩的喉咙处移开，快了，快了，到了新船上，至少能吃上东西了。喉咙越是干涩，越是想要吞咽，越咽越响亮，越咽越迟缓。

斯图亚特上校站在最靠近舱口的位置，过一段时间，就向守兵问晚饭和水。

一阵脚步声来了，是守兵的脚步声，那么，晚饭到了？约翰也跟着大家往舱口拥去。没有晚饭。只是守兵们用帆布盖住了舱口。雨越下越大了。

隔着帆布，上校还是在追问晚饭和饮用水什么时候来。没人理他。

船只动了起来，但听不到发动机轰鸣。那么，不转移他们了？要把他们拖向何方？

上校持续不断地呼叫，终于让翻译现身了。隔着帆布，翻译说：“船上没有动力了，汽炉没法用，所以，蒸不了食物。我们也在挨饿。”

上校说：“我们有一部分自己购买的食物，请把这部分供给我们吧！”

翻译在帆布上面沉默了一会儿，离开了。过了一会儿，他又来了，说道：“你的要求被拒绝了。”

斯图亚特高声道：“请让我去找掌管伙食的小岛中士，他最清楚，我们有自己带上船的食物，那是我们的私人财产！”

翻译道：“我已经请示过了。上尉说不行，那就是不行。他已经拒绝了。在这条船上，我们只有听他的。”

约翰远远看上校无奈地做了个手势，继续请求道：“那，请给我们淡水。请让我们的几个病人到甲板上透透气。让我们分组到甲板上用厕所吧。”

大家也在舱底随声相和，声浪涌动。

翻译沉默了一阵，什么也没有回答，走了。

上校被波特中校扶下舷梯。他太累了。颓然坐定之后，从他口中出来一道命令，大家口口相传，“尽量躺下，保持安静，保持体力，减少空气消耗”。黑暗中，靠近舱口的人轻轻上了舷梯，在入口柜子处，取下那些胡乱堆放的救生衣，一件一件传发。里边角落里有几个人说：“我们没有救生衣。”波特中校回道：“大家要是有了上甲板的机会，一定先找救生衣。”人群里有人跟着说：“还有，要去装满淡水。”

安静中，一种情绪在酝酿。一个发烧的病人，在这个情绪之外，隔一会儿，他就问看护他的医生，“几点了啊?”医生戴着一只夜光手表，“晚上10点35分了。”

在这个时刻，被拖动的船，停了下来。甲板上有人跑动的声音，忙碌了好一阵。约翰努力让自己睡着，但到底睡不着，也不敢睡。他得到了一件救生衣，他把它紧紧抱在胸前，再怎么闷热，都不松手。他的喉咙，干涩得发甜。有几个瞬间，他不会呼吸了。他试着调匀呼气和吸气，虽然吸进去的，是越来越像原来3号舱的空气。

在医生回答病人说快午夜12点的时候，约翰听到了一声枪响，紧接着，一阵脚步声朝舱口而来。斯图亚特上校和波特中校飞速跑到舱口，顶开帆布，上校厉声在问：“你们打算拿这些木条做什么?”

约翰本就蜷缩着坐着，这会儿也抬起头来，在黑暗中感觉那些靠近舱口的人也上了梯子，向下传话说，好像是要封闭舱口。

这一封闭，不就是要闷死人吗？舱底的人群也一阵骚乱。

上校站在那里大声呼叫，很快引来了船长和翻译，当然，还有华尔达上尉。船长看着华尔达，贴近他耳朵咕哝了一段话，华尔达一闪身子，并不理会，却上前一步，理直气壮地对斯图亚特说："若你带一小队兵，面对这么多战俘，你会怎么做?"翻译把语气译得很强硬，他示意斯图亚特快退下舷梯。

斯图亚特软声答道："我们一定会遵守纪律的。我们一直是遵守纪律的对不对？封舱那是远远没有必要的，而且，非常危险。"

"明天一早就会打开的。那时候，一切都会如常。"华尔达听翻译把他的话传达后，漠然退后一步，示意身后端枪的士兵上前一步，对着斯图亚特。翻译缓了缓语气，说道："1号舱的上校，刚刚，已经被击毙了。"

斯图亚特上校退了几步，士兵丢下一只木桶来，说这个当坐便器用。他们就在他的头顶钉木条，一条一条，钉得紧密，斯图亚特上校恳求道："取下一条木板，就一条，总得让空气进来一点吧?"没人听他的。他喊翻译，也没人应。

波特中校说："我会一点点日语。"

于是，在锤击声中，他一遍又一遍请求着。波特中校的请求得到的回应是，"明天早上会打开舱口的。"

防雨布，覆上了；木条，钉好了。夜半时分，远近都是钉木条的敲击声。在最后一条木条钉上之前，帆布做的通风槽也被切断了。他们在阻断战俘们所有能爬出去的通道。

船仍被缓慢地拖动，约翰仍然抱着“明天一早就要被转移”了的希望。

3号舱和2号舱就隔了层舱板，封舱的恐慌让两个舱的人都骚动起来，他们互相喊话，听着彼此的声音，似乎能让人安心些。在众多的声音中，约翰终于找到了约瑟夫。约瑟夫带着哭腔喊过来：“我还以为你死了呢！”约翰喊回去：“放心！我好好的！”

“约翰，我在踩水泵呢，水进得很快！”

“加油啊，约瑟夫，一切都会好起来的！”

3号舱正在进水，又没有电，他们正在脚踩水泵往外排水。他们那里连舷窗都没有，封舱之后，就是漆黑一团了。开头，隔一阵子，约瑟夫会喊一下约翰，约翰赶紧大声答应。渐渐夜深，两边的声音都低下来，约翰把耳朵贴着舱壁，听到水泵翻水的声音似乎没停，那么，总还有人醒着吧？

如此闷热，如此腐臭，又如此窒息，睡去是最好的逃脱。但睡去后，还能醒过来吗？约翰又回到那个可以捕捉到一丝新鲜空气的地方，现在，他甚至开始怀疑，这一丝新鲜空气只是他的想象，但只要他站到那个地方，他总能精神一振。

约翰关心3号舱，而他们2号舱这里的人对1号舱更挂心。两个舱之间隔得远，喊不到，可他们都有通信兵，长长的通风管道成了他们的通信工具，用莫尔斯电码的节奏大力敲击管道，比起高喊，得到的信息更清晰。

1号舱传来的信息是，他们那里有一位叫比维斯的，刚刚停止呼吸。但他还在人群中。他得的是白喉，这是呼吸道传染病，应该被隔离开来。

波特中校坐在舱口，朝守兵呼救。密封之后，空气稀薄，那些虚弱的病人，会有生命危险；1号舱有病人死去，需要隔离。一遍又一遍。没人理会。他就跑到船舱后部，对着驾驶室喊。船舱和驾驶室之间，就二三十英尺的距离，他用日语呼救，还是没人理。他捶舱壁，还是没人理。

莫尔斯电码敲击仍在继续。1号舱里又有一个得白喉的刚死了，他们身上只裹了层毯子，没有办法隔离。白喉会再扩散的，接下去，不知道死的会是谁。

波特中校的呼叫还在继续，一遍一遍，用异国的语言求助。

约翰到底不敢睡，过一阵子，他就向3号舱大声喊约瑟夫的名字，他害怕约瑟夫会睡过去。他已经有三回没得到回应了。

终于，舱里有人大叫："不要敲了！不要叫了！求你们！让我安静一会儿！"

这个时候，清醒让人觉得分分秒秒都难熬，趁睡意来袭时，睡上一大觉，然后，天就亮了，然后，也许，一切就好了。

终于，2号舱归于寂静。在黑暗中，那个木桶已经在被当坐便器使用，排泄的浓郁气息弥漫开来。没有一丝风能进来，闷热难耐，在黑暗中，大家都只穿内衣，挨得近，感觉得到身边人大汗淋漓。

约翰听到近舱口的人在自觉排班，轮流守候在舱口，等待舱口打开；他也听到一个被叫作豪威尔的人尝试着用他藏起来的面包刀去切割舱盖口木块之间的防水布，他割了好久，约翰他们也等了好久，但也许帆布太硬，也许面包刀太钝，他们没有等来被划开后进来的凉风。一丝凉风，即便一丝，也是好的啊。

约翰终于在疲倦和虚弱中昏睡过去，是一阵强烈的空腹感惊醒他的。肚子里，胃仿佛已吞噬了除它之外的内脏。天光已经从舷窗里进来，舱口仍旧紧闭，梯子上值班的那个人抬头望着舱口，一动不动。

船也一动不动。船身已经倾斜了，即便他还躺着，他也感觉到了。他从人丛里站起来。世界是向着船尾倾斜的，他得绷住自己才能站稳。约翰挤过人群，到隔板处，大声叫约瑟夫的名字。没有回应。3号舱无声无息。

约翰贴着舱壁，耳朵里只有海水的声音在回旋。

船身开始左右摇摆，约翰站立不稳，索性坐了下来。他竟不觉得饿了，3号舱的海水，满满的，都在他的胃里。

密闭的舱门并没有按昨晚他们承诺的那样打开。甲板上，脚步声杂沓了一阵之后，什么声音也没有了。是弃船了吗？巨大的恐慌包围着2号舱，人们却异常安静，他们大多和约翰一样，呆坐着，心里明白必须得做点什么，身体却不知道该怎样动作。

约翰眼看着豪威尔和波特带了一队人，他们找到了另一架通往舱口的木梯，豪威尔肩膀顶住舱口，借助下边几个人的推力，顶开了一块盖板，这回，他终于切开了帆布，探出脑袋，察看一番后，和斯图亚特汇报，再继续切断绳子，扩出一个可以通行的大口。

他招呼后面几个人跟随他："来，我们去打开3号舱的隔板再走，让他们也可以从这里出来!"

他们这几个强壮些的小分队先出去了，没多久，约翰听到枪声，听到波特中校在用日语喊话。又过了一会儿，豪威尔带着这一队人扛着波特中校和另一位战俘进来，一路血迹。子弹继续在射进来，大家慌忙后退，还是有两个人负伤了。

"我们有一个人刚才躲起来了，我想，他会去打开1号舱的舱口。"豪威尔对斯图亚特说，也对着大家说，"他们的人已经撤得差不多了，这船，看着也快沉了。"

"出舱死，还是待在船舱里被淹死？反正都是死，呼吸几口人间的空气再死，也是死而无憾!"

"我们必须死得像人一样，而不是像老鼠一样!"

有人这么激动地说，更多的人纷纷附和。在他们说话的时候，波特中校断了气，他们中的医生确认了他的死亡。先是在舱里为大家呼号了一夜，刚才即便中枪了仍恳请士兵停止射击，用日语；现在，他永远留在这个现场了，沉默地。

约翰跑到通往3号舱的隔板那里，他大声呼叫约瑟夫，没人回答。没有舷窗也没有照明的3号舱，看上去只有一团黑，黑色中依稀可见水光。他们只有悬挂的绳梯，没有像样的即便是粗糙木头做成的固定的梯子，经过这一天一夜的煎熬和浸泡，他们还有力气来爬绳梯吗？不不，他们还有多少人活着？

约翰不死心，又大叫，约瑟夫！身旁的人拍了他一下说，你是想把守兵叫来吗？

约翰被排列在队伍里。到这个时候，2号舱的战俘们即便都穿着汗衫短裤，也还有绅士风度，队伍排得齐整。舱面已经倾斜得很，每一步都像爬山一样，约翰走在队伍的最后，紧紧攥住自己的救生衣。不知道约瑟夫有没有救生衣？他得留心哪里还可以再找一件来。排在他前面的两个人在轻轻说话，约翰听到那个被叫作沃克的人在说：“你不会游泳，你比我更需要这救生衣，我把我的给你，我会自己再去找一件。”他说得很平静。约翰听得心头一阵暖，他默默记下了这个名字。

只有这样齐整的队列行进，才可看出斯图亚特上校一条腿行动不便，但他依旧是穿着整齐的制服，戴着尖顶帽，就是拄着拐杖，身板也一样笔挺。他走在前面。1号舱的人也出来了，很快有秩序地并入他们的行列。一上到甲板，上校就一边命令大家有序弃船跳海，一边指挥一拨人去往船的另一侧，保持船的平衡，在这样的关头，战俘们也一样听从命令，努力去站到船的另一侧。另有一拨，是去控制住日本的守兵，在几声枪响之后，守兵们退缩了。这几个被最后留在船上的守兵，头戴头盔，腿上绑腿，脚蹬靴子，身披大衣，手端步枪，对着一群衣衫不整、面色苍白、步履踉跄、手无寸铁的战俘，开枪射击。这场景，刻入了约翰的记忆。

“里斯本丸”四周环绕着日军的四五艘船，日军会怎样对待他们这些自行出舱的战俘？约翰站定了，想看看再说。探望船的四周，沉船的巨大漩涡正在生成。留守的船员和守兵跳海后，那些船只上的人即刻抛绳抛救生圈过来。向那船游去的战俘，迎来的是一梭子弹，海面上泛起一些红色。

船身又一阵剧烈摇摆，困兽似的，头越昂越高。风平浪静之时，海水会让人有能站立其上的错觉，今天风推浪涌，整个海面战栗不休，让人看着头晕。

世界末日，就是这个图景？船在下沉，有一个吹军号的战俘，攀着桅杆，开始吹奏军号，等他把平日里的起床号集结号都吹了一遍，他开始吹奏《漫漫长路到蒂珀雷里》。还留在甲板上的人跟着吹起了口哨前奏，跟着唱了起来，约翰听到了来自3号舱的歌声，他听错了吗？

但3号舱的位置，已经和海水齐平，就在那个瞬间，约翰看到海水翻腾着涌入舱口。歌声还在一遍遍唱，约翰也加入了合唱的行列，再见，约瑟夫！约瑟夫，再见！离开这人间地狱，愿你此刻就进入天国。

伊恩带着乔艰难走过来，经过他身边时，他把约翰叫回这人间：“快！约翰，先去装满淡水！”

伊恩总是那么清醒，乔总是那么恍惚。约翰跟在他们父子后面，找到在船头的淡水供应点，装满了水壶。跟着他们父子俩，确认水壶稳妥地挂在身上了，确认软木塞子完整塞进瓶口了。

右甲板那侧，是日军的运输船和驱逐舰，约翰绕到左甲板，找到了一道绳梯，他一级一级探下去。船还在摇摆，绳梯晃动，每踩一步，都是软的，他抓住绳梯，颤抖的手臂也软得像面条，在战俘营关了近一年，在这船上又窝了这一周，他知道自己有多么虚弱，幸亏恐惧使他充满了力量，很快，他就感觉到双臂和腰腿的劲道了。感谢上帝，约翰默默祷告了两三秒，继续往下，很快，他不得不加快了下行的速度。

近中午，风更大了，船摇摆得更厉害，绳梯滴溜溜地转，随时会脱手而去。接近海面的时候，约翰使出全身力气，避开船身旁边白沫翻滚的水流，向外跃去——这是约翰那在爱尔兰小岛上当过渔民，又跑过远洋船的爷爷讲他遇险得救的故事时特意提到过的——一定要尽可能跳得离船远远的啊。约翰当初听故事时，一再想象过的画面，如今成了事实。

约翰落入安全的水域后，高声提醒跟在他后面跳落的人，但那些人情急之中哪来得及会意？在两个人被水流接连吞没之后，后面的人才一个一个奋力外跃。

甲板上堆叠的货物也飞落下来，海面上的漂浮物里，最鲜亮的是五颜六色的布匹，约翰抱住其中的一匹，嫩嫩的粉红色锦缎织得紧致，还能借些浮力。约翰不知道该往哪里游，岛屿看着近，水路却不短；日军的驱逐舰和运输舰倒是近在身旁，船上的士兵端着枪对着他们，海里的战俘仰头望着他们，海鸟低飞，从两边掠过，不知道该传递什么样的信息。

枪声响成一片，海面上已染出一片红。

约翰向岛屿游去，他的身后，血越来越浓，会引来鲨鱼吗？他不敢回头，只管奋力划动手臂。

一声巨响，巨浪从身后压来，约翰被压入海水，等他竭力浮出水面，他只看到船头冲天竖着入海的刹那，水柱直冲天际，眼前一片亮白。

船沉了。约瑟夫沉了。波特中校沉了。此刻，他活着，那下一刻呢？

胃部的空虚感又来了，喉部的干涩感也来了，约翰吞咽了一口海水，他能喝下这整个海，他的意识还清楚，他只能喝这一口。

一定得游到岛上去！正是涨潮初起，趁着潮水，可以省去好些力气。救生衣的浮力有限，约翰抱着的布匹已经湿透，他又换了一匹还未完全湿透的。

这艘船到底载了多少货物？本应装货的货舱，装了他们这些战俘，而这些从中国香港和东南亚掠夺来的货物，却装在通风良好的处所。这些货物，它们此刻还能漂在海上，而3号舱那么多人，已在海底。在舱口还紧闭的情况下，只利用2号舱挪开的隔板下的这条绳梯，他们能出来多少人?

机枪声停了，约翰回头看，有些战俘爬上了日本运输船的甲板，士兵们随手就把他们推到海里——战俘们的身形本就单薄，魂影儿一般，几乎没有重量，一拨，就掉下去了。这些魂影儿在海面上扑腾着，巨轮下沉的漩涡张大了口，正等着他们进去。

日本人就站在甲板上，看着这些魂影儿无望地挣扎。救生艇就在船舷上，他们不放下来，也许，他们连子弹也不想浪费了。有个船员将一条绳子扔到一个战俘面前，战俘待要去拿，那绳子却被飞快抽走，船舷边上的士兵们哄堂大笑。

约翰朝岛的方向继续游去，他不敢回头。腿有些抽筋，刚入水的清凉，已经被寒意取代，他竭尽全力抵过了一阵抽筋，必须游得更快些，在更猛烈的抽筋来临之前，游到岛边上，他不知道自己能不能撑过去，奇迹，上帝啊，请赐我奇迹，来救救我们吧!

4. 岛上天使

约翰一直认为，眼前的奇迹，是自己虔诚祈祷的结果。

有一队渔船，从小岛的方向来了!

约翰见此场景，默默画了个十字。看着那么近的岛屿，却怎么游也游不到——与其说是游，倒不如说是顺水漂着。他们和花花绿绿的布匹一起，被潮水往岛上送，布匹比他们漂得快，有一些，已经离岸近近的了。约翰游出一段，又被浪打回小半程，来来回回，起起落落，前进得十分有限，但无论如何，总归是和这浪头一起，在一浪一浪往岸上涨，心不肯泄气，手脚就不停地游动。身边有几个和他一般漂过去的，漂着漂着，就停了手脚，被浪头卷走了。

而现在，渔船来了。

这个长着东方面孔的天使，穿着黧黑的衣服，有着赤铜的脸色，结实的身板，摇着橹，驾着小船，到了约翰的面前。他的船已经被布匹装得半满，约翰扳住船舷的时候，他就往海里丢一匹布。每捞上一个人，他就往海里丢一匹布。船小，坐满十二个人，他只能把布匹都丢光了。他这身黧黑的衣裳补丁加补丁，他立在船头小声咕哝，约翰听不懂他的话，却看得懂他的眼神，那眼神，是怜惜，当他们是活着的同类一样的怜惜。他掉头朝岸上划去，临走时，朝着还在水中的战俘做手势，约翰看得懂，那是我会回来！我会回来！约翰看着他的脸，线条刚硬，棱角分明，眼中慈悲，流转无尽，不是上帝的使者又会是谁呢？

到了浅海处，他把他们放在一块平坦的礁石上，掉头又捞人去了。更多的渔人摇着小船出海了，约翰看着他们用橹拨开布匹，一心一意朝着战俘们驶去，仿佛战俘们才是更大的宝贝。海面上一片呼救声，渔人们做手势让上来几个，他们就上来几个，没有谁争着抢着上小船。约翰为这样的同伴骄傲。他抬头看看天，蓝得澄澈的天，上帝啊，我终于又回到了人间，有尊严的人间。

坐在礁石上，近近地看这个岛，海边是大块赤裸无遮的礁石，直立着，风雕水蚀，成就一处处险崖峭壁；石头屋随山势而建，层层叠叠上去，虽是茅草盖顶，因这山海相衬，俨然有几分城堡的气质。

约翰浑身湿透，所幸衣衫还算完整，同船的不是没上衣就是没下裤，在明晃晃的太阳下，他们都不好意思往对方身上看。偏西的太阳照不到这块礁石，身下越来越冷，风势还在加大，吹到身上，一阵阵针刺一般。约翰跳下礁石试探了一下水深，浅海处已可踩水而行，他就向沙滩和悬崖走去。埋在沙里，能暖和些吧？取暖的冲动，盖过了饥渴，他颤抖着，走了一阵之后，身上暖和起来以后，饥渴的感觉才出来牵扯他：给我一口喝的吧，请给我一口喝的吧。

涉过短短的沙滩，约翰看到了一小股泉水从悬崖顶上流下，底下正对着有只木桶，水才半满。约翰犹豫了一下，挪开水桶，仰头接住泉水，清冽甘甜，这滋味，竟让他流出泪。他不敢多喝，他也不敢拿这股泉水淋浴，又挪木桶过来接住水。右手边有一条上山的小道，约翰也不多想，顺路走去。

他小心地避开一条长长的毛竹管，他看明白了，这是泉水的通道，一条一条相连，蛇一般地往山上蜿蜒开去。他还找到了一捆枯蕨，是出海的渔人匆忙间留在这里的吗？他解开，用一半做了坐垫，另一半抱在胸前，他在自己做的这个温暖的窝里，俯瞰整个洋面。

这个小小的岛，面积不会超过三平方公里，一左一右各有一个岛，一个像海龟，一个像小蛇，面积约莫是这里的一半大，和这里相距都不过一公里。

载过他们的大船早已没入海面，只有桅杆的顶端还时隐时现，一阵风过来，浪头把一部分驾驶台拱出海面，船身旁边依然有漩涡和回流，白浪翻涌，引逗得海鸥也盘旋在那里。

日本人的运输船和驱逐舰还没有离开，约翰看到有战俘爬上了这四艘船，这一次，他们没有被踢下来。那么，在这样的大恩情面前，连作恶的人，也有了羞耻之心？海面上密密麻麻都是人头，但这四艘船就是不放下救生艇，任由俘虏们从绳梯蚂蚁般地爬上去。

海天相接处的界限一点点模糊起来，暮色下来了，海面上还有人在扑腾，还有人在呼救，日本人的四艘船，自顾自开动了，一些战俘游到船头方向，挥着手，船没停，当这些战俘不存在一样，一点不避让，朝着他们开过去。约翰看着他们消失在船底，半天，也没看到他们再浮起来。

渔人们没有放弃，他们救上人来，放在浅海处，再划船去救人。没有动力，全凭体力，小船在风口浪尖颠簸着来来回回，船上的渔人必定是疲惫不堪了，但没有一个人上岸来。随浪头漂浮过来的布匹，在沙滩上歪七竖八地躺着，也没有人去理会。渐渐地，岸边几块平坦的礁石上已经坐满了被救的人，终于，也有人学约翰的样子，到那泉水处喝水，再沿着小路到约翰所在的悬崖，再远，他们不敢走了。

这是恩人们的家，他们不该擅闯。约翰把枯蕨分给他们，自己站着望远。

夕照和血水，把海面弄得红红黄黄。渔人们还在海面上搜寻，海面上依旧有浮动的人头，呼救声还是此起彼伏。突然，约翰隐约听到了口琴声，海上的人，想是也听见了，立刻有小船向着一块近海的礁石驶去，救下了三个战俘。夕阳下，衣不蔽体的战俘黄头发显眼，白皮肤也显眼，一个个摇橹的黑衣人头上都有金色光环。他们在海面上救起一个又一个人，但海里还是有很多人。约翰默默双手合十。

那些石头屋的小石窗后面，应该有一双双女人的眼睛在打量着他们吧，男人们都出海救人了，对他们这些几乎赤身裸体的男人，在家的女人只有束手无策。约翰在香港待了三四年了，他知道中国人的规矩。终于有两个胆大的男孩子出现了，十三四岁的样子，短衫短裤，打着赤脚，大大方方地来到他们面前，他们开口说话了，那声腔，和梁夫人往日说的有些相像，难道，这里已经离上海很近了？约翰脱口而出："阿拉英国人。"那是他从前跟着梁夫人学会的唯一的上海话。

"英国人？"两个男孩重复了那三个词，脸上竟是听懂了的表情。

其余的，约翰自然是一句也答不上来了，但似乎这个答案也足够他们向大人交差了，他们飞奔而去，又飞奔而回，这次，同来的就有五六个孩子了。先来的那个男孩拉上约翰，做手势让约翰跟他走。余下的几个人，也各有孩子们接走。约翰走进的是离沙滩最近的石头屋。泥地，泥灶，石头做脚的木板床，家具简单到几乎没有。灶前有个老妇人在烧火，一手拉着风箱，一手拨着柴火，忙碌中，她也没忘记朝进门的约翰微笑致意，她的笑容火光一样温暖。他被领到侧门，在这里，一条雪白的毛巾躺在一盆热乎乎的水里，小男孩做了个洗澡的手势，又指指小方凳上放着的衣裤，掩上了门。

约翰小心地用手先把自己洗了一遍，才敢用白毛巾擦身子，但毛巾还是被弄脏了，水，也是黑乎乎的，即便如此，约翰也还是伸长脖子，把最后的水倒在头上，冲去头发上海水的咸涩。在上岛的时候，他没看到一片湖泊，这样的岛上，淡水必是奇缺的。他爷爷说爱尔兰往事时，说到淡水，如说珍宝。没料到，男孩子又端了一盆热水上来，还指指他的头发。约翰弯下腰，把头浸入温热的水中，一阵麻酥的感觉传遍全身。洗好头，擦干了，他换上了小男孩给的衣服，衣服上有太阳晒过的香味，质地粗糙，却结实，还是新的，没有一块补丁，想来是新做给这家男主人穿的吧。约翰稍稍研究了一下这斜襟衣服和叠腰裤子的穿法，他在梁府见下人们穿过，还是费了些劲，才扎紧了裤带，穿齐整了。小男孩又递过来一块旧毛巾，指了指他的头发。

约翰被领到饭桌旁，老妇人端给他一碗白粥，那粥煮得刚刚好，米粒晶莹，上面撒的一撮红糖正在慢慢融化。约翰合掌祷告后又谢了，方才喝下。约翰小口小口地喝着，从舌尖到喉咙，味蕾每一寸都恢复过来，肠胃也活了起来，贪婪地咂摸着每一口。余光里，他看到小男孩盯着他直咽口水，老妇人往他手里塞了一碗粥，黑乎乎的。约翰暗暗惭愧，喝下一碗，再不肯要第二碗白粥。老妇人笑笑，又给他盛上一碗白粥。约翰推开去，他朝海的方向指了指，那里，还有更多需要这碗粥的人呢，他们会得救的，他们一定会得救的，这家的男主人，不是还在海上救人吗？

呼救的声音隐约传来，像一群羊在咩咩叫，暮色越来越浓，风越来越大了，不知道他们是否还撑得下去。有那么一个瞬间，约翰为自己羞愧，此刻，他本该在海底，和3号舱那些人在一起，握着约瑟夫的手，安慰他，一起沉沉睡去。

老妇人拍了拍他的肩，指了指木板床，让他去睡。约翰脱了衣服，钻进被子，到底睡不着。

另一个得救的人，也被小男孩领进家来。约翰在枕上看着小男孩端水递毛巾，他觉得这个同类比自己更虚弱更狼狈，身上只有一条平脚短裤好歹遮点儿羞。那个人恍恍惚惚的，要小男孩扶着走。小男孩把约翰叠放在床头的衣裤拿去，帮他穿上。老妇人又端上一碗热粥，让他坐桌边吃了，然后，领到约翰的床上，让他躺下，老妇人又取出一床被子，让那人盖上，拿来块旧毛巾，把他的头发擦干了。老妇人很自然地做完这些，帮他们俩掖好被角，轻柔地说了一句什么，才掩上竹门，出去了。

约翰不知道自己什么时候睡着的，也不知道睡了多久，直到身边的同伴在他耳边问："我们在哪里？你是谁？"原来，这个叫作赫尔的男子是1号舱里的，但他不是士兵，而是做贸易的，日本人才不管这些，香港沦陷后他也一并被赶入战俘营了。

自我介绍之后，两个人竟无话可说。说什么好呢？后怕尚在，前途未卜。

约翰撑起身子，看到自己的衣服，从里到外，都已叠在床头小方凳上，拉近一闻，炭火香味扑鼻。约翰眼眶一热。在小时候，妈妈也是这样用炭炉子烘干衣服，闷声不响地放在他的床头。鞋也有了，是两双草鞋。

听到他们起床的响动，昨天领过他们的男孩子就探头进来，随在他身后的还有两个更小的孩子。他们穿一样的短衫短裤，打着赤脚，笑吟吟地看着约翰他们，露在外面的皮肤看上去很接近印度人的肤色，却又有别样的光泽，是太阳长年晒着的关系吧。约翰招手让他们靠近，孩子们倒也不怕生，走上前来，看了看他的黄头发，又看了看他的蓝眼珠，自然，他的白皮肤也被孩子们用力摸了好几下。他们对他的蓝眼珠很感兴趣，直愣愣地看了好一会儿，发出轻轻的赞叹声。两个小的还想往他身上黏，约翰抱过来，一个孩子坐一条腿，两个小男孩，满满地在他的怀里。约翰不禁想到，以后他和爱丽丝也许也会生三个男孩，他们也会这样热乎乎地坐在他的大腿上。一定会的。

他们的哥哥到底是个小大人儿了，他看着弟弟们，威严地摇摇头，又对着约翰做了个端起碗仰头喝粥的动作。

好好睡过一觉，约翰这才感觉真的饿了，桌上泡着的一杯绿茶，使他喜出望外，更让他惊喜的是，居然还有白煮鸡蛋！战时的鸡蛋啊，谁都知道它的宝贵，更何况是在这个荒凉的小岛上。这家人，没有把他们当落难的乞丐，却是认作尊贵的客人！约翰惶恐起来，在香港时，他何曾在意过普通华人？

老妇人从灶边的火塘里取出两个黑乎乎的东西，捧到桌上，分给他们一人一个。约翰在香港街头见过，猜想这大概就是烤白薯了。这顿早餐的滋味，在往后的岁月里，不知被约翰咀嚼了多少遍。而接下来的一幕，则让他想起来时时含泪。老妇人拿出一盒油脂，拉开约翰的衣领，轻轻地涂抹他晒伤的肩膀和后脖子。战俘营这大半年，屎粪地狱这些天，约翰都快忘记自己是个人了；劫后余生，有吃有睡，已觉得初有人样，而这般被人疼爱被人怜惜，让约翰简直不能承受，他的眼眶顿时热了，赶紧低下头去，让老妇人抹。后脖子那一片皮肤，今早醒来后就有些灼痛，油脂涂上后，那里就凉了下来，舒服了。老妇人指尖粗糙的质感，实实在在地留在皮肤上，让约翰在以后的岁月里一再想起。

饭后，约翰和赫尔被小男孩带着，来到一座庙宇。约翰对中国人的庙宇并不陌生，他认得关帝庙也认得妈祖阁，观音和如来，他也是认得的。但这个庙供的菩萨，他认不出，这不打紧，他依旧跪下，合掌祷告，谢谢菩萨的子民如此救护。大男孩也跪下，咚咚叩首，随即又拉约翰进了后殿。这里有百来个战俘，有的起来了，有的还在睡着，但无论怎样，身上都是有衣服穿，有被子盖，都是被好好照顾着的。大男孩把手中的包裹给了来接应的一个大婶，打开来，里面是烤白薯和白煮鸡蛋。陆续也有别家的孩子送人和送早饭过来。那个大婶归总早饭后，按着人头分出份数，又让另外两个女的挨个儿分派出去，番薯的香气最浓郁，约翰咽了咽口水，这个时候，香港的街头，原本也是烤白薯上市的时候，但约翰从来没有想过要去买一个吃吃，总觉得那是“他们”的食物，哪里想得到，某年某月，这烤白薯是他劫后余生的食物呢。分派了食物后，女人们又静悄悄地退出去了，为了照顾他们这些人，她们有的是事情忙。

这光线阴暗的后殿，时不时就有人相拥而泣，这样的场景，也让她们伤感，约翰看到她们在悄悄抹眼泪。昨日海上的血水，想必随着潮头已冲上沙滩；那些没来得及救上来的人，想必就在不远的海底，心思细密的女人，又怎能不想到这些呢？约翰的双臂空空的，他没有可以拥抱的人，他只能和这些女人一样，低下头去，默默落泪，为没有得救机会的人，为约瑟夫。

赫尔找到了他们商行的三个头头，其中之一就是伊恩（可是，奇怪，他的身边没有跟着乔）。即便穿着岛上人的粗布衣裳，举手投足间，他们还像是英国绅士，俨然有种气派在那里。约翰也认出了豪威尔中校和斯图亚特上校，在他们四周，很快就聚起了原来属于2号舱的人。约翰犹豫了一会儿，还是走了过去，和他们坐在一起。原来，豪威尔中校在香港时日多了，会说几句生硬的汉语，还会写些汉字，他已经写下“香港英国人”给岛上的人了，他也和岛上的人说，他们是因为打日本人所以被抓到船上的。约翰默默听着。斯图亚特上校认出了他，说：“以后，你就跟着我们2号舱吧，你是我们的人了。”

1号舱的人没有了上校，现在也归到斯图亚特上校这里，大家互相介绍了一番，算是彼此认识了。换个时间，换个地点，这样的时刻，应该是热闹的；这会儿，在这庙的后殿，大家也就淡淡报了自己的名字，甚至，说出自己的名字时，也心不在焉。可是，待约翰说出自己来自3号舱，立即有很多人盯住他看，就像盯着一个鬼魂。约翰接着说了被错赶进2号舱的经过，他们垂下眼去，没有一个人说“你真幸运”。

飞机的轰鸣声来了，他们在船上已经听到过，他们在香港也听到过，这一回，也不会听错。

庙在山顶，殿门又大敞着，看海面一目了然。飞机绕着岛盘旋了三遍，像在确认些什么，接着，就朝着大船而去，连连扔下炸弹，浪柱冲天而起，直炸到船沉，再也看不到桅杆和驾驶台露出海面，方才歇手。约翰看得呆了，难道是盟军的飞机？机身上的红日标志很鲜明，俯冲下来的时候，机翼上的红日就更加醒目，是日本人自己的飞机无疑。为什么要炸沉自己的船？

这也是一个没人能给出答案的问题。

炸沉了船，飞机又在岛上空盘旋着，飞得很低，低得能看到机舱里的飞行员，如此盘桓三四匝，才爬高飞走。

怕飞机过会儿再来轰炸，斯图亚特上校命约翰他们原先分散住在渔人家里的还回原处去。

岛上两个主事模样的人也到后殿来了，伊恩原来也会说些上海话，赶在众人前迎了上去。赫尔也跟上去，用上海话寒暄一两句，他大概也就只会说这么一两句，说完就没了，呆呆立在一旁听同伴在那里费劲攀谈。约翰在一旁看他们起劲打手势，脸上却都是茫茫然。这两个主事的神情镇定，似是见过世面的，甚至，他们的脸上有几分急切，竟像是想出了一个好主意的样子，可惜语言不通，没法子好好分享。赫尔急得满面通红，他和约翰说："我真的有些听得懂的，他是要把几个头儿藏起来，躲过日本人，但最多只能藏两三个。"约翰笑道："你真的听懂了？那你跟他们去啊。"赫尔也笑了："我一半是猜的，你说，这个光溜溜的岛，哪里藏得住。"赫尔说得没错，这个岛上没有小平原，就是连像样的一片松林也没有。整座岛就是块一目了然的大礁石，旁边环绕大大小小的礁石，光秃秃、硬邦邦的，哪里有可藏人的隐秘之处？

约翰和赫尔回到渔人家，才看到这家的男主人，不想却正是海上救他的那一个，约翰记得他的脸。昨日看着线条刚硬的脸，这会儿对着他笑开了，眉眼舒朗，叫人看着又方正又软和。他换了套灰白色的衣服，依旧是补丁加补丁，洗得干净，又穿得坦然，没有一丝寒酸相。约翰伸出手去，男主人接在手里握住了，是双宽厚温暖打满老茧的手，是它，把他拉上船的。男主人笑着说了一些话，说到后头，自己也笑了。约翰从他微带歉意的语调里听出他大概在自谦待客不周，于是，约翰也说了好几句话，谢谢他救了自己，也谢谢他家里人这样热忱待自己，感激无以言表。他们彼此都觉得听懂了，于是，他们拍了拍彼此的肩膀，到方桌旁坐下，约翰他们早上喝过的绿茶，又满满地续上。

老妇人还在灶头上忙，一屋子是鱼的香味。女主人正在院子里晒衣服，长长短短，都是他们自己的补丁衣服；晒好了衣服，就坐下来织网，手上一刻不停。男主人在屋子里陪着约翰他们喝茶，正经是待客的意思。这一坐下，约翰才看到屋子角落里，大大小小竟有五个孩子。男主人一挥手，他们就全都出去了，坐到妈妈的身边，手也不闲着，把一团线引到梭子上。过了会儿，老妇人又端出一大盆刚蒸熟的土豆去，让孩儿们帮忙剥皮。

男主人到底有些坐不住，他往出海的方向比画了摇橹，指着天空比画了飞机，往回家的方向又比画了摇橹，最后，重重地拍了拍他身下的条凳，摇了摇头。

约翰多少明白他的意思，知道他早上出过海了，看到飞机，就往回走，回家，没办法。约翰暗暗问自己，换作是你，敢不敢在日本人眼皮底下救人？

灶上在忙活着午饭，男主人在陪客人聊天，一切都是郑重待客的架势，一切都是那么笃定。男主人拍拍自己胸口，说了两个音节“阿春”，约翰猜那是他的名字，约翰也报了自己的名字，阿春重复了一下，把约翰叫作阿翰，赫尔自然仍旧是赫尔，听起来像中国人两兄弟的名字。

阿春站起来，把他们领到米缸前，掀开盖子，里面是空的，他指指那里，做了个藏猫猫的姿势。约翰看看缸底，只有一抔米了。他们又被领到一个衣柜前，打开门，里面除了昨天他们盖的两床被子，就是几套补丁衣服，空着一半，也可以藏一个人。除此之外，这两间屋里，没有一处可以藏身的地方了。昨晚他和赫尔睡了后半间，那么他们一大家子就挤在前半间的三张小床上？说是床，其实就是石头做的床脚上搁块木板而已。

约翰几乎快要落泪了。这样的藏法，跟没藏，有什么区别呢？只有赤诚的人，才能想到这样稚拙的藏法。

午饭成了，是白薯干和白米煮成的饭，每人一碗。孩子们的表情，过节一般。看来，这样的饭，平常日子，他们也是不舍得吃的。鱼干蒸得又软又韧，可以一丝丝撕下来。汤里是土豆和咸菜。一桌子人安静吃饭，孩子们吃得很快，几乎没动过鱼干和菜汤，他们就把一碗薯干饭吃完了，想再要第二碗，老妇人就摇头了。她把剩下的饭装在一个木桶里，面上搁了鱼干，叫那个大男孩提了就走，孩儿们就都随着哥哥出门去了。男主人喝完了面前的汤，约翰也把自己面前的这碗汤喝完了。咸菜，是他唯一抵触的一道中国菜，而此刻，他却吃出了它的鲜美。

没多久，孩儿们呼啸而来，一路大声吼着什么，阿春忙拉着约翰到了门前，一起往海面上张望。这里的房子都面海依山而建，海上的情景，在屋子里，就能看得一清二楚。

日本人的军舰来了，从这个方向看去，看得到岛的正面和侧面都有军舰在飞速逼近，想必在他们身后，也有军舰驶来，它们会形成一个包围圈。这岛上有哪几个可以登陆的点，想必上午的飞机已经侦察得很清楚了。船速飞快，比岛上的人力小船不知道快多少。

阿春拉着约翰他们进屋，指指米缸，眼里都是着急。约翰摇摇头。老妇人急了，过来拉着约翰的手，往米缸那里带，赫尔呢，他被孩子们推向衣柜。约翰的泪，终于落下来了。他摇着头，现在，他能为他们做的，就是离开他们，立刻到庙里去集中。

约翰他们从石头屋的后门蹿出，在山路上狂奔，他知道，其实不用跑这么快，这个岛上的一切，都是无从藏匿的。山路陡峭，每一步都耗力气，约翰跑进大殿后，筋疲力尽，他瘫坐在地，看着斯图亚特上校在那里踏步走圈子。

日军开始登陆了，他们朝天鸣枪，枪声从岛的东南西北传来，此起彼伏，没来由地，约翰想起香港大年夜的爆竹，也是这样热烈。

斯图亚特上校终于站住了，要豪威尔中校来集合部队，排列队形。休整了一夜，他们多少恢复了点精神，约翰也缓过气来，默默排到队伍的末尾。他们出了庙门，朝着海滩走去，一路上，分散在各家的战俘，陆续出来加入队伍。

午后的阳光，亮晃晃地照着他们。日本人已经上山，半道上押上他们，一部分冲上山头去各处搜寻，一时，踢门吆喝打骂的声音，不绝于耳。

过了一会儿，岛上的人也都被赶下山来，在沙滩边集中。

日本人点起火把，竟要烧村！日本人自己带的中国本地翻译跪下来求情，他在求什么，约翰一个字也听不懂，但那日军头头的脸色居然缓和下来，摇摇头，收回了命令。

所有的战俘也在沙滩旁集中，马上就要登船了。岛上的人，这些穿着补丁衣服的人，默默看着他们。赫尔动手脱下身上的衣服，脱得只剩底裤，双手捧着，放到道旁。队伍中有穿着渔人衣服的，都照样脱下衣服来，整齐叠好，放在道旁。一时间，他们都恢复了昨天上岸时的模样，可是，他们的精神，却都饱满得很。临上船时，他们向着这个岛和岛上的人挥手致意，有人喊着："我会再来的，我会来看你们的！"最后，他们列队向岸上郑重敬礼。岸上的人也挥手相送。

日军中，竟无一人出声干涉。

赫尔在约翰耳边轻轻说："我们中有三个人被藏起来了！真的！"

5.重入地狱

约翰一直在寻找机会和"里斯本丸"船上的翻译说上话，他想问他，那天，那个中国翻译求情时都说了什么话。他一直没有找到机会。

他们这些战俘被集中到一艘炮艇的甲板上，沿着海岸线缓缓向北而行。船行一天一夜，天下雨，他们这些战俘都被押在甲板上，头顶的防雨布接头处不牢靠，先是漏雨，随着风势，接口撕开，雨水直入。幸亏昨晚在岛上过了一天人过的日子，好歹还有些精气神可以支撑。

等进了一个大港口，港口边高楼林立，约翰知道这必是上海无疑。在码头上，早先爬上日本船逃生的那群战俘在等着他们，看到对方活着，只有含泪拥抱。

日军对他们重新点名，点到无人应答时，队伍中就有人泣不成声。在香港出发时，他们也点过名，知道有一千八百一十六名；今天在这码头再点，剩下九百七十名。人群中时有隐泣，点到约瑟夫时，约翰没有撑住，只有尽力不让自己哭得太响。点到波特中校的时候，约翰听到好多人也哭出声来。

点名之后，他们每人分到了一件灯芯绒夹克、一件衬衣、一双毛毡拖鞋，这些衣服，不知道是从哪个角落里找出来的，上面还有虱子存身。至于饭食，一天就四块硬饼干，还有加了水的牛奶。

那个约翰想一直牢牢记住他的脸的华尔达上尉，这回对他们训话，就没有先前的和颜悦色，他狠声狠气，翻译也一样狠声狠气："你们不过是一些洞底的老鼠，你们就应该留在海底，凭什么，你们现在还在我面前?"

约翰听着，想不到这样阴暗的话，却可以说得如此光明正大？他们一定都疯了。就当听一个疯子在叫嚣。可怕的是这个疯子又让人带着棍子，强行打散了原先站在一起的人，重新编了组，又把他们送上了一只没有悬挂任何运送战俘标志的邮船，那么，这就是再次把他们送上了可能遭受鱼雷攻击的旅途，谁能保证自己下一次还有这样的幸运？但是，找谁论理去？

没有论理的地方。

约翰这回还算幸运，点名的时候，他和豪威尔中校离得远，分组的时候，反倒被强拖在一起。他们又被装进“罐头”舱里，这回，为了防止有哗变，连上甲板放风的安排，也被取消了。重回屎尿地狱，疟疾和白喉随即肆虐，船舱里每天都有人死去。斯图亚特上校也患了疟疾，豪威尔中校叮嘱约翰，上岸之后，如果有再分组，他们都要尽力争取分到上校那一组，上校需要人照顾。而事情也正如豪威尔所愿，约翰也被传染了疟疾，他和斯图亚特上校都成了病号，船舱里，他们这些病号尽可能地和未染病的保持距离，约翰才得以陪护在斯图亚特上校身边。

过了五天，船终于靠岸，战俘们被重新分组，分送到大阪和神户，而他们这组病号，真的被当病号照顾，带到一个舒适的车上，车真的载着他们去了医院。在车上，约翰最后一次见到翻译，翻译说：“请你们保持沉默，不要将自己的故事告诉这里的人。日本人不会喜欢的，而且，他们也不会相信他们这些热情勇猛的战士会对你们做出这样的事情。”他对他们鞠了一躬，准备走了。难道，在自己的国土上，这位魔鬼打算变身为人了？约翰鼓足勇气，叫住他，问道：“请问先生，那天在岛上，那个中国翻译都说了些什么话？”

翻译正了正脸色，说道：“那个人说，他们是岛民，和我们这里的岛一样，岛很小，不知道外面发生了什么事情。那个人说，从古到今，那片海域的人，见到有人落水，无论是谁，只要是条命，他们都救！那个人还说，从前，他听说那里的人也救过日本人，救了不止一个，以后他们还会救。”

“他们真的救过日本人吗？”

“你认为所有日本人都不值得救吗？”

这个问题，在很长时间里，让约翰纠结不已。

他终于在日本了，他的病被日本医生治好，而斯图亚特上校终究没有逃过此劫。约翰收的殓，上校躺在一个薄薄的棺材里被抬了出去，至于后面的事，院方说他们会“照章办理”。约翰也没有深究，即便他想深究，也没有时间让他去跟进这件事，他们这一组五十个人，死了二十一个，剩下的稍微恢复点后，就被送到大阪的战俘营。在战俘营的日子里，约翰时不时地为上校感到宽慰，他毕竟是在一个温暖平静的环境里过世的，过世的前一天，他还和约翰说：“新生活就要开始了。”他是怀着憧憬去的，这多好。否则，斯图亚特上校就得和他一起到这个战俘营。

这里的战俘营，说是苦力营才更恰当。当初自己居然会相信那个华尔达的话！到了大阪之后，约翰才知道，在他们之前已经有一批战俘从香港到达此地。第二年，又来了第三批，第四批，他们当中不停有人死去，也就不停有新的人补充进来。这些战俘都是乘坐约翰坐过的同样的船，无论它叫什么名字，他们一律叫作地狱航船。在船上的光景，他们也不愿多提起，目前的处境，比之船上，也好不到哪里去，他们远远还没走出地狱航船。

甚至，有的时候，他也会羡慕沉在海底的约瑟夫，至少，眼下他受的这些苦，约瑟夫都不用受了。这样想完之后，他又总会为自己有这样亵渎上帝的念头而忏悔。总要挣扎几个来回，他才能让自己接受，应该为还活着而感恩。

战俘营中到处是老鼠、跳蚤和虱子，每一天，约翰的身上都带着被咬的痕迹，同伴中陆续有人得各种皮肤病和脚气病，严重的，有人得了坏血病，脚部肿胀发黑，到最后，两条腿都被锯掉。幸运的约翰没有染上这样的病，他每天被当作劳动力使用。他被派去公司、派去码头、派去车站，搬运一箱又一箱、一袋又一袋的货物，每时每刻，都有看守催促，没有片刻松懈的时候。最可恨的是，他们如此做牛做马，却连饭也吃不饱。约翰和伙伴们只有在搬运食物货物的时候偷藏一点，这不仅是为了果腹，更是跟这些时时抽打他们的看守做游戏，每次巧妙地得手，都让他们有成功的快感。这简直成了他们活下去的动力，明天我们偷什么，明天我们怎么偷，偷来我们怎么藏货，他们每一个人的技艺都堪比职业盗贼。看守的挫败感，他们看在眼里，喜在心里，脸上却不动声色。偶尔也有失手的时候，有一次约翰偷吃米饭，这米饭，蒸得那么晶莹，让他想起了那年岛上的米粥，他一出神，时间长了那么一点点，正好被看守捉住。好不容易捉住一个贼啊！看守把他吊在树上鞭打，看守还强迫所有战俘都站着观看。这不是他们第一次看人被打，他们已经练就了一副漠然的表情，既不愤怒，也不惶恐，就像不过是在看一场吊打剧而已。那一回，约翰被打得昏死过去。约翰小心地看护自己的伤口，但这样的地方，能小心到哪里去呢？化脓是难免的，约翰每天祈祷伤口不要再感染。在为这些伤口祈祷的时候，他才领悟到，如果斯图亚特上校活着该多好，如果约瑟夫也在这里该多好，谁愿意自己死呢？

以后，这样猫捉老鼠的游戏，还是在继续，看守们对战俘们的惩罚也越来越花样翻新，比如头上顶一桶水罚站，比如罚他们一刻不停地跑，像大开了水龙头冲击战俘头部，或者投入地牢饿上几天这样的花样都不算刺激了，他们找到了一种又薄又韧的竹篾，使劲抽皮肤，鲜血就会四处飞溅，场面惨烈壮观，他们太喜欢这个了，所以，隔一阵子，就会找个犯了事的战俘来一顿抽打。

疯了，他们都疯了。上帝欲其灭亡，必先使其疯狂。他们是在接近灭亡了吗，还是从头到尾，他们就是这样疯狂？有一回，约翰在街上看到一个看守抱着女儿在逛街，一脸的慈爱，约翰愣了好一会儿才认出他来。约翰问自己：如果我是他，我也会这样抽打战俘吗？战争会把我变成这样的人吗？

赫尔也分在这一组，这个生意人出身的人，真的会识时务，倒时不时地规劝约翰几句，让他务必老实谨慎些。约翰也在奇怪自己，我这么老实谨慎的一个人，怎么现在变成这副样子？他都有些不认识自己了。

楔子二：我不想再失去你，香织

2010年的年末到2011年年初，好不容易过去了三个月，终于到了3月11日，整整三个月了啊。那天，每过一个小时，我都会拨一次电话，总是不通。晚饭是在妈妈家吃的，客厅里的电视机上播着新闻，是我们就餐的背景音。这是我爸爸的习惯，他总想和这世界紧密连接，不如此，似乎就有一种恐慌。

“北京时间13时46分，日本宫城县发生里氏9.0级地震……”我冲到电视机面前，边凑近看播音员身后的海啸画面，边掏出手机就拨号，摁键的力气都没有了。恐惧会让人失去力量。

电视上的声音跳跃着进入耳朵——世界观测史上最高震级的地震，引发的海啸影响了太平洋大部分地区。东京有强烈震感。余震多次，导致日本福岛县第一核电站1号机组爆炸，3号机组起火。

爸爸妈妈很快明白过来。妈妈翻来覆去说：“你别急。没事，香织一定没事的，你别急。”过了一会儿，她莫名其妙又说：“他们的祖上做了太多伤天害理的事，因果报应。”我狠狠地瞪了她一眼，她也瞪回我，说：“这是外婆说的！”我是外婆带大的，妈妈知道外婆在我心里的位置，她就经常会拿外婆的话来压我。

我开始隔一刻钟打一个电话。一刻钟是如此漫长。我什么事也干不了，我只能想想送别她那天的场景。

三个月前，那天下午两点，我送她上了去上海的城际大巴，我想跟她一起去机场的，可是香织拒绝了，“不必如此刻意的。我受不了你一个人送别我后又孤单回来。”这就是香织，她最先想到的总是不给别人添麻烦，即便这别人是我。

我脑海里留存的最后一瞥，是她登上大巴的身影。她抬起脚，黑色羊皮平底半筒靴半个脚掌已经踩上台阶，那个刹那，她停住了，转过脸来，朝向我的方向。她看不到室内的我，我却看得仔细，仿佛她在银幕之上，我在漆黑的电影院里坐着。身后的乘客逼近，她随即一挺腰，上车了。宽大黑风衣下，白底淡紫色碎花宽摆羊毛裙的下摆随风荡了一下，也进去了。我心上一凛，觉得她实在不该在旅途中穿这样的度假长裙，万一被自己的脚踩到绊住了呢，万一被电梯夹到了呢，万一被行李车把钩住了呢。

这裙摆，时不时在我心头，飘了三个月了。

好在，某一刻，不，有确切时刻，是10点零5分，手机铃声响起，正是香织。我深吸了两口气，才接起电话，听到她声音的时候，我颤声问：“你都好吧？地震没事吧？”妈妈在一边紧跟着问：“家里人都好吧?”

香织在那头一连声地说对不起:“让你和叔叔阿姨担心了，真是对不起。”

妈妈说:“这孩子道什么歉啊，到底家里都好不好啊?”

妈妈问得响亮，香织赶紧回答:“我们一切都好。”她继续用抱歉的口气说:“地震在东海岸，京都在西部。地震很严重，我们这里万幸没问题。”

这时候，我也明白过来，对啊，我应该马上查地理位置才对。她接着说:“但我们实在不可以有‘我还活着’的侥幸啊，那不应该。”顿了顿，她又小声说:“也许，我们总习惯把大家都绑在一起，个体，就是集体中的一个。在战争和灾难状态时，更是如此。”

我不知该如何作答，我知道她说的这个“我们”是谁，那里头，没有我。搁平时，我又要好好和她理论了，可现在不是时候。眼前，我只有香织，我只感觉到她言语间的善良。

我一个人走到阳台上，在爸妈悬挂晾晒的衣衫丛里，对着手机说道:“以后再不许这样三个月不联系了。”

香织在那头沉默了两秒，说:“以后不了。”

“要天天通电话。”

“越洋电话太贵了。”香织笑了,“还是用QQ通话来得实惠。”

我把我刚才的惊慌失措说了一遍，我笑我自己真的太缺乏常识了，香织道:“关心则乱，说的就是那样。我妈妈有个表姐在东海岸，到现在还没联系上，真让人着急。我们还在想办法。”

这时候煲电话粥肯定不相宜，我们说了几句就挂断了。说起来，那些年，她在小岛的船厂工作，我在本岛的大学工作生活，她的岛和舟山本岛之间隔着遥远的海，这海上来大风来大雾，可不会挑日子，它们要是周末杀来，香织就没法过海。一周能见上一次，就是我们撞大运了，台风季节，半个月没见上也是常事，所以，我们貌似在一城之内，却实打实是异地恋，即便如此，倒也没有因此养成说长电话的习惯。通常，我们这两个深宅男女，晚饭后，就开了电脑登上QQ，接通对方，开了摄像头挂着，先说一阵话，再各忙各的，偶尔停下来再说几句。说实话，我们这样的相处模式，感觉上，可能比普通的同城恋爱更亲密些。想象中的恋爱体验可能比现实中的深刻，因为，那差不多是你同另一个你恋爱啊。

我回到饭桌上，妈妈已经把饭菜又热了一遍，她一脸释然，显然是为香织平安而高兴。她说：“说起来，你们交往也四五年了吧？跟这孩子，连我也觉得有感情了。”我和爸爸惊讶地看着她，知道她后头肯定还藏着一个大大的“但是”。可妈妈看了看我们，叹了口气，不说话了。

第二天晚上，我们各自在电脑上网登录QQ，幸喜网络信号不错，香织的声音从外接的音箱里出来，恍如天籁。外头正下着雨，这会儿大了起来，雨点砸在铁皮雨棚上，一时间仿佛千军万马奔腾。我开大了窗，让香织听，香织笑道：“真是‘雨脚如麻未断绝’啊。”

我说：“看你，唐诗脱口而出的，真得嫁个中国丈夫。”

“那可是两码事。我奶奶就会背很多唐诗。我是爷爷奶奶养大的孩子，沾了老一辈的气息。”从前，她不经意间说到爷爷奶奶时，总会飞快地换话题，果然，这回也是，她很快接着说，“我自己学汉语，是看了很多现代诗的，比如这句：‘你笑了笑，我摆一摆手，一条寂寞的路便展向两头了。’从我们分别后，我就总想起它，真是贴切啊。是郑愁予的诗呢。”

她说这话的时候，我正想说的是“这三个月我真想死你了”。听她这么说，我羞愧起来，一半是对于汉语的，一半是对她的。那么，无论如何，在没有我的日子，她也是寂寞的。

我心头一热。想跟她说我虚构的和她的各种约会，最后还是熬住了。只说起在这三个月里，我完成了一篇小说，《地狱航船》，还投了稿，编辑说他很喜欢，现在正在走二审三审的程序，再详细些的情形，我也说不上来。对于投稿，我还是新手。

香织在那头欢呼，仔细问了我写作的过程，我说我这三个月几乎是在舱底匍匐爬行，香织叹着气问道：“写出了那些黑暗，你的心情好些了吧？”

她既这样说，我也就顺势为自己从前的不懂事道歉。香织在那头沉默了几秒，又提高声音说道：“那么，你真要成为一名作家了吗？过会儿发电子稿给我拜读啊。”香织说得很崇拜我的样子。“你知道，我们这里的纸币上印的可都是作家。如果你真成了作家，我跟我爸爸妈妈说起来，就很有说服力了。他们一直把作家当作人类的精英——就算那作家多不靠谱，他们也不失尊敬。”

“真的吗？真是这样的？作家真的那么受人尊敬？”我默默对比着国内现实，如果不是顶级的作家，如果作品没有被影视化，就很难在社会上受到尊重，说自己是“作家”，反倒会让人背后嘀咕。

“真的啊。在大学教书，又是作家，这样的身份，到哪里都是受人尊敬的吧？”香织对我的激动有点疑惑。我也笑自己，真是的。

刚才怎么会激动到一股暖流自背脊灌入颈椎呢？再听她这么一讲，想着专业上的学术论文看来也要好好做起来，浑身被充足了气一般。

我听见自己缓了声息，说道：“我不想再失去你了，香织。”话一出口，我被自己吓住了。

“我也是，阿明，我们会在一起的。”香织说得很笃定，“可能和人家天天在一起还是会有点不大一样。可是，‘金风玉露一相逢，便胜却人间无数’嘛。”

情话既毕，接着就是说日常。香织说她找到了一份大公司设计所的工作，自然还是造船，她目前是做一位业内颇有名气的教授的助手，帮助他把研究成果转化为公司所需，她的作用，说起来就像一座桥梁，也蛮重要的。她也会努力去写论文发表，说不定将来也能谋份教职，那样，就能回舟山的大学求职，说不定也能成啊。

这样说着，未来仿佛就在眼前，一切都可计议。

次日醒来，虽然只睡了五个小时，精神却振作得很，从容洗漱了去备课，又打电话给妈妈，说晚饭回家来吃。

妈妈烧的还是平常的那几样饭菜，我却觉得样样都有滋味。我们还喝了一点米酒，用的是香织送的酒杯，八角形状的瓷杯，杯身一朵樱花，红到顶了，下一秒就要腐烂似的。客厅里的水仙花还有余香，和饭菜的味道混在一起，也是腐熟的香味。

妈妈又给我盛了一碗米饭，话也说得滋味丰富："看你前阵子失魂落魄的，吃饭都没滋味，不晓得怎么说你才好。唉，真不知道拿你怎么办才好。"

爸爸喝着杯底最后两口米酒，在手心里旋着那杯子，说道："前几天，我在你陈叔叔家吃饭，看到了他的女儿媛媛。你还记得吗？小时候她总梳着两把冲天辫子，也总爱找你玩，你也蛮喜欢她的。"

陈叔叔是爸爸走得近的同事，他的女儿比我小六七岁，小时候，我也是无奈才负起领她的任务，就为了报答陈叔叔每年给我订阅《儿童文学》。媛媛长得真的很可爱，一双眼睛圆溜溜的，一副活络相，当时也没少让我吃苦头。

"陈叔叔蛮想让你和媛媛处处，说两家知根知底，朋友加亲家，亲上加亲。他哥俩想得美啊。"妈妈在我身边坐了下来，"话说回来，媛媛确实是不错，名校毕业，去年刚考上了公务员，从没正儿八经谈过恋爱，还是小姑娘一样心性。"

她现在长成什么样的人了？我还真有些兴趣，可这兴趣全然是对少年玩伴的。我放下饭碗，说：“可我喜欢月牙弯眼睛的，甜美。”

“大眼睛好看啊，也甜美。”妈妈说。

爸爸笑了起来，说：“你妈也是月牙弯的眼睛。仔细想想，眼睛这事情，是挺要紧的。”他边说边对妈妈使眼色，妈妈就起来收拾了碗碟进厨房，似乎是要留给爸爸和我谈心的空间，可爸爸只是叹息着说了句：“父母想的是让你的生活轻省些，不要有那么多不确定的事。”

“不确定才是人生常态嘛。人生无常，就是说不确定嘛。”

“讲道理我怎么讲得过教授你呢？”我刚从讲师升了副教授，爸爸老想着提前给我再升一级。

人长到一定年纪，就会感觉爸爸妈妈这存在，实在是份沉甸甸的压力啊。回到自己家里，在书桌前坐定，才松弛下来。书桌上堆叠的写作资料，是一个不小的藏身树洞。

前几个月，在地狱航船的资料里行进，感觉憋屈，难受。人性的黑暗，不管是来自日军的，还是来自战俘内部的，很多时候，它们让我窒息。在地狱行走久了，人就慢慢习惯地狱的环境、地狱的规则，如同凝视深渊，如同与恶龙缠斗，我由此揣测众多战俘的内心挣扎，体会他们保持自己人性的艰难——在地狱里，做个尘世中的人，遵守人之为人的原则，难的。

那日，船沉之际，东极诸岛的渔民纷纷撑船而来，数十艘小钓木帆船闯进十余艘日军舰艇群阵，在日军的眼皮底下，呼号救人，在“地狱人”眼里，这是多么不可思议的场景。还有那三个战俘，他们不仅被搭救上岸，还被藏匿起来，辗转送到当时的陪都重庆的英国大使馆，重回人间。这事情，即便我此刻纸上写来，也觉得沉重，参与援救的那些渔民，他们该有多大的勇气，才能把这样英雄的行为施行于海天之间。这些人是这片海洋的魂啊。对我身边的这片海，对这片海上从古到今的人，我了解多少呢？太少了。这个在历史上经历两次严厉海禁的岛城，文化也几度被撕裂、丢弃，但它肯定有它自己的形态，只是，我还没有足够的力量，描绘它该有的样子。有一天，我能做到吗？

追问之后，现实常常让我感觉无力，写下他们的故事，我的无力感就能稍微好些。

第二部　那三个幸运的战俘

1. 礁石洞中的人间

夕阳西下，从岩石的缝隙里漏进来一道琥珀色的光，瀑布一般，挂在他们的石床面前，像个奇迹。

伊恩他们三个静静地盯着这道光。他们还不敢彼此说话，连悄悄耳语都不敢。他们也不敢睡。伊恩手里盘着一颗小石头，它刚就在手边，黑而圆润。这是潮水带进洞来的吧？

晚潮还没开始涨，如果日军离开了，在涨潮之前，阿卷就会送晚饭过来。这是说定的。

伊恩会有限的上海话，能应付日常。他的两个同伴，对上海话，也不陌生，至少能听几句。战前，肯特曾是天津英租界工部局的警务总监，凯文也曾是上海英租界工部局的会计师，都在华多年，他们的朋友当中，总有几个上海人或是宁波人，这个岛上的人，说的话和他们差不多。伊恩确信此地就在长江口附近。

在等待的静寂中，昨日之事，如潮涌来。

当时，伊恩对自己说，如果能活着回到岸上，今天，当是我重生之日，我要记得。今日是1942年10月2日。

不远处，“里斯本丸”冒着黑烟，正以接近垂直的角度下沉，随着一声巨响，一股巨大的水柱自海底呼啸而起，直冲天际。

那船里还有很多人啊！伊恩应声回望，一边痛心，一边庆幸，无论如何，他和乔都跳出沉船了。随即，他又为自己的这种庆幸而羞耻。

这个七八千吨级的船，船尾部分铁定已经扎入海底深厚的泥土，此刻，水柱散去，驾驶舱还有部分露出水面，载沉载浮，像在濒死呼救。

风大潮急，扑腾着的战俘们、印着热带花木的布匹、大大小小的箱笼、长长短短的舱板，都被涌动的浪头和漩涡推挤着，乱成一片。伊恩奋力击水前行，他要为乔开出一条路来。在一个刹那，伊恩感觉异样，他捕捉不到乔的呼吸声了，回头望，身后已空无一人。乔游去哪里了？虽然他有哮喘病，但乔并不因此放弃必要的体能和技能训练，他是个勤勉的孩子，他会游泳。伊恩踩水而望，海面上在浮动的人头当中，没有乔。终于，他在沉船制造的漩涡边上，看到了乔的一头金发，冒了一下，随即被吸入漩涡深处。那强大的吸力，伊恩也感受到了，他想顺势而去，却被两个人架住了。

"凯文，你右手边有块板！"

"我接住了，肯特，你看，左前方有一块更大的船板，够我们三个用！"

他们很快够到了那块船板，凯文把原先的那一块，转给身边没有板的人。

战俘和海面上的布匹一起漂浮着，要挣脱这个沉船的漩涡，需要很大力气。况且，环绕沉船的日军救援军舰，他们也制造出大大小小的浪带，让海水的流向混乱不堪，让不谙水性的人无从着力。军舰径直从战俘们身上开过去，船头冲开浪花，响亮的泼溅声里混杂着战俘的惊叫，还有船舷上看热闹的士兵的哄笑声。

太阳在天上，亮晃晃地照着这一切，阳光刺目，伊恩闭起了眼睛。分秒之间，都有生命在身边消失，他们的死亡是敌人所盼望的事情，不，甚至没有盼望，只是漠然而已；不，甚至没有敌人，如果是"敌人"，对方总得先把他们当"人"啊。

我不能在这里消失，万一，乔能挣脱漩涡，逃生到附近的岛上呢？伊恩逼迫自己清醒过来，他听着自己的呼吸，耸起身子，清点起身边的人来。

聚在他身边的是2号舱里出来的十二个战俘，战前他们大都相识，有的在商界，有的在警界，多半是在战事严峻时才加入军队的。在香港深水埗战俘营的时候，他们也总爱聚在他周围。

前面有三个小岛，他们该往哪里？大部分战俘在跟随涨潮的方向游动，将会游向潮流正对的岛，省力些，但路途较远。伊恩选择了离他们最近的一个形似海龟的小岛，虽然那里稍微偏离了潮水的方向，游动起来会费力一些，但距离是最近的，他们有希望在太阳落山前到达那里。

大家都相信伊恩的选择。伊恩是英美烟草公司香港总监，在商场中，他对大局的把握能力，是经过一次次检验的。朋友们也知道，伊恩对航线和洋流颇有些研究，他曾经很多次准确预言过远洋货船的抵港日子。伊恩看了看跟着他的这些人，他们聚在他周围，他就对他们有了责任——为别人活，总比为自己活，轻松些。

“我们离那个岛估计有两海里，日落前，我们能到那里！”伊恩说得很肯定，他习惯给身边人鼓气。10月的海水，已经很凉了，幸亏现在有太阳照着，日落之后，如果他们还不能到达那里，后果会怎样，伊恩心里很清楚。他只有暗暗祈祷奇迹的出现。

有几只海鸥无声地从他们身上低低掠过，迎着风，飞向天与海的交接处。海面之上，一切都是安静的，海鸥展翅在飞，看着却也是一动不动。不安静的是海，骚动从海底而来，推动潮头涌上去，再重重跌下，碎成一片白沫，人得从波峰浪头中摔打着游出一条路来。陆续加入进来，跟着他们一起游动的，还有好多他们并不熟悉的战俘，人被推涌着，一会儿在波峰，一会儿在浪谷，浮萍一般，难辨东西。他们费尽力气，过了好久，才向前游出一小段。伊恩还是努力游在最前面，他也不知道自己的力气是从哪里来的，只在心底断断续续念诵“水便分开”“水在他们的左右作了墙垣”“水便聚起成堆”，脑海里出现的是传说中那条海底的路。他给自己鼓劲，要有信心，一定要有信心。

奇迹真的出现了。

在他们的正前方，从那个小岛的方向，有一排小船正朝他们驶来。船来的速度慢得惊人，原地打转一般。他们很快明白，这些是人力船，大些的有帆桁，小些的就只有橹和桨，船夫要使出浑身的力，才能顶风逆浪前进。但无论如何，这些是真实无虚的船啊！船慢，他们这边更不能松懈，伊恩依旧奋力游着，看得到船夫跟他挥手了，看得到船夫的衣服了，看得到船夫的眉眼了。

随着潮水一起漂来的还有成捆的布匹，还有貌似装着好多好东西的箱笼，船夫们用桨划开这些东西，把手伸向水中的战俘。

伊恩的手，被一只粗糙而火热的手握住时，他紧绷的身子骤然放松，他想挣脱，就此入海。他怎么可以一个人上船？凯文在他身后猛地一推，他结结实实地扑到船中央。船小，他们紧挨着坐，六个人就满满当当了。刚一坐满，船就掉头返航。

看来，这是一次有计划的营救。伊恩很快在那么多条船中找到了一条领头的。那人在居中的位置，指挥着船驶向海里的人群。战俘们此刻在海上呼救，风声把他们的声音撕裂了，听起来像是一群羊在叫唤。上帝的羔羊落难到此，那么，摇橹而来的人，必是天使。

先前在海水里泡着的时候，人没着没落，都顾不上打量彼此，上了船，有了这一丁点的庇护，人就自觉羞耻起来。除了伊恩他们三个勉强还有衣衫护身，其余的，都已接近赤身裸体。他们尽量不往彼此的身上看，可是，过会儿上岸了，却怎么见人？

小船把他们送到浅滩可以涉水的地方就停下，一口气不歇，又朝着海面上漂浮的人划去。伊恩的身边聚起了四五个人，搀着他往前走，凯文和肯特的身边也是，大家簇拥着这三个还算衣冠齐整的人，往岸边挪去。

离岸越近，大家越是挨得近，伊恩被身边这几具热烘烘的身体簇拥着，心头却阵阵发凉。当初他应当想到沉船边会有漩涡，他应该想到的！他就应该让乔游在前面，他来殿后，怎么可以自己游到前面去呢？他总是能把事情想得很周到的，不是吗？

岸上有人接应着，把他们带到一个庙宇安身。这个岛满眼礁石，黑松参差其中，随处可见茅草的穗状长花，一片雪白，是秋天的样子了。一进庙门，迎面见妈祖塑像，伊恩认得的，暗想这里难道是福建地带？看着又不像，福建这时节的天气，应比此地更要热些。这里就是长江口附近。伊恩踉踉跄跄走到避风处坐下，抱住自己湿冷的身子，太阳已经西斜，风里有寒意。

有人提着木桶送来热水，看着蒸腾的热气，伊恩心头一酸。自从上了战俘船后，他就没用热乎乎的水擦洗过身子。陆陆续续，又有人送面盆和脚桶来。从前，伊恩在他职员的家里见过这个，他好奇过他们的洗浴方式，不承想，某一日，自己也会使用它们。几个男孩子送来了毛巾和衣服，都是叠得齐齐整整的，连补丁也打得齐齐整整。伊恩还是神思恍惚，木乎乎脱衣换裤。大家都擦洗过，换了岛上的衣服，一个个身着对襟布衫，阔腿黑裤，彼此对看，如在梦中。

大家沉默着，似乎，这会儿说什么，都不合适。海上的呼救声，在庙里也能隐约听到。近黄昏，风更大了，船夫得用上更大的力气来驾驶小船。

很快，第二批被救的人也送过来了。已经换上衣服的战俘，看到新来的人几乎裸体的样子，好几个人就落下泪来，于是，赶紧把自己身上穿暖了的衣服脱下，让给热水暖身后仍旧浑身发抖的人穿上。

岛上所有的烟囱都在冒烟，热水和衣服，在源源不断地送来。这里的男孩们个个能干，他们会麻利地从妇人手里接过这些送来的东西，帮着这群衣不蔽体的男人擦洗换衣。他们还会铺床。门板在地上一放，就是一张床了。砖头上面垫上一层细密的松针再平铺一层稻草，就是一张柔软的床了。先铺上一层稻草再放张草席，那更是一张豪华的床了。起初，他们尽量把床搭在避风处，可是，被救上来的人越来越多，他们只好在所有能铺床的地方都铺上了“床”。到最后，角落里，几捆稻草摊平整，也是床了。孩子们满头大汗，还歉意地朝他们笑。伊恩不敢看他们亮亮的眼神，那是十多岁的孩子才有的眼神，他们对这个世界满是好奇和好意。伊恩和几个能动弹的战俘一起帮孩子们的忙，很快，他就感觉到整个人发飘，手和脚却异常沉重，这沉重慢慢延展到头部，他眼前一黑，跌倒在一堆稻草上。

他听到凯文在说："伊恩能撑到现在，不容易了。"肯特在摸他的额头，说："他发高烧了。"他觉得自己已经跳出了躯壳，飘到妈祖的耳边，对她说："帮帮我，帮我找到乔，带他到这里来。"

他飘荡在大殿的梁间，看战俘们被年长的妇女们照料着躺下来。这些老妇人的装束，和香港那些老式人家的仆人很像：斜襟的短褂，吊脚裤子，头上的髻梳得纹丝不乱。可是，她们的脸上没有仆人们的诚惶诚恐，她们在这里，端庄地坐立行走，温柔地照顾着这群她们从来没见过的异族。她们在给他们喂粥，在给他们擦治晒伤的油脂，在给他们缝补衣衫。她们的脸有圣母的光彩。

伊恩终于安下心来，睁开了他的眼睛。他努力想让自己清醒，比如，确定一下自己身处何地，是什么时日。现在是1942年10月3日早晨，这是确定无疑的。9月27日拂晓，他们从香港启航，到今天已经走了七天了。这会儿到底身在何方？在比福建更北一点的地方，那么，就是长江口一带。但是，既然是去日本，为什么要走这样的沿海路线，却又着实让人难解，难道是为了躲避盟军的潜艇？应该是的，击沉运送他们的军舰的，也许就是几枚鱼雷。这个，战俘们在船出事后就反复讨论过了。这艘船在运送战俘，却没有悬挂理应悬挂的相关旗帜告诉盟军，不要伤害它。日本人不愿意人家知道他们在运送战俘回本土吗？盟军潜艇发射鱼雷，当然以为自己在攻击敌人，在毁坏敌人运送的战略物资，他们怎能知道，这批物资，就是战俘？

混沌中，伊恩真想跳上沉船的甲板，在鱼雷未发射之前，对潜艇挥手。

一直守候着他的凯文见他醒了过来，抬手连连在胸口画十字。伊恩撑起身子，看了看大殿，这里已经约莫有两百人，黑压压的一片。

凯文说："昨晚这里的船，一直救人救到天色墨黑。听说，到后来日本人终于良心发现，也出船来救人了。"一位老妇人端着一碗温水过来，扶伊恩半坐着喝下。伊恩边抹嘴边惨淡笑道："这哪是良心发现？这笔生意，把我们救回去是最划算的，这是生意人的算法——否则，千里迢迢装运我们干吗？"凯文道："那当初干吗不救我们呢？"伊恩答不上来，也许，当初，日军根本没把他们当成"人"看，他们只是"物资"。船上的日军不在乎"物资"，但他们的上峰肯定在乎——怎么可以把物资丢了呢？伊恩试着把这层意思说给凯文听，凯文叹气道："你说得有理，我把他们想得太好了。我得向上帝祈祷，愿他们还有一丁点人性。"

凯文探探伊恩的额头，火烫，起身去端了盆冷水，要了块毛巾，不停在那里冷敷。没过多久，就有一个长着一头鬈发的男孩子提了一桶水给他，又拿来一块新毛巾，雪白柔软，和刚才在用的大不一样。男孩指了指大门口一个在张罗指挥的身影，伊恩估计他就是毛巾的主人了，长挑身材，浅灰夏布长衫，像是个头面人物。那人显然对伊恩这里多有关注，一见伊恩注目于他，就略略点头示意，吩咐完了事情，随即来到他们身边。他说他姓赵，幸会幸会。

四个人互相拱手作揖，用的是中式礼仪。

这对伊恩来说，是第一次。他开口用生硬的上海话打招呼，也是第一次。从前，他只是旁听，即便他听懂了，他也用英文回话。

说起来，是上海话给了他呼救的途径，在那个危急时刻，他们被藏起来了，在这个洞里。

在青浜岛上，头发卷曲的，就阿卷一个，不，不，还得算上旁边的庙子湖、东福山和黄兴岛，这四个住人的岛上，头发卷曲的，也还是阿卷一个。这片海域周围有四十八个岛，一百零八块礁，上面住着人的，也就这四个岛。阿卷长到十四岁，除了这四个岛，就没去过别的地方。因为他的头发，他就被叫成“阿卷”。

可今天，岛上一下子来了那么多卷毛人，黑卷毛、黄卷毛、棕卷毛、红卷毛都有，真跟做梦一样。岛上的人，有去上海做生意的，有去上海长住的，他们告诉过岛上的人，上海住着各色各样的人，是你们想也想不出的样子。这下好了，岛上的人可都亲眼见着了。阿卷更有别样的兴奋。

话说从头。今早上，阿卷和大波兄弟俩一起在山顶玩，远远看到一条船，真大。不过，这也不算稀奇，这里离上海不远，进出上海的船，阿卷见过比它更大的。

这船越来越近，聚集到黄胖老山、南田湾和石柱湾山顶的人也越来越多。这船越来越慢，越来越斜，船头往上翘啊翘，船尾吃水很深，在离开青浜岛不远的地方，这船停下来了，高高的桅杆倾斜得厉害，船周围漩流回荡，白色浪头一丛一丛激起来，没多久，轰隆隆的声响传来，接着，黑烟滚滚升起，再接着，水柱冲天，阿卷都看呆了。

这声响，除岛西边那个耳朵不好的老太太，大家全都听到了，大家都出来看洋面，毫无疑问，出大事了。岛上主事的有赵爷、唐叔，他们说："人命关天。我们救人去。"

这岛民的祖先中，很多就是被救上来后在此安居的。下雨天，大家凑在一起搓麻绳，老人家就慢悠悠讲，讲的多是救人的故事。其实有时候，他自己就是故事中的英雄呢，但他不会自己点出，否则，一夸耀，这救人的功德就折损了。"救人一命，天上一星。"救过人的人，死后就是天上的星辰，无上荣耀。

所以，即便赵爷不说，大家也一样会出海救人的。打鱼都跟头船走，救人也要有人来打头，见多识广的赵爷，就是这个头了。岛上大大小小的舢板、直肋船、带角船、对船，都集合起来往海里开。

阿卷这样的半大孩子，也不闲着，是妈妈和奶奶们的帮手。活儿也多着呢。

就这样，从海上救上了一个又一个白皮肤的人。他们已经在这里过了一夜了。岛上的人，也忙碌了一夜。烧热水，烧饭食，铺铺盖，给衣服，就说阿卷家里，他爹娘把吃的穿的盖的，都拿出来了，一点不剩下。

这会儿，赵爷在招手找阿卷，他说："阿卷啊，你好好照看这个伯伯，他刚才说他叫伊恩，他求我救救他们三个。他说日本人肯定很快会回来抓人的——这话我是一半猜的，可想想也是，日本人总归是要回来的，他们怎么会放过这些人呢?”

赵爷说完就走了，他忙得很，能不忙吗?幸好，岛上还有唐叔，他也很能干，他总能帮赵爷想到好法子。

伊恩发着烧，阿卷去提了一桶井水，绞冷水手巾把子来敷他的额头。跟着伊恩的另外两个男人在那里唉声叹气，又摇头又嘀咕。

过了一会儿，大波兄弟俩一溜烟跑进来，大波一紧张就结巴，就使劲打手势。阿卷说:“别吵我，我可不是躲着偷懒，这是赵爷吩咐我做的活儿。”小波替他哥说道:“赵爷喊你把他们三个带往小顽洞，要快。”大波也缓过来了，说:“十万火急！日本人的船正朝这里开来呢。”

阿卷赶紧把毛巾往桶里一扔，做手势让伊恩他们三个跟着走。伊恩立刻打起精神，套上赵爷刚给的布鞋，拉上另外两个就往外面走。阿卷依旧提着那只桶，看上去就像他们几个出门去找水一样。要是跟出来一大帮人，小顽洞是装不下的啊。“小顽”，说的就是阿卷这种年纪的男孩子。这样的洞，是孩子们的天下。

他们跌跌撞撞爬过山顶，隐到山崖下，回头细看，外洋面上果然远远地有五艘军舰驶来，伊恩面孔顿时失色，他抬眼看看光秃秃的北坡，看看海边陡峭的悬崖，又看看阿卷，满眼惊慌。

这个小顽洞，是阿卷和几个男孩子在海边捉迷藏时发现的，阿卷把这个发现当秘密告诉过赵爷，他当即笑了，说这个洞，确实是我们岛上的一个秘密，知道的人不多，先人们在那里躲过海盗——赵爷真是无所不知啊。果然，阿卷他们在洞里找到了用火的痕迹。赵爷嘱咐过阿卷他们不要到处嚷嚷，以备万一。现在，这个“万一”的时间到了。

阿卷把他们带到了海边。这地方三面临海，四周都是大石头、绝壁坎，那些已经风化崩裂的大石头在此堆积倚靠，乍一看，无路可走。

阿卷挪开那堆大大小小的碎石，一条可容一人翻越的石缝就在眼前。他们挤过这条石缝，穿过一条甬道，就是分岔口。左边一路直通海面，右边一路通向黝黑之处。他们朝右走，转过一个弯，眼前一个大洞，挤挤能坐十多个人。洞顶有条裂缝，如同天窗，洞里就有了光亮和空气。洞底是光照不到的地方，他们就在那幽暗之处蜷缩而坐。

很快，附近就有杂沓的脚步声传来。阿卷紧张得想要咳嗽，喉咙里一只小手在挠啊挠，没熬住，轻轻地咳了一声，自己听来，这咳嗽声跟惊雷一样。大波狠狠地捅了阿卷一下。他们另外几个人都静悄悄坐着，也不互相看，装作连自己也不在。脚步声离悬崖很近，他们一起盯着那条缝隙，盯得眼睛都酸了。有一阵子，脚步声就在头顶上，还有日本人说话的声音，咿哩哇啦的。

伊恩后背贴着石壁，闭上眼睛，好像老和尚打坐一般。赵爷常说：“临事不慌，才是真男人。”伊恩大概就是这种男人吧。

终于，脚步声远去了，四周安静下来，只听得潮水拍打崖壁的声音。他们三个抱在一起，抱得很用力。阿卷他们三个也互相捅了几拳。一直在洞里坐到从缝隙里进来的阳光淡了下来，阿卷他们才出得洞来，仍旧原样把洞口的碎石又堆上。

他们回到天后宫，那里空无一人，只有妈祖的塑像还在。好不容易铺就的一张张床已没了形状，铺床的稻草到处都是。一路过去，家家户户都大门洞开，不是柜子倒着，就是床倒着，水缸破了，米缸也破了，凡是能藏人的地方，大概都被翻找过。人们都在码头那里，呆立着，有几个人身上还有血痕。阿卷大声喊，在人群中找到了他的爹娘，谢天谢地，他们都好好的。阿卷还找到了赵爷，他朝赵爷点点头，赵爷爷朝他点点头。

“日本兵带走了我们救来的所有人。”阿卷的爹爹说，“那些可怜人真是有心，这样生死不明的辰光，他们还晓得脱下身上的衣服还给我们，晓得我们置这身衣裳也不容易——都是好人哪。”

阿卷跟他爹说：“不是全部，我们藏了三个人。”阿卷在他爹的眼睛里看到了惊喜，也看到了恐惧。上海早几年就沦陷了，可是，再怎么样，岛上的鱼货，还是有办法去上海，各种消息也会从上海传来，日本兵报复杀人、烧火毁村的故事，时不时会听到。但岛上的人，也不是很怕，他们知道，在附近的岛屿上，有各种抗日的队伍。他们有的是民团，有的是游击队，有的是新四军，有的可能是他们喊不上来的名称，可他们都是打日本人的队伍。

大家散开后，阿卷跟在赵爷和他爹后面，到了南田湾自己家里。

在岛上，南田湾算是个冷清所在，也就七八户人家。阿卷娘的饭菜做得好，在岛上也是有名的。岛上土薄，也只有番薯能在这里扎根，这番薯就是主食。这会儿，阿卷娘正在用瓦罐煮着番薯干粥，火堆旁也烤着番薯，香气已经飘出来了，整个屋子都香香甜甜的。她见了阿卷，就拿了细鸡毛帚来，把他身上拍了一遍，拍下一层灰。

赵爷和她也说了这事。阿卷在她的眼睛里，看到了和爹爹一样的神情。但她什么都没说，就在饭篮子里铺了层干净稻草，又用一件旧夹袄做了个饭窠，把喷香的烤番薯放进一个小锅子里，这才把瓦罐和锅子装进篮子，又带上碗和调羹。她没带筷子，经过昨天，大家都知道，这些外国人不会使筷子。她还是不放心，又在面上铺了层干净稻草，把一盒火柴和两根蜡烛放在饭窠和篮子的夹缝里。阿卷娘挎着她这庞大的饭篮子，阿卷爹前胸是扳罾，后背是鱼篓，罾里篓里，都藏着铺盖。阿卷提上两桶淡水，走在前头。如果有谁远远地看到他们，还就以为他们往海边去赶晚潮。

在晚潮涨起来之前，鬈发男孩带了人来，也带来了食物、淡水和卧具。那一对男女，看着像夫妻——伊恩熟悉这种夫妻间的默契，无须话语交流，两个人就知道怎么各干各的，同时却又在整体推进。女人打开篮子，把那件夹袄在石头上摊平当桌，张罗给他们装碗喝粥。男人独自出洞去山上拖了两棵晒干了的松枝回来，把那些松针铺平了做了床垫，再铺上他带来的三床薄被。女人选了个避风处，用石头垒了小小的灶，用松枝引了火，用小锅子舀了水，放在上面烧。鬈发男孩也许是怕他们这样进出招人耳目，没人吩咐，他自己就跑去洞口，里朝外，把碎石又重新垒上。

伊恩默默看着这些，振作精神喝下粥去，他用调羹一口口舀着金黄又甜糯的地瓜，听着锅子里的水渐渐沸腾的声音，他又感激又担心，难道自己真的要做荒岛上的鲁滨孙了吗？但无论如何，总是要比被重新装上船，当作物资运送到日本强啊。

女人在洞里忙碌着，经过她收拾，这石洞竟然有了居家的气息，这一块是厨房，这一块是起居室，这一块是卧室，她甚至领了凯文到洞中通向海的另一头去，伊恩想，那必是在指点便溺之所了。

到最后，她看了看他们三个的脸，凑近伊恩，用手探了下他的额头。这一刻，伊恩竟有点把她当作伊芙琳的恍惚——也许，天下会照顾人的女人，都是一样的，她们总是能灵敏地感觉到周围人的需要，知道周围人的冷热，也知道怎样照顾他们。伊恩顺从地躺进新铺好的被窝，松针的香味和太阳的香味，细细地钻入他的鼻孔。鬈发男孩提来的那桶水还在，毛巾也在，肯特拿来敷他额头。无力感再次攫住了伊恩，一睁眼，头顶坑坑洼洼的石壁就像要压下来，他闭上了眼睛，却又挣扎着想睁开。蒙眬当中，他看到鬈发男孩他们三个向他告别。

肯特凑到伊恩耳边说，他已经找了三遍了，除了开向海的出口，再无别的出口，一旦大潮涌上来，他们将无路可逃。凯文说他也把洞里的岩石看了两遍，他能确定，他们现在做床的这个地方，真没有被海水浸泡过的痕迹。这是因为，这个洞分成两路，一路是通向海的，那是海水的路，有一块礁石正好能挡住涌进来的潮水；另一条路是通向山上的，他们就在这一路的最高点上，这里的岩石颜色已经发白了，就是很久没有被海水浸过的证据。伊恩点点头。凯文总是往乐观处想，肯特总是往最坏处想。伊恩已经很习惯了。

伊恩越睡越清醒，从前挂在他办公室里的一张中国地图越来越清晰地闪现眼前。那会儿，为了他的生意，他关心时局，时不时在上面标注沦陷区。去年12月之前的沦陷区，他还能回忆起来。他一定能的。如果可能，出了岛，他能找出一条生路来吗？可是，即便在陆地上真的有一条生路在，那海上的生路呢，在哪里？

晚潮涨起之前，海上起了雾，这雾气一直弥漫到洞中。这时候，来了三位身着长衫的客人。伊恩知道，这长衫，就是一种身份。虽然来者示意让他躺着，他仍执意坐起，凯文怕他坐不稳，就紧贴着他后背坐着，让他有个倚靠。

他们说的话很像上海话，伊恩能听懂一半，一半靠手势比画，凯文也大半听懂了，弄明白了，日本人的船还在附近的海上绕着岛开来开去——这也是伊恩早就料到的。

他们略略坐了一会儿，便又回去了，留下他们和一室浓黑。他们不敢点蜡烛，想想刚刚曾生火烧水，不禁有些后怕。

三个人躺在黑暗中，静默着，无人说话。良久，伊恩说："睡吧！明天就会好了。"凯文笑道："这话，像我奶奶说的。"

伊恩夜半醒来，四周浓黑，涨起来的潮水正在有节奏地扑打洞门，他把身上的薄被裹紧了些，石床的寒气透过松针穿来，让人打战。凯文和肯特呼吸安稳，听起来睡得不错。伊恩半梦半醒，听着潮水渐渐退远。此地离上海已经很近，他离敏妮和伊芙琳已经很近，如果他能搞到一条船，同时，搞到一个身份，他就能去上海找她们。已经10个月没有她们的消息了。伊恩确信，敏妮一定能把她妈妈保护好。可是，见了面，怎么跟她们说乔？怎么说？伊恩想让自己相信，乔会随水流而去，在某个小岛被救。但这，是不可能的。他亲眼看见浪头把失去意识的战俘摔到礁石上，下一个浪头即刻卷来，带走了他们，不留一点痕迹。如果没有这些渔民来救下他们这些战俘，那么，他们要么随船沉没，要么随潮沉没，要么被枪杀，要么被冻死、渴死，被浪头卷到礁石上砸死，然后，潮一涨一落，抹去所有的痕迹。而他们三个，是幸运之中的幸运，能被如此藏在洞中。得振作，伊恩对自己说。

晨光渐显，伊恩惊讶地发现，在洞的上下四周都有微光进入，可见这洞必定另有出口。他挣扎起身，循光打探，才知这光是从各块巨石的缝隙中进来，到底哪块石头是可以推动进出的又一个门？看着巨石的体量，哪一块都不像。凯文和肯特也各查勘了一遍，最后也都是无奈摇头。

那个鬈发男孩来送的早饭，洞口潮水未退尽，他涉水进来，膝盖以下湿淋淋的，又跑得急，气喘吁吁。他摸摸孩子脑门上的汗水，莫名一阵心酸，孩子们总是这样，把大人们交代的事情看得很重，兴兴头头，要向这世界证明自己是个值得托付的好孩子——乔也是这样。男孩笑着，伸手也摸了摸伊恩的脑门，他摸了两下，皱皱眉头，又把自己的额头擦干了，来贴伊恩的额头。伊恩笑着搂住了他，把额头抵到他的额头上，孩子的额头十分清凉。

鬈发孩子来了又去，潮水逼近又退下。在潮声中，舰只的马达声隐约可闻。岛上的船，是没有马达的。这马达声围绕着小岛，一圈又一圈。

“他们知道我们还在岛上吗?”肯特问。

他们三个人面面相觑，伊恩道:“如果确知，也就不会这样绕来绕去。”

这天近中午时分，他们听到了不远处的海面上响起了爆炸声，难道日军开始炸岛？他们三个缩到岩洞的最里面，那里岩层最厚，想想又不对，如果真炸塌了，凭他们自己，是没能力从一堆巨石中爬出来的。他们就又躲到了洞口的巨石旁边，虽然那里更危险，但他们也许还能爬出去。可是，三四下爆炸声之后，飞机轰鸣着从岛上掠过，飞远了。

那天下午，马达声也消失了。

早潮退去后，阿卷要带唐叔去小顽洞。

唐叔是岛上最活络的生意人，他收了渔民捕来的鱼去外埠卖。且不说他走过三江六码头，单说他那一手小绝活就无人能比，画画，随手几笔，就能勾画个模样出来。他会边说边画，把他在外面经历的新鲜事，描画出来。他画的西洋女孩子，一头卷卷的细细的长发，水草一样，阿卷喜欢极了，讨来贴在床头。

今天，他随身带着他的画画本和笔，看来，他有长长的话和伊恩他们说。

等到落潮，唐叔走在前头，阿卷还是提着两桶水，唐叔的老婆挎着饭菜篮，都跟在后头。唐叔熟门熟路，到了洞口，翻开石头。阿卷暗暗惭愧，原先，他还以为这小顽洞是他第一个发现的呢。

果然，唐叔画出了日本人的飞机往他们那艘沉船的位置扔了三颗炸弹，他甚至没忘记画海面上溅起的冲天浪头。他也画了飞机的离开，军舰的离开，还有它们离开之后平静的海面。

接着，唐叔开始说话。唐叔的语调向来笃笃定定，让人听着非常安心。他边说边画，伊恩他们三个出现在他笔下，在画里，他给了他们一条大船，还有几个护卫的人。但是船将去哪里，他画不下去了。他画了他和赵爷他们围着一张桌子在商量。他说的话，伊恩使劲在听，一边听，一边看看阿卷，朝他笑。伊恩笑得怪怪的，透着伤心。

伊恩接过纸和笔，也开始边说边画，他的语调，也和唐叔一样，不急不缓。他画了一条很大的船，甲板上是日本兵，船肚子分成三格，一格又分了两层，密密麻麻装满了人，那些人都佝偻着身子，连腿脚都伸不开。他画了他们从哪里来，唐叔点头说："香港。"伊恩连连点头。唐叔说："我们这个岛叫青浜，附近还有西福山，还有庙子湖，这三个岛上的每一条木船，都出来救你们，合起来救了三百多人。"他说了那么长的话，伊恩也还是使劲听着，一个劲儿点头，不知道他听懂了多少。

唐叔接过笔，在伊恩画的陆地边上，画出了这个岛，然后，他又在陆地入海口画了幢尖顶的高楼，伊恩指着它说："上海。是日本人的了。"伊恩这句上海话说得特别清晰。

唐叔连连点头，说道："我们这一片海不全是日本人的。"他说得含含糊糊。

伊恩接过笔去，在陆地上画了江流和铁路，还有山峦。沿着铁路和山峦，他又画出了一条线路，一直通到内陆去。

唐叔端详着伊恩的画，一脸困惑。阿卷常听人家说唐叔是"游过三关六码头，吃过奉化芋艿头"[①]的人，阿卷特意去细问过唐叔，那"三关六码头"都是些什么地方啊？唐叔说不过都在慈溪境内，他就绕着上海和宁波在打转呢，能跑多远。阿卷原先想这是唐叔的谦虚，现在看看伊恩画的那条线路，他才相信，唐叔恐怕真的没走很远。

唐叔锁着眉头，指向那张他和赵爷他们围着圆桌商量的画面。这张画里，唐叔和赵爷的手腕上都有手表。阿卷呆呆看着手表，想了很久才想明白，有了这手表，赵爷和唐叔的时间，就和外面的世界接在

① "游过三关六码头，吃过奉化芋艿头"是浙东地区家喻户晓的一句话，夸人见识广。

一起了。

伊恩他们的手腕上，现在是光光的，但他们一定曾经有过手表吧？那么，他们的时间，被日本人抢走了；他们和这世界的连接，也被日本人砍断了。阿卷寻思着这些，可不好意思把它们说出口。某一天，他的时间也会和外面的世界连接在一起吗？这样想着，阿卷都呆了。

伊恩尝试着想把他画的意思说出来，可他的上海话不够用，唐叔直直看着他的眼睛，好像这样就能明白他的话。

沉默在他们之间蔓延，伊恩和唐叔都有些犯愁。阿卷挨上前去，趴在伊恩的膝盖上。他爹娘也常有这样的时候，两人默默相对，没有办法可想。伊恩摩挲着阿卷的肩，落下泪来。他画了四个人，当中一个是他自己，左边一个妇人，左手醒目地戴着一枚大戒指，右边一个女孩，卷曲细嫩的头发像丰茂的水草，还有一个男孩，也一头鬈发。

接着，他又画了那条大船，它已经快沉了。船身旁边，都是一个个漩涡。阿卷怕漩涡，他亲眼见过漩涡“吃人”。小时候，有年夏天，在码头，一场台风刚过，渔船还泊在那里，大人们在为出海做准备，有个叫阿龙的叔叔，头上顶着一只大西瓜，偏不走跳板，就从滩涂踩水走。岛上很多人都会踩水，但谁都没有他踩得好，他可以做到看起来毫不费力，就像在陆地上行走一样。那天，他就带着那只大西瓜，快快乐乐地朝他的船“走”去。阿卷他们那一帮小孩儿羡慕地看着他。他们都在学踩水，可样子都踩得很糟糕，手摇得跟橹一样。哪像他，两只手潇洒地捧着头上的西瓜，直立着，在海里走。可是那天，在阿龙身边，突然出现一个盘旋的水涡，他歪了一下，人矮下去了，眨眼之间，不见了。阿卷还以为他是在跟他们玩呢，他以前也这样和他们玩过的。阿卷就在那里睁大眼睛盯着，等着他突然冒头出来，他会甩甩头，哈哈大笑。可是，这一回，他们没有等到。

伊恩在漩涡上面，画了那男孩子随漩涡而弯曲的身体。他指着那两个女的，说："我儿子，昨天，沉海里了。我女儿和她妈妈，在上海。"这话，大家都听懂了。

阿卷想着永远不会再冒头的阿龙叔，想着码头上倒地痛哭的阿龙娘，在床上整整躺到"一七"的阿龙爸，阿卷的眼泪落了下来，濡湿了伊恩的膝头。

生活在这样的岛上，亲眼看到死亡，是每年都会有的事情。阿卷不知道年长的人到底见过多少次近在眼前的死亡，也不知道这洋面上有多少人遭遇过海难，只知道暴风雨后，岛上的大人都会出海去看看有没有需要救助的人。可是，面对这样会一下子把人带入海底的漩涡，连老人们说起来也满是无奈。

这样的伤痛，言语无法安慰，大家就只好安静地陪伊恩坐着。唐叔的老婆在石灶上烧了点水，给伊恩一个热乎乎的手巾把子擦脸。阿卷用额头贴了贴伊恩的额头，还是很烫。唐叔他们先走了，阿卷留下了，他想让伊恩躺到石床上去，可伊恩拍拍石头，不肯躺下，他宁愿缩在有阳光进来的缝隙旁边。他就依偎在伊恩身边，他想把自己身上的暖传给伊恩。

阿卷一直待到娘送晚饭来。依旧还是番薯干和一点点米的粥，在烤番薯之外，还有一碟清蒸的黄鱼干、白煮的蛏子和淡菜。他娘送到后就走了，让阿卷等他们吃完后，再把饭篮子和碗罐提回家。太阳很快西斜，海上起风了，风从洞口进来，从石头缝隙里进来，这洞，就阴森森的。太阳下山后，这洞就暗了下来，原先不知道藏在哪个角落里的蝙蝠，也出来盘旋。

阿卷出得洞来，重新用石头堵上门，想着在洞里的这三个人，他的身体打起战来。

2. 洞外的人间

夜色浓重，点不点灯？虽然唐先生已经用画告诉他们，日本人的军舰已经开走了，可是，伊恩他们还是不敢点灯。

他们已经习惯在黑暗里和夜归的海鸟一起分享这个洞穴，警觉的蝙蝠，也时不时从他们头顶掠过。还有一只猫头鹰也进了洞。伊恩第一次这么近距离见到猫头鹰，对这个插着翅膀飞翔的小猫惊叹不已。他在心里暗暗呼唤，乔，你快来看哪，多神奇的小动物啊。这个岛光秃秃的，它们也是无处可去吧，否则，这样的精灵，怎肯和他们勉强共处一室？伊恩想起从前一个日本朋友送过他一只猫头鹰胸针，那朋友说："在我们那里，猫头鹰进屋是吉兆呢。"他那么温文儒雅，和他所见的日本士兵完全两样。那个朋友一定不会知道，如今拜他的同胞所赐，伊恩和猫头鹰同住一个石洞。那个猫头鹰胸针，眼睛是两粒蓝宝石，身子上一片碎钻，在灯光下，真的如一只神采奕奕的小兽。他用它来配晚礼服，多少个衣香鬓影的夜晚，他们一起度过，如今，它该在某个日本人的手上吧？进深水埗战俘营的时候，说是个人贵重物品要集中保管，这个“猫头鹰”就被搜去“保管”，也不曾登记造册。这样的保管，意味着什么，就不用多说了。

这猫头鹰是怎么进这个洞的呢？按它的体积，从头顶的裂缝里是进不来的。肯特在几块巨石的空隙里找到了一个出入口，也就够猫头鹰进出的大小。肯特又找了一遍，叹着气睡下了。

伊恩睡不着，寒气一阵阵逼来，他开始颤抖。

这个时候，洞门那里真的传来声响，伊恩吓得坐了起来，凯文和肯特也快速起身，手里都抓了石块。门被挖开了，星光透进甬道，进来一个小小人影，怯怯地先叫了一声“伊恩”。原来是鬈发男孩。三个人同时松了口气。这时节，这孩子来干什么？男孩比画了几下，看他们还是没有会过意来，就自己走近了拉伊恩下床，又卷起他的被子，凯文他们俩见状也赶紧卷起被子，这孩子要带他们去哪里？

他们侧身出洞，跟着孩子走过海滩，上了缓坡，那里有两三户人家，他们进的是最靠近海滩的那家，第一天为他们送饭的夫妻俩掌着一盏灯在等他们。原来，他们是一家啊。

女主人立刻就端上茶来，是红糖生姜茶，她郑重地倒茶，一滴都不曾洒出。他们围坐在桌前，彼此说了自己的名字，伊恩重复了两遍，记下了他们的名字。翁阿卷，这是男孩的名字。翁阿川，是男孩的父亲。柳阿元，是男孩的母亲。阿卷磕磕巴巴念了几遍“凯文”和“肯特”，又教他母亲也念会了。伊恩的名字，他们一家都叫得很顺溜，阿卷说得出奇地道，这让伊恩倍感温暖。

一碗热茶下肚，周身顿时热了，伊恩仔细打量他们家的房子，落地就两间，地面都是泥地。西边一间，南面餐室北面厨房，当中又垒了一半墙；东边一间，朝南的一大半是卧室，朝北的一小半是个工具间，堆着渔网和箩筐，中间一堵墙隔开，留了个小门进出。工具间的泥地上已经铺着稻草床，连床单也没有，稻草上面就几件破旧衣服。伊恩他们被领进卧室，那里有床。这床，是这屋子里最值钱的家具了，它齐齐整整，有梁有顶。靠门边还有一张小床，看来是阿卷的，与其说是张床，倒不如说是个柜子，在柜子的上面，铺了张褥子，就是床了。

伊恩指指外头的稻草床铺，他们三个可以躺在那里，阿元笑着连连摇头，让阿卷进来张罗他们睡下。伊恩一个人睡了阿卷的小床，凯文和肯特睡大床。很久没有在像样的床上睡觉了，这床虽简陋，却实打实是张床啊。伊恩舒展着身子，感受着身下那木头的暖意。这柜子是松木做的，近窗边，被太阳晒了一天，夜里又暖又香。

凯文说道：“日后想起来，这样分配床铺，是要惭愧的——我们让女人和孩子睡泥地。”

“是的，我们以后要好好报答他们。”伊恩叹着气说道，“这也算我以后要好好活的一个理由吧！”

肯特感慨道：“你我辗转租界和香港，不是一直被这些善良的人照顾着吗？这么多年，我们不是一直觉得理所当然吗？如果不是我们刚经历了这场磨难，我们大概也不会有如今这番感恩啊。”

“目前的情景，不仅仅是照顾，”伊恩说，“为了让我们安眠，他们在用身家性命给我们做抵押——这一点，我猜兴许他们自己还没想到。”

凯文比伊恩他们年长十岁，他沉吟着说：“我们赶紧睡吧。我想我们该在天亮前离开这里。”

第二天，伊恩醒来时，早已日高三尺，他活动了一下四肢，感受到久违的轻便自如。凯文和肯特还在酣睡。他们有多久没在床上睡觉了啊。这样平静的睡眠，实在难得。伊恩静静地躺着，不发出一点声响。

“我们怎么可以醒得这么迟呢？”凯文醒过来就是一阵自责，一边推醒还在酣睡的肯特。

阿卷听到动静推门进来，先来贴了贴伊恩的额头，朝着他竖了个大拇指，转身就嚷嚷着去告诉他妈妈。凯文和肯特也挨个来贴了贴伊恩的脑门，果然，热度神奇地退却了。

为这事，大家都有点喜滋滋的。阿元端上来的菜中，除了鱼干，还有一碗黑乎乎的东西，散发着浓烈腥味，伊恩热度刚退，嗅觉特别灵敏，不由得捂住鼻子。阿元笑了，撤下菜，只端上一碟盐和一盘白糖，还有三只白煮鸡蛋。伊恩就着白糖喝了一碗番薯干米粥，通体舒泰。从餐室的窗户看出去，天空湛蓝，海水靛蓝，“我们就像住在一个大大的蓝宝石里面呢。”

这比喻，是他们一家前年在海边度假时乔说的，他总是那么敏感纤细。阿卷在桌子对面歪着头笑吟吟地看着他，那神情，和乔也酷似，伊恩伸出手去，阿卷也伸手过来，中途响亮地击了个掌。伊恩眼里含泪，乔很开心的时候，也这样和伊恩击掌。

饭后，肯特连声催促回洞。伊恩犹豫着，尽管这里僻静，但大白天出门，确实有让人发现的危险，留在屋子里呢，这危险就是双倍的，他们三个人的，加上阿卷全家的。伊恩三个待要卷起被窝带出门，阿元来阻止，指指头上太阳，意思是要拿出去晒一下吧？在香港，大晴天的时候，伊恩见过港人晒衣晒被的架势。

在回洞的路上，伊恩到处打量，想在这看上去满是礁石的地方寻找一个小池塘。身体稍觉有力，新的欲望就又来了，比如，找个地方，好好去洗个澡。眼前有海水万顷，可惜，海水不能用来沐浴。伊恩把视线从这个缓坡收回，落到他们藏身的洞穴之上，那里的一块礁石顶上，明晃晃有水波折射，是个水池吗？

他们到了洞附近，转而上山，找到了一条通往礁石顶部的路。这池子是一处碗状陷落，挺大的，容得下他们三个人共浴。紧挨着山体，有一股细细的泉水在涓涓注入，这池子水深足有五六十厘米。更绝的是，靠海的三面，礁石耸立，屏风一般遮挡住了来自海上的视线，此处俨然成了一个隐秘的浴池。伊恩摸了一下水，还是凉的，毕竟此刻不过是上午8点钟光景。好在有太阳，晒到下午三四点，这水就该温热了。

回到洞中，想着即将拥有的一次沐浴，三个人都有些激动。肯特担心道："万一巡逻艇，还有飞机，又来了呢？"

"我们等太阳下山了再去洗，宁肯水凉些。"凯文说，"多好的浴池，不洗可惜了。"

自从昨天中午轰炸沉船之后，巡逻的舰只就再没来过，难道巡逻任务就此结束了？或者，他们巡逻的目的根本就不是岛上可能藏匿战俘，而是为了不让人接近那艘沉船？难道除了布匹等明面上的货物，这船暗地里还装着一些别的？经过这番折腾，日本人是无法确切知道每一个人的生死的，不在他们手上的人，就会被确认是"死去"了吧？如此想来，伊恩不禁心头一松，他说："别担心，无论如何，黄昏时，我们好好洗个澡，换套衣服。"

阿元来送午饭的时候，伊恩拍拍身上的衣服，做了个脱换的动作，阿元就笑吟吟点头，一副"我全都明了"的表情。真是个聪慧的女人啊，无须言语，她就懂你。这个下午，他们就在等待洗澡中度过，身上的各种痒痒也蠢蠢欲动，连最讲究仪态的凯文也开始挠挠。到底有多久没泡澡了？久得就跟上辈子一样。他们曾经有过的文明生活，缥缈得似乎没有存在过。

太阳还没下山，阿卷来了，他的臂弯里挎着的饭篮子里面，只是三套干净的换洗衣服。他领着他们上了礁岩的顶，让他们进水池洗澡，自己则背向坐着，帮他们望风。

水池不深，但足够三人坐浴；水温稍凉，但总还是温的。伊恩心头很满足，泡在水中，麻麻酥酥，皮肤一寸寸活过来。碧海柔波微泛金光，就在他们身下。

等换上衣服，干净的布面贴着干净的身体，竟叫伊恩一阵心酸。海风很快吹干了他们的头发，凯文是络腮胡子，肯特笑着向他道："你现在这个样子，若站到一个画廊里，就是一个画家的样子。"伊恩笑出声来，说："何苦嘲笑他？你我现在都和艺术家差不离。"

顿了顿，伊恩又道："我根本就是个俗人，画家啊艺术家啊都不大理会世俗种种牵绊，我却是那种很享受人间温暖的人。"一边说，一边眼里就有了泪光。凯文赶紧以别的闲话扯开，关心起晚饭到底是在洞里吃呢，还是到家里吃。跟在他们身后的阿卷像能听懂他们的话语一样，指了指他家的方向。

他们吃的东西中，没有肉食，除了现捕的鱼虾，多是鱼干，还有一些黑乎乎滑溜溜叫不出名字的水产，伊恩不敢吃。有米粥可喝，就已经万幸了。

灰蓝色的夜海就在脚下，海天交接处已模糊不见，海铺展得无边无际。伊恩强迫自己把这小岛和上海连在一起。在地图上，这一定是两个极近的点。如果失去上海这个坐标，他怀疑，自己就要迷失在这片海中。但此刻，上海是去不得的，那里是沦陷区。生路，到底在哪里？如果无路可走，自己是不是就要穿着这身衣裳在这岛上做一个渔夫呢？他可以学着做的。他可以在这里等待战争结束。

伊恩从阿卷的眼神里看到了乔，那是使劲想为大人们分忧的好孩子才有的神情，有种种忧虑、担心，透着执着，还有点舍我其谁的勇敢。伊恩很想和阿卷对上话，他试着教阿卷些基本的英文单词和几句简单的英文会话，阿卷虽不解其意，但张口就能学上，音节的细微处也能领会，阿卷是个聪明孩子。

阿卷很快学会了怎么用伊恩的话说“吃饭”“睡觉”“快走”“有危险”诸如此类切合场景的词，还学会了说身体的各个部位，学会了身边物事的叫法。对阿卷的记忆力，伊恩又惊又喜。阿卷能跟着他念出句子，却不懂这话到底是什么意思。可是，伊恩听他把句子说出来，就两眼放光。跟着伊恩说句子，能让伊恩开心，阿卷就很乐意做，他希望伊恩开心。有时候，阿卷会想，要是他在他爹面前被漩涡吃了，那他爹会怎么样。一想，他就更卖力地去念。

一天一天过去，大人们个个面有忧色。日本人的巡逻艇又开始经过附近的海面，虽不是像从前那样一圈一圈地绕着岛，但每天这样来一下，也够烦人的。唐叔说，日本人虽然猖狂，但实际上掌握这些靠近外洋的岛的，不是日本人，而是一些抗日的队伍，所以，除非成群结队来，单枪匹马的日本人，轻易不敢上岛，这巡逻舰也就是形式上对这片洋面进行“控制”。海洋太大了，可以躲藏可以伏击的地方很多，入夜之后，即使作为巡逻舰，他们轻易也不大敢出来呢。

伊恩他们也着急。伊恩画了岛上的船，有橹有桨有帆，他又画了日本人的军舰，在两条船之间，他飞快地连起一条线。阿卷懂他的意思，日本人的船追赶我们的船，简直不费吹灰之力。这是他的忧虑，也是大人们的忧虑，阿卷的爹这两天常在念叨，我们这船，能顶啥用？

阿卷现在整天和伊恩他们在一起。对阿卷来说，他们就是外面的世界存在的标记，那里很大，他的岛很小，可也是这世界的一部分。一个人在一个很小的地方待久了，这很小的地方就会变大，大到足以认为它是这个世界的中心，大到不相信世界上还能有什么别的去处。阿卷练习伊恩教他的英文时，他的娘就担心地看看他，但她也不出声阻止。

伊恩又发烧了，可他总想强撑着。凯文总督促他去躺下，他一个人默默祈祷的时间越来越长。伊恩好几回撑起身子对他说：“放松些，别太担心。”这是伊恩比画了好几遍，才让阿卷不仅学会说，更懂了意思。他这从容的态度，让唐叔和赵爷很是敬佩，他们跟阿卷说：“这就是做大事的人。这样的人从来不会急吼吼的。要学会等待，阿卷，耐心等待时机的到来，好过莽撞乱冲。”

一个晚上过去，又一个晚上过去，在第六个晚上，天色刚刚变浅灰的时候，唐叔和赵爷带着一队人来到洞里。赵爷附到阿卷耳边说，

“好好去洞口望风。”阿卷低声问：“他们是谁？”赵爷真的把阿卷当大人：“是缪凯运缪大队长。”

阿卷惊喜得把手心放到心口。关于缪大队长的传说，岛上的人都知道，他在上海读书成长，他到这里的大岛上开学校招学生，到最后，他投笔从戎，拉起一支民团来抗日。四周岛上的年轻人，都以投奔他为荣，他就是戏文上演过的一个文武双全的人。

阿卷盯着领头的那个身姿英挺的人看，一定就是他了。他朝阿卷笑笑，那表情，好看极了，就像是早晨刚探头的太阳。阿卷真想告诉他，我叫阿卷，我以后会来找您的。但他终究没说。阿卷娘教的，小孩子在外，最好多用耳朵少动嘴。

3. 出岛之路

伊恩自认阅人无数，第一眼就能从表情中看出对方曾经的人生轨迹。眼前的这个人显然有着都市的生活痕迹，发型和衣饰的款式，伊恩认出是前两年的流行；眉眼舒展大方，眼神自信坚定，眼神和伊恩相接的刹那，浑然都是暖意，仿佛故人，这种天然态度，与其说是历练的结果，倒不如说是胸襟和气度使然吧。

那人一开口，说的竟是一口流利英语！伊恩顿时屏住了呼吸，凯文也激动得在胸口画着十字，肯特这个高大的汉子简直快哭了出来。伊恩竟不知从何开口，就只静听来人介绍他自己。

他姓缪，在上海教会学校受的教育，曾在上海著名的商务印书馆工作过，现在，他有一支自己的抗日民团队伍。他说，这附近的岛屿和海域，尚在他们的控制之下，日本人只是在海面巡逻，并没有上岛布防“统治”。

伊恩也尽量把他们的情况说得简洁。缪安静地听伊恩讲着，没有插一句话，伊恩从他眼神里看出，他都听懂了。凯文和肯特也静静听着，伊恩把视线转向他们，他们却只是摇摇头，不想多说一句话。伊恩拼尽全力，出了一身汗，也只能把事情讲个概略——那么多画面纷至沓来，他承受不了。乔的事情，他也就一句带过。他还没有力气详细说。

缪绷紧了嘴唇，沉默了好一会儿。他想试着安慰他们，但刚一开口，旋即又转了话头，他说：“趁着这两天风平浪静，我们会尽快安排你们走，请你们做好随时出发的准备。我今天不能在此久留。我的船就靠在岸边，万一被日本巡逻舰发现，会让他们起疑。带你们出去后，我们再好好聊。”

伊恩说道：“不知道沿着赣南通往重庆的那条路线，现在是否还走得通，如果可以，请安排我们走那条路。香港沦陷前，我们的货，有些走那条路到重庆的。”在去年香港沦陷前，伊恩就知道在浙江、福建、江西一些地势险要的山区，当地的抗日队伍仍在抵抗，还有一条通道，可以从海边到达重庆，他们的商路，走的也是这条通道。他这样说着，心里又有些羞愧，战火在这块陆地上已燃烧多年，在香港沦陷前，他只是在隔岸观火。战争没打乱自己生活的时候，即使近在咫尺，伊恩也有“这事料不至于发生”的幻觉。

缪眼睛一亮，说道：“您熟悉那条路线？那是再好不过了。一路都是山区，沿途民众抵抗激烈，那条路，听说还是迂回通着，但比之去年呢，怕是要难走些。这个，出岛后我们再定。”

他们很快走了，唐叔走在最后，今天他没有说一句话，只是静静地听着他听不懂的话，没人为他翻译，他也不着急，他给了他们一个胸有成竹的笑脸，走了。伊恩因为自己能干，对人对事，总是不放心的多，但对唐叔，他却很放心，像对自己一般放心，知道唐叔会尽力去周全。他们现在说了什么，真的不是十分要紧，对于唐叔来说，把他们安全地送到缪那里，他的任务，就完成了。伊恩说的那条通往重庆的路，他自己心里也没底。但目前能怎么办呢？在这小岛上搜集不到信息。只有出岛，才有出路。

对于行李，伊恩他们实在没什么好准备的。

他们唯一能做的行前准备，就是收拾这个洞穴，细心地去除他们生活过的痕迹。他们在这一块活动，在这岛上，怕已不是秘密，万一谁不小心走漏了这个消息，万一真被日本人发现这个洞穴，后果可以想象。他们要让日本人看到，这仅仅是个洞穴，最近并没有被使用过，他们并没有在此地存在过。

这一天，做完了这些，又反复检查了，日头也不过刚过午。他们时不时抬头看着头顶的一线天，是个好天，今晚能成行的概率，应该不低。

“我问过自己好几回，换作是我，我会不会像他们这样把我们藏起来。这风险真的太大了。”肯特说。

“把我们送走，这路上，风险更大。”凯文说，“我真不知道他们会怎么做。”

伊恩说：“别担心，唐和缪，都谨慎周到，另外两位老先生，一看就是德高望重的人，他们会为我们着想的。多年以后，我们想起这里，就会像想起仙境一样，这里的人，都是天使。”

伊恩安慰着他们，心里却惦记着另一桩事情，前几日每天不定时经过这片海面的日军巡逻船，昨天没来过，今天还没有来过，是已经对这片海域死了心了呢，还是有更大的搜捕即将到来？

连一向按部就班踏着日常生活节奏的凯文也已经被等待的焦灼控制，万一就在吃午饭的时候，有人进来带他们走呢？他竟不肯放心坐下来吃饭。伊恩笑道：“安心吃饭吧，吃好我们再睡上一觉。如果走，难道不应该是在晚上吗？”

肯特担忧的是根本就不会有人来带他们走，“你确定他们会为我们付出那么多吗？无缘无故，把他们的性命和我们的生死连在一起？”过了一会儿，肯特又说：“这里会有人记得吗？比如鸦片战争的时候，我们曾是他们的敌人。”

凯文也问伊恩：“你真的对唐他们有信心吗？”

伊恩说：“我很确定，他们一定会把我们送出去，现在，我们最要紧的还是睡上一觉。”

晚饭时分，阿卷来带他们回家吃饭。他来得比平时稍微晚了一点，他跟在伊恩旁边，想说些什么，却又无从说起。伊恩指了指海那边，再指指自己，再指指他，问他：“你想和我一起走吗？”阿卷郑重点头。伊恩缓缓摇头，这一路，凶多吉少。他蹲下身子，对着孩子说：“以后，我会来带你走，好吗？现在不行啊。”

翁家夫妇掌着灯在等他们，桌上除了平时的粥，还打包了一摞番薯饼，想是让他们路上带着吃的。待他们吃完之后，阿元又端出一碗草木灰，她和上黏稠的粥水，自己先往脸上涂了点，像涂粉一样把它们匀开，脸色就变得灰黑了。伊恩暗暗感慨她想得细致，他们确乎需要遮盖一下肤色，不能让人老远就看出他们的不同。她又拿出三顶大笠帽，还有三双草鞋。

他们穿戴好之后，她退后几步，她来来回回打量了他们好几遍，才坐下来，眼神软软地看着他们。伊恩的眼眶湿润了，全天下作为母亲的女人，都是这样全心全意对待她所照顾的人，如今，他们三个，也是她的孩子了。

伊恩弯下腰去，用手丈量了她脚的大小，他想以后给她买双皮鞋，可是，他看到的是一双想缠成三寸金莲却又中途放弃的脚，脚背隆起的角度，让他大吃一惊，这脚的尺寸，他竟不知该如何把握。阿元也着实受了一惊，整个人都僵在那里。伊恩嗫嚅道：“我想给你买双鞋。以后，我会给家里买很多很多东西。”他求救般地看向阿卷。他不确定阿卷到底听懂了他多少。阿卷转头对他妈妈说了一通话，阿元笑了，对着他摇摇头，她的眼眶里，已有泪光。阿川本就话不多，他只是默默地看着他们，他的视线，更多是爱怜地放在阿卷身上。

他们熄了灯，在越来越浓的黑暗中无声坐着，阿卷蜷在伊恩身边，阿元在厨房的角落里，不停地把那装干粮的包裹卷打开又系上，往里面加了东西又取出。阿川守在门旁，时刻准备着迎接来人。

等待中，时间被拉长，伊恩觉得自己的心裂成两半。这个渔家温暖的小屋，目前正是他的庇护所。他似乎可以长长久久地住下去，离开这里，就又是踏入未知，前路空茫茫如同窗外这混沌的海。

唐叔是在夜半时分来的。不待他敲门，阿川就拉开了门，唐叔挥手让他们跟着走，这手势，竟是透着急，没有他平日里的笃定。他们三个立刻起身相随，唐叔把阿卷一家阻在门内，不让相送。走到半路，伊恩才想到，他没有好好地和阿卷他们拥抱告别。

潮水已经涨上来了，不远处的海滩外，有一只降下风帆的木船在等他们，这应该是岛上最大的船了吧？他们穿的是渔民平时劳作的衣服，宽大的裤腿可以卷到大腿根且塞入腰内，他们照着唐叔的示范，裸露出整条大腿。在海水里，每行进一步，水底的沙土就涌入脚趾缝，那触感，让伊恩想到被救的那日，是的，那日是1942年10月2日，他永远也不会忘。今天是1942年10月9日，他也永远会记得。在水过膝处，船上渔民伸出手来，拉他们上船。接着，他们一人进了一个箩筐，箩筐足够宽大，可容一人盘腿坐下。渔民给箩筐盖上盖子，又把箩筐挪到半降的帆下，和一堆渔网放在一起。借着朦胧星光，伊恩从箩筐盖子的缝隙里看出去，这船上有五六个渔民，他们已经在橹桨和风帆的位置各就各位。唐叔并没有下船，他走向了舵手所在的位置，这让伊恩放下心来。

船慢慢地从浅滩漾开去，到了深水处，起了风帆。

风平浪静，小船只是微微摇晃，伊恩希望自己能够在这摇晃中睡去，可是，警觉心却让他时刻清醒。从前，为计算他的货船到港时间，他仔细地研究过洋流和季风，明知道此刻这些于事无补，他还是徒然在脑海里搜罗信息。他们的这条小船好像在走一条弯弯曲曲的海路，借着一座座岛礁的身影隐蔽自己。茫茫夜海，星光散淡，海面近于浓黑，看不见波纹，只有海风的味道萦绕左右，这气味，让他想到维多利亚港的傍晚，那时候多么闲适，那时候的他，从来都觉得自己是战争的局外人，再也想不到，自己也会在战争的进程里。

腿蜷曲得太久，开始一点点发麻，再一点点变僵，如果要换个姿势，就必须站起来重新坐过，伊恩不敢，怕万一让这箩筐失去平衡，那可能就会滚入海水——他也知道这应该不可能，可是，他就是不敢。凯文和肯特那里，他也听不到一点动静。

星光越来越淡，在黎明前最浓黑的天色里，他们靠上了一座小岛。盘腿太久，出箩筐的刹那，伊恩几乎不能站立，眼前一片金星乱冒。一个渔民抢在他倒地前抱住了他，这个瘦小的人，手臂却那么有力，依傍在渔民的臂弯里，伊恩渐渐恢复过来。

涉水而行，海水冰冷，伊恩怕自己的腿会抽筋，他边涉水前行，边扭动着双脚，阔大的裤腿落在海水里，伊恩也顾不上它了。滩涂上，已有一队人在等他们。唐叔先走到那些人跟前，和领头的人交接了，方才转身和伊恩他们一一拥抱道别。隔着粗布夹袄，伊恩还是感受到了唐叔身体的战栗，他似乎比他们更紧张。伊恩紧紧地回抱了一下唐叔，他说："这里就此别过，将来，我会回来看你的。我一定会来报答你的。"虽然，他知道，唐叔听不懂他说的话，可他还是说了出来，要自己牢牢记得。

木帆船倏尔掉头，像一条鱼一样又跃入大海。伊恩挥手送别，挥了两下，又放下了，这样的黑里，船上的人根本看不见，也无暇看，他们要趁着这样的黑，把自己划到比较安全的地方，等天光发亮的时候，他们就会停下来撒网捕鱼，他们将装满三箩筐的鱼回家。伊恩想着他们的归程，他知道，岛上的人也一定在想着他们三个的去程，从此，他的人生，将多出一份牵挂。

他们脚下的这个岛，一样也还是个小岛，岛东岛西，一眼望得到边，这让伊恩觉得意外，他们难道不是应该被送往大陆吗？

他们在往山上走。岛上的夜实在太静，他们的脚步再轻，兴许也还是有人听见。他拉低了帽檐，往上走了大约十分钟，到了半山腰，一扇院门无声打开，他们进门之后，旋即又无声关上。

屋内有灯，有位老夫人迎了出来，半白头发，素净衣装，一对翡翠耳环在背光处也发出幽绿色的光，腕上也是幽绿的一痕，隐隐有种气派。

伊恩浑身湿透，涉水时海水弄湿了裤腿，爬山时汗水濡湿了后背，他如此站在这位端庄的老夫人面前，真想这湿乎乎罩在身上的是隐身衣。凯文和肯特的窘态，也和他一样。老夫人想是已经觉察，竟不和他们打招呼，挥手让人带他们进屋去。

里室看来是早已为他们准备了换洗的衣服，也准备了洗浴的热水。三人沐浴更衣后，他们在穿衣镜前看到的自己，是三个穿着中山装的拘谨男人。伊恩的衣服还算合身，高大的肯特和凯文身上的衣服就绷得紧紧的，但无论如何，也是穿戴齐整了。

有用人领了他们到厅堂。缪也在，烛光里的他，比平日更见俊朗。缪拥抱过他们仨，又把他们让到靠背椅上坐下。

“这是我岳父岳母的家。这个岛叫作葫芦岛，跟佛教圣地普陀山很近。你们来的那个岛，叫作青浜。”缪说，“青浜岛的渔民，平日里都是近海捕鱼，捕到葫芦岛方向，算是远的，但也还在正常范围里。如果一艘青浜岛出来的渔船，装着渔网，却不捕鱼，又直接往大陆方向开，万一被日本巡逻舰发现，情理上不通，这很危险。而从普陀山出发的船，去往大陆方向，这就很正常，海上来往的香客船，每天都有。为此，辛苦你们特意绕了个弯，三位在此小憩，整理衣装，收拾颜容，休养精神，再启程去往大陆。”

伊恩多少放下心来，谢过老夫人，也谢过缪的周密。确实，他们需要这样的休整。伊恩向来注重自己的仪容，从去年年底进深水埗战俘营起，眼看自己一日日邋遢下去，某一日之后，他就不照镜子了。上了船，整个肉身，只有干渴的喉咙和饥饿的胃庞大地活着，仪表这样的东西，不在意识范围。也只有意志力强大的斯图亚特，他一直在尽量维持着作为军官的自尊。今晚，看着镜中还算有点像样的自己，伊恩恍惚觉得他似乎打开了重返往日之门，但是，乔不见了，敏妮和伊芙琳到底怎样？一念及此，眼泪奔涌，不能自制，伊恩羞愧着自己的失态，一口气噎在那里，话也说不出来。

缪说："我不知道该怎么安慰你。我这个书生之所以拿起枪来，也是为了保护家人，保护乡邻。失去亲人的痛苦，撕心裂肺，怎样悲痛，都不能说失态。"原来，缪曾是一个小学的校长，日本人攻占舟山本岛之后，他才投笔从戎，他们自家筹钱买枪拉起一支民团，保卫家园。

老夫人在一旁安静坐着，一脸为缪骄傲的表情。过了一会儿，一个长衫老人带着一位穿着西装提着药箱的人进来。缪忙站起来迎接，介绍给伊恩他们，说是他的岳父连夜去了沈家门，请来了城里最好的西医。

医生显然对他将诊治的病人深为惊讶，但面上却很镇静。他给伊恩听了肺音量了体温，低热还有，他就问这样持续几日了，说的是英语。伊恩答了。医生给伊恩注射了"消治龙"，又留下一只小药箱，里头是"消治龙"的片剂、软膏，再有些药特灵、金鸡纳霜。连留下的医嘱，都是用英文写就的，但自始至终，除了病情，他没多问一句。伊恩知道这些药的价值，这几年，物价飞涨，药品奇缺，这样的药都得拿硬通货买，既保值又可救急。伊芙琳带往上海的行李里，就有好些“消治龙”。

但老夫人把这药箱交给伊恩的时候，也就笑笑，要缪翻译她的话：“天就快要亮了，还是赶紧补觉要紧。”

谢了医生和老夫人，三个人听从主人安排各自进房去睡，近一年，都没有这样独居一室的可能，这会儿，伊恩陪着四壁中单独的自己，很觉陌生。这一觉，也像是别人的睡眠，辗转到半夜，身体似乎才安定下来，放心睡去。次日醒来的刹那，他伸手往床头柜的方向摸去。伊芙琳总在三点钟的方向放一杯水。他真的摸到水杯了，杯柄上有突起的花枝，是他的茶杯。他坐起，半眯着眼喝下第一口水，伸脚去够他的牛皮拖鞋。伊芙琳总会把它们放在他起来就能够到的位置。他探了两次之后，醒了。

他坐在一张传统中国式的床上，有床梁有床顶，漆成绛红色，两边床板上雕着戏剧人物，戴高帽穿长袍的男人，还有着长裙梳高髻的女人。床头柜上的杯子，和他以前用的一样是白底青花，可这只杯柄上突起的是一条蟠龙，他的那只，是连理花枝。

伊恩醒透了，他活动了一下四肢，感觉轻便灵活；他吸了一口气，空气中有草木清香。

他就这样在床沿上坐了好一阵，扭动扭动身体，吸吸气。紧闭的镂空木窗糊着米黄的窗纸，一棵树的黑影子在窗纸上晃着。窗外似乎没有日光，可天明明已经很亮了。这很奇怪。可他不想起来去探个究竟，他怕自己一走动，这个齐整的世界就会哗啦碎在脚下。

他坐着，一直到缪敲门后进来，让人领了他出门去梳洗。有牙刷和牙粉！一嘴薄荷味，他竟舍不得吐出。这是文明世界的味道。刷完牙后，他哈气向掌心，使劲闻口腔里的清新味道。舌尖一遍遍滑过齿面，体会着这久违的清洁感。

早餐桌上，大家耐心地等凯文祷告完毕。凯文结束前又合掌说："从此以后，每餐饭前，我除了感谢上帝，还要感谢青浜岛的渔民，感谢你们。"

缪说："说实话，你们不是青浜人救的第一批人，也不会是他们救的最后一批人。这次，不独青浜岛，旁边的庙子湖岛也救人了，总共救上三百八十多战俘，除了你们三个侥幸逃脱，其余的，又都被日本人带回去了。青浜岛附近的几个岛，合起来叫东极，再往东，就是公海了。东极人看到人落水就会救，几乎就像祖祖辈辈遗传下来的本能。他们那里有一句话，'救人一命，天上一星'，也就是说，只要你救过一个人，等你死后，你就会变成天上的星辰，永不坠落，在那里守护家人。"

"他们为什么要这样做？"肯特问道，"就说救我们这事吧，他们可真是一点也不顾自己。当初在海上救我们的时候，日本人的船就在附近，还朝他们开枪。再说，海面上又漂着那么多布匹和箱子，他们又不富裕，打捞这些东西，能得利。救我们，冒风险。他们还是选择了救我们。”

“他们认为生命是最重要的。别人的生命和自己的生命一样重要。危险和财物，他们肯定也都想过了，也犹豫过了，到最后，还是选择救人性命。否则，他过不了自己那一关。他会觉得自己不是人，会觉得愧对祖先。他们的祖先，一代一代，就是这么教育他们的。活人要救，就是在海上遇到了浮尸，他们也要打捞上来，到岸上择地埋葬。他们把这样的浮尸，叫作‘元宝’。因为，即便是无名尸体，也是无比宝贵的。本地话里，有叫自己的朋友为‘烂浮尸’的——这是用来表示亲密的戏谑称呼，关系不近到一定程度，不能用的。”

伊恩听着，陷入沉思。一旦卷入战争，日常家庭生活刹那间破碎，赖以存身的社会关系也分崩离析，孤零零只剩下自己，只剩下会饿的胃和会渴的喉咙，还有整个攫住你的，旦夕间就会失去生命的恐惧。在这样脆弱的时刻，只能龟缩在壳里，只有信任同类。而青浜岛上的人，面对看得见的战舰和枪口，他们守住了世代遵循的行为准则，不去考虑救援可能招致的灭顶之灾，把他人的性命放在首位。他们是多么可敬可佩的人啊，他们就是天上的星。

现在，他们到的这个葫芦岛，更靠近大陆，这里的人，又是怎样的呢？

说话间，大门被急迫地敲响。缪说：“请不必慌张。今早海上起了雾，岛外的船驶不过来，来人必是岛上的人。我这就过去看，你们且在此等候。”

缪走后，肯特说：“难道我们就真的这样坐着等？”

他随即走到窗边，张望院外，说：“这里能看到后院还有一个门，那里有人把守。”凯文和伊恩默默坐着，并不搭他的话茬儿。在这个陌生的地方，他们只好把自己的安危托付给这些素昧平生的人。

过了没多久，缪回来了。他说：“来人是岛上德高望重的老者。我已如实相告。他说这岛上多是草房子，日本兵如果发现了你们，会来报复烧岛，渔民们会遭殃。我跟他讲，我马上就送你们走。”

“还是要装进箩筐里吗？”肯特问，一边看着自己一身笔挺的衣装。

缪笑道：“不必如此。我的船，比渔民的船要大些。”

那晚，天上并无月亮，星空被云层遮蔽。岛上也无路灯，四野俱黑，天际处依稀可见山的轮廓。从半山腰到泊船之处，不过步行十分钟的路程，虽是脚着布鞋，但每一步踏到泥沙地，仍是窸窣有声。幸喜夜色浓黑，对面难辨表情，也就不怕路旁乡邻暗中窥看。

伊恩担心这样的夜航是否安全，但也许正是不安全的夜航才是比较安全的出行，他能做的也许只有祈祷。

他们被领到一个窄小的船舱，舱口没有像样的门，只是四块舱板，他们进门之后，又原样排上。他们躺下了，在黑暗中，身体紧挨着，伊恩睡在中间，他说：“我们努力入睡吧，睡一觉，就到了。”风在带着他们走。此刻顺风，他们的船走得很快。过了一会儿，船走起了“S”形，他们三双脚合力抵住了脚后头的那只木桶——那是给他们晕船准备的。伊恩终于还是睡了过去，他梦见了阿卷，也梦见了阿元，他们端着煮糯了的番薯干粥，眼睛亮亮地站在他面前。

他醒来时想，那是阿卷他们在担心他。

这一刻，帆船正在靠岸，摇摆得厉害。船摇晃靠岸，他们三个被飞快带上岸，船迅即隐入港湾深处。那里，有茂密的水中红杉林，此刻正是叶子橙黄时节。伊恩站定脚跟，回望来路，破晓时分的海面如江水般平静，远山在望，层层叠叠，那么，这里是内海了。

等他们离开平坦无遮拦的海滩，进入矮松林，伊恩才松了一口气。可缪告诉他们，他们还得赶路，取道海边小丘陵进入山林深处。

那么，这里是沦陷区？万一半道上遇到盘查怎么办？伊恩没有多想，也没法多想。在松林中急行，树木离海越远就长得越高，阔叶树开始出现。伊恩努力让自己的思维定于此刻所见，可恐惧还是和他一起随身急行。风过树林，在伊恩听来，犹如那几日在船上听到的海涛。这样的逃难时刻，乔，本该跟在他左右。汗水淋漓和泪而下，时空在颤抖，下一秒会如何？伊恩努力让自己不去想这些，去看每棵树后可能隐藏的黑影。

一处东倒西歪的城墙已近在眼前，缪摘了头上的帽子，仰头向那些高大的树，挥手示意。伊恩也仰头望，原来，高大的樟树之中，隐藏着一个岗哨。

进入受保护的地带了。伊恩擦去脸上的汗水，全身松弛下来。缪也长舒了一口气，看着他们笑道：“无论如何今天我们要庆祝一下，逃出海岛，进入陆地了。这里是我们民团在镇海的集训之所，三面环山，树木高大，灌木丛生，看着就像一只阴森大口袋，日本人不敢来。可他们有飞机啊，会来轰炸，那城墙，就是今年3月被炸的。乱世之人，生如蝼蚁啊。”

他们此刻就在这堆城墙废墟旁，碎裂的砖块和石头塌在那里。缪叹气道：“这样的废墟随处可见。今年4月美军空袭东京后，日本人的轰炸目标往浙西衢州边那些有机场的地方转移了，我们浙东这一块才有了稍微喘息的机会。”

“空袭东京？”伊恩惊喜道，“美国空军怎么做到的？”

“我也不太清楚呢，托人去上海找过英文报纸，可现在日本人对上海的言论和报纸都管得很严。到处打听，才知道一些消息，说是飞机是从巡洋舰上起飞，轰炸后，返回到衢州这边的机场群来降落。日本人受惊不小。那之后就是疯狂报复，衢州那边的机场和民众，都被狂轰滥炸。日本军总觉得他们的残暴，能让人害怕，因而服从。反推过去，是不是，你对他极度残暴，他才会因害怕而服从？”

伊恩抬头看天，秋日高空，天空蓝得像孩子的眼睛，十分无辜。他们边说边走，前面树木掩映中，有一座庙宇。伊恩已有经验，知道有庙宇处，必有人家聚落，他问道：“这个村子叫什么名字？”

“上阳村。也有人叫它康头、蜡头，反正，无论是‘上’还是‘头’，说的都是此地开始，就是山了。”

有士兵过来迎接他们，缪带着他们先进了那庙宇，让他们先坐下歇息，他去见他的上级汇报。伊恩看着他出去的背影暗暗担心，凯文轻声说："缪的上司，会责怪他吗？日本人报复心重，万一走漏消息，我们就给他们带来灾难了。"

肯特道："你老是怕给人家添麻烦，这心情，我懂。但大敌当前，人类之间相互帮助，是必要的。这次如能让我顺利逃出，我想重新归队，为亚洲人民，也为我们自己，去打日本人。"

伊恩悄然坐着，过不多久，缪领着一行人进来，打头的一个长官模样的人满脸笑容，与他们一一握了手。缪介绍说这个就是他的上级，王队长。又介绍身后三个士兵，说他们曾是上海商船上的茶房，日常英语会话能对付，"我走后，他们仨就随伺你们左右。"缪说。

"你这就走吗？"伊恩满心留恋，加之还有事情相商，竟然急了。

"不。晚饭我们一起吃，庆祝平安出岛。晚饭后，我趁夜色再走。"

随后，又有两个裁缝来，捧着小半匹浅灰色的布，要为他们量身定做新衣服。伊恩忙说："我身材瘦小，穿贵队的军服可好？他们俩个子高大，先为他们做吧。"

接着，又有三个理发匠来，带着剃头挑子。王队长对着三位士兵吩咐一通，就带着缪出去了。

裁缝们先量去了尺寸，理发匠就领他们在剃头挑子边上的靠背椅上坐定。伊恩的脸被覆上湿润的热毛巾，毛孔渐次打开，伊恩简直听得到毛孔吸水的声音。他也听到了不远处裁缝们动剪子的声音，金属咬合着布料，竟如窃窃私语，要代伊恩说出千言万语似的。

接着，是理发匠的剪子声音。头发纷纷落下，掉在地上也扑簌有声。随后，他的脸被打上了肥皂泡沫，是修面刀刮擦的声音。他闭眼听着，等他终于能睁开眼睛时，发现角落里临时搭就的裁缝铺那里又多了两位帮工。伊恩仔细看去，布料裁剪已毕，那四人正在埋头流水作业。第一道一人在缝合，第二道两人在锁边，第三道一人在缝扣襻，四个人手起针落，一刻不停。最后一道是熨烫，那里已生起一个小火炉，烙铁在炉上烤着。

等他们被领着去水房洗了澡回来，热乎乎的两套衣服就已在衣架上挂着了。裁缝们已经走了，理发匠们也走了，三个担任翻译的士兵还在。里头有一位姓忻的走过来跟伊恩他们说，你们先在房间里稍微休息一下，待会儿就一起去王队长家，晚上有个宴会。

伊恩一直犹豫着，该不该请托缪寻找敏妮母女——救他们三个出来已是天大的冒险，再多要求，按伊恩的处世之道，就接近贪婪了。但是，如果不为她们母女，只管自己逃生，他又怎能安心？

伊恩穿着军服，站在窗口张望，院子里朴树林中的哨兵已经抬头打量了他好几次，伊恩只好退了几步，缩回房间中的阴影里。肯特他们在床上已呼呼睡去，伊恩坐在一把木圈椅中，闭眼假寐，恍惚中，看到乔进来，说："爸爸，我没事的，妈妈和敏妮要紧，你一定要去找她们团聚。我真没事的，我会把自己照顾好的。"伊恩猛然惊醒，霍地立起，跑出门去。却见缪领着一个三十岁左右的男人正朝他而来，见他就惊问道："怎么了？"伊恩这才意识到自己满面泪痕，忙拭泪道：

“刚才梦见儿子进来，让我去找他妹妹和妈妈，他说他会照顾好自己。梦得真切，我就跑出门来看看。如此想来，这孩子大概是放心不下我，一路跟着我来了。”

缪和那男人对望一眼，将伊恩带进了偏殿一间办公室，缓缓说道：“伊恩，这是我们队上的李主任。现在讲国共合作，我只是一介投笔从戎的民团武夫，不是国民党，也不是共产党，出了我们这队伍，我就没有组织。李主任是共产党员，他有组织，我和李主任说了你想找夫人和女儿的事，李主任愿意帮你。现在，你得把她们在上海的联系方式告诉李主任，再给李主任一样信物，可以让你的夫人和女儿信任李主任。”

伊恩心头一阵狂喜，他坐下来努力回忆出陈沐父亲的名字和伊芙琳母女在上海的原地址和电话号码，找了张纸写了，递给缪。又写了一封短信给她们母女，让她们信任来人，听从他们的安排，最后，他写道：“我和乔殷切盼望我们最后能团聚在一起。”

缪接了过来，仔细看了，将陈沐父亲的名字念了两遍，和李主任一起看了，商量了几句，又笑着和伊恩道：“如果这位陈先生就是江湖上传说的那位，那么，夫人和女儿，目前应该还能在他的庇护之下。”

伊恩早就知道，无论是沦陷区还是自由区，都活跃着方方面面的力量，这些力量，在他往年安排运送货物的时候，他就得权衡托付。他犹豫着是不是应该把他原先在上海联系的几个朋友都说与李主任，他斟酌着，将原先本就同情左翼的两个朋友，还有原先公司在上海的雇员，也一并写了联系方式给缪。缪当即另外找了张纸，把那些联系方式都翻译成中文，递给李主任。

伊恩看着李主任收到胸前口袋里，看他扣好扣子，方才放心。感谢的话，任他怎么组织措辞，都觉得不够表达他此刻感恩，到最后，他说道：“如有将来，我一定要好好报答你们。”

缪道：“我们一定要努力活到战争结束啊。从古到今，是战争，总有结束的时候。到时候，我们兄弟相见，就是亲人。既是亲人，就不用说报答这样的话。”他转头又将伊恩的谢意跟李主任说了，李主任也笑了，朝他拱手，又笑着摇头。

伊恩点头称是，说道：“此去我也不知前途如何……无论我安危如何，李主任如果能把她们送到英国在重庆的大使馆，我就死也瞑目。”

缪移开目光，对着窗外，好一会儿，才对伊恩说：“我也有女儿，她才七岁，我为她而战，为她的未来而战。”

送走缪和李主任，伊恩回到他们三个自己的房间，肯特一见他就说：“我刚才醒来，第一个念头居然是，啊，到下午茶时间了吧？这样的念头，我以为，我永远不会有了。”

凯文笑道：“年轻人就是好。我还是绷着，随时要跳起来逃命。”

待伊恩要说些什么，士兵小忻就进来问，现在去王队长家可以吗。王队长家里已经摆好下午茶了。先茶叙一会儿，就吃晚饭。

等他们到了王队长家，缪已在那里，李主任也在，伊恩等着王队长介绍过，方才和李主任打招呼。

肯特坐定之后，就笑着说："这客厅，这茶席，真的和我刚才梦见的一样。"这茶席，显然是英式的风格，多层的骨瓷点心盘，配套的咖啡碗碟，都是一色的野草莓图案。只是点心盘上放的小面食，不是他们寻常见的饼干和蛋糕，但看着也觉得细巧。在一旁张罗布茶的少女笑道："这田园风的餐具，田园风的点心，和这里乡野之地，是配的。"

王队长忙介绍这是他的女儿，原先在上海读书生活，去年底，看着局势实在不稳了，才回来跟着他的部队一起生活。王队长带笑看女儿和伊恩他们说话，让女儿帮他翻译说："我和日本人打过交道，他们真的只对自己人仁义，是小山村人的闭塞思维，对外人，就不当人看。我们不是，我们说四海之内皆兄弟！总有一天，我们会打跑日本人。"

那女儿转译之后，又道："你看，青浜、庙子湖岛上那些渔民，一样是生活在闭塞环境里，却仁义，有胆有识，能救下那么多落水战俘，又能把你们藏起来带出来，我们才能在这里见面。可见，刚才我父亲说的地理上的'闭塞'并不是主要原因。我看，祖祖辈辈传下来的观念，这才是主要原因。无论是'救人一命，天上一星'还是'救人一命，胜造七级浮屠'，这里的'人'，就是一个鲜活的'人'，而不是'自己人'。这一点，是最让人感佩的。"

凯文和肯特为她的见识鼓掌，伊恩也由衷称赞，看着她，仿佛看到敏妮。只要受过相似的教育，两个异地异族的同龄女孩子，就都一样有分析世界的能力。如今，她能在父亲的保护之下，敏妮呢？

当初，自己是怎么想的，居然会同意让她们去上海？但是，即便在香港，他一样也保护不了她们啊。看看圣士提反书院那些被强奸的女护士吧。

很快，厅堂那边，饭桌已经摆好，众人让来让去，好一会儿才坐定。伊恩让凯文坐在王队长的左手边。凯文一坐定，也不管众人，先合掌祈祷，果真是先为青浜岛的渔民和缪先生一家祈祷。缪带笑看着也跟着合掌祈祷，大家都祈祷了，最后结束的时候，有“阿门”，有“菩萨保佑”“妈祖娘娘保佑”，也是皆大欢喜。

“明天，我会派一支小队伍护送你们去象山，我们的县政府在那里。”王队长说得十分肯定。

“那，明晚上的祈祷，要加上我们一家。”王小姐打趣凯文道，“我猜你这一路，感谢的名单会越来越长。”

凯文也笑了，说道：“是的，我们现在是托赖你们的善良和勇敢活着。”

缪把话题转到面前的饭菜上，说：“王队长家的厨师，在这山沟沟里，也能做出西餐式样啊。”果然，这厨师用心，虽然取的也就是镇海这时节有的芋头、菠菜、萝卜、卷心菜和茭白，却做成了沙拉样子。鸡肉和猪肉，有煎有煮，旁边配着浓浓的浇汁。鱼去了刺，做成鱼排煎了，上面撒了胡椒碎。还有酒，说是家酿的米酒。这场面，让伊恩暗暗吃惊。他猛然想起安妮来，想着她从初到家时只会广式粉蒸肉，到后来能做地道西餐，也是全心全意融进了他家里，乔更是待她家人一般。那一晚，却这样惨死在日本兵手里……到底是怎样的心狠手辣，才能对这样的弱女子下那样的杀手？

敏妮母女，失去租界庇护，处境能好到哪里去？

王小姐伶俐善谈，桌上谈笑风生，伊恩觉得自己也在其中说笑，但吃着喝着，却全无滋味。或者是，舌头根本不敢相信它能尝到从前的滋味吧。那米酒，他沾了沾唇就放下了。

席上有一位从上海来此地的王家亲戚，他带着相机，说要为此难得的场面拍照留念。于是，趁着夕阳未落前的好光线，大家合了影，胶片最后交到伊恩手里，此地没有洗印设备，只好请他带出去冲洗了，胜利后，有机会再寄回来。这样说着，胜利，似乎就在不远的哪一天。

毕竟战时，大家都保持节制，天未黑尽，也就散了。缪今晚就要回到东海去，伊恩恋恋不舍。对于明天没有缪的远行，他毫无把握。

缪来向他们告别，把一个蓝布小包交到伊恩手上，对着他们轻声说："这是我准备的一些旅费，你们路上对付。到了县上，务必先请政府联系你们在重庆的大使馆，让他们知道你们的存在。我问了在上海的朋友，你们的大使馆，还在重庆正常运作的，说是搬到原先的德国大使馆的地址了——德国的大使馆已经撤走了。原谅我只能送你们到这里，往后这一路，还请善自珍重。我会一路关注你们的，尽我之力。"

伊恩紧紧抱住这包东西，说："谢谢你打听得这样仔细。战争结束后，我一定会回来找你，请相信我们。”

“我当然相信你们。”缪又对伊恩说，“再说个细节。说好的，他们出人保护，我来出旅费。这一路去，若是在山村里吃，一桌人算十个，一个银圆能开销；若是城里吃，翻个倍。这是大致数目，说这个，是好让你心里有数。到时候付多少，你还是要听带你们去的人的，不要争辩。”

说了这些，缪有些不好意思，又借了唐叔来说话：“唐叔跟我说啊，真恨不得一路陪你们去，他说我们舟山人，向来是要‘送佛送到西’。那意思是说，帮人就要帮到底，不能中途撒手不管的。我笑他实在啰唆。我相信你们能对付。我们胜利后见。”

伊恩他们都眼里含泪，反倒说不出谢意，一直送到院子门口，目送缪消失在山道上。院子里的那两棵高大的朴树和樟树，在夜风中，叶子轻振，如夜行脚步。他们在树下立了很久，才回到房中。肯特点起一支蜡烛，抚摸着白色的烛身，说：“好吧，我们至少回到了有蜡烛的生活。我们会回去的。”

凯文在暗影里叹道：“是因为那么多好心人，我们才能在这烛光下。缪是个天使，他们都是天使。”

伊恩起身关了窗子，放下帘子，说道：“来，我们来整理一下行李。”

4. 去往云和

伊恩对着面前的竹轿子，犹豫着，不肯坐上去。抬轿子的是穿了便装的士兵。他们三个人你看看我，我看看你，再看看已经着急了的王队长，伊恩说："我们这就坐上去。"

刚反复劝说他们上轿的忻已经憋红了脸，他把那句话又说了一遍："路上要走两天。这是掩护，扮成富人出行，安全。"

伊恩在香港见过人家娶亲的花轿，只看到仪式性的繁复装饰，没想过它还有日常功能。一顶朴素的日用轿子，竹编的材质，有顶，四围都有遮挡，两边有小窗，垂着厚布帘。他们隐在其中，确实比走在路上安全。

进了轿子，在竹围和布帘子遮挡下，晨光暗淡，伊恩在一片昏黑里。他紧抓住座椅扶手，试着找到轿子抖动中的共振点。这很难，士兵们的脚步也不是很齐整。在轿子不规律的颤抖中，伊恩一阵眩晕。能睡着就好了，可他不敢。刚出上阳村时，士兵们还有说有笑，出了村之后，虽然走的还是山路，但他们已经敛了声息。

此刻正行在一段下山路上。伊恩一手紧紧抓住扶手，一手搂住身边的一大桶水和干粮包裹——他瘦，这些东西就放在这个轿子里。他也不敢动身子，生怕会破坏四个士兵好不容易找到的节奏——毕竟，他们也不是专业的轿夫。在他们终于到达一段相对平坦的路段时，伊恩找来忻说："在你们觉得相对安全的地段，让我们自己走。"

在下一段上坡路前，伊恩他们下了轿。

后面是山坡，前面也是山坡，这里是连绵的南北走向的矮丘陵地带。他们走在半山腰上，两旁树木高大茂密。林间地面厚铺树叶和松针，有些地方凌乱不堪，有些地方甚至可见焦土——这是战火的痕迹吗？

四周安静，呼吸声和微风一样清晰。伊恩拿起腰间的行军水壶，喝了一口水。那天跳船入水之前，他带着乔，先去甲板上的取水处装满这水壶，他看着乔低头仔细扣住壶嘴。那情景就在眼前，此刻，他盯着脑海里的画面，想等到乔抬起头来。他没等到。

他们快接近山顶了。在寂静中，一阵强风从后面吹来，士兵们做手势让伊恩他们赶紧进轿子。士兵们抬着轿子走得很快，四个人节奏出奇一致。伊恩的轿子走在最后，他从帘子缝隙里看出去，四个殿后的士兵看着已经在袖笼里把短枪上了膛。

很快，一小队人从他们身边掠过，他们互相喊过话，气氛就轻松了。那队人飞快消失在他们前面。

忻过来，隔着轿子轻声说："是共产党的游击队。他们说，他们也去象山，有急事。如果前方有危险，他们会帮我们清除，或者，给我们消息。"

伊恩本来要问："是李主任那边的人吗？"可他想了想，还是忍住了。倒是忻在轿外说："昨天李主任还让我给你们买几罐炼乳呢，说路上吃。”

伊恩摸了摸宽大对襟衣服下的褡裢。缪的周到，在每个细节。他给的银圆，分装在三个褡裢里，装得平整。这是他们的应急用钱，现在，他们三人各背了一条褡裢，那些珍贵的西药和那张底片，也藏进去了。

离开缪后，他的心，总是悬着。此刻赶到前面去的那拨队伍，是不是缪请李主任那边的人帮忙的？

一路急走，十六个人轮番换抬轿子，小一半的路段，伊恩他们自己走了，到了黄昏，他们赶到了计划中准备过夜的村子，大家都松了一口气。

这半山腰的小村落，孤零零本就十多户人家，可现在看过去，一缕炊烟也没有，死寂。他们把整个村子巡视一遍，把轿子放到大门洞开的祠堂的后半间的阴影里，挑了户前后有门的人家住下。忻很想把这村子的状况说清楚，可他想了半天，只恨声说道：“日本人！”

他们也不敢生火，只吃喝自己带的干粮和水。忻开了一罐炼乳，调了三碗，给了他们。伊恩一定要忻把另两罐开了，大家一起分着喝掉。炼乳浓郁的香气，在房间里蒸腾。炼乳罐头上的英文字母，在此刻看着，又亲切又陌生。士兵们排好警戒轮班，其余的都和衣择地而卧。凯文和肯特不放心伊恩，左右贴着他，多少暖和些。

没有月亮，从破窗里望出去，黑的天宇上星星满天。有多久没见过这样的星星了？伊恩盯着它们，心里竟升起一丝惊讶，这地上已天翻地覆，星星却还是一样的星星。岛上的渔民相信救过人的人，死后就能飞升成星，在天上守护后辈，那么，这些星星中，可有一颗守护自己的星星？士兵们累得睡了过去，伊恩不敢睡踏实，半梦半醒间，那些星星，也看着他。

星星黯淡下去，晨光初现，士兵们已轮班休息过，有领头的在屋内悄悄整队，依旧用自己带来的水简单洗漱。

“我们怎么不用这水井里的水？”伊恩指着屋外的水井问忻。

“日本兵投了毒。”忻想了半天，终于给出了回答。“毒”这个单词，真的离日常会话太远了。

日本兵为什么要到这半山坡上来投毒？这村庄里的人因此而被迫离开的？伊恩满心疑问，他们仨面面相觑。

第二天，他们依旧隐在每个山头之下的小路中，在大树的遮蔽之下，快速前进，只中途前方那支貌似打前护卫他们的队伍中有人跑回，忻说是让他们稍歇一小时再走。于是，他们就在离开小路一百多米的草丛里放平了轿子，吃了些干粮。

伊恩更加确信前头那支小分队是李主任派来保护他们的。李主任有这能力来保护他们，也一定有能力救出敏妮和伊芙琳。伊恩在褡裢中摸索找出药来，悄悄和水吞了。

接下去的行程很顺利，有一段要经过大路，他们三个就上了轿子，伊恩也不敢靠小窗太近，只在布片晃荡刹那，看到轿外一星半点。他看到的都是平民打扮，没有一个身着制服的。

很快，他们又开始走山路。下午时分，士兵们明显轻松起来，有说有笑。忻在轿外轻声告诉伊恩，这里是象山半岛的桥头胡地界了，马上就能到目的地了。伊恩凑近布帘缝隙，看到此地竟有街道，两边店铺一家接着一家，是个小镇模样。天色渐暗，伊恩惊奇地看到，商铺里有电灯！

这里有电。他的心一阵狂跳。他的眼睛已经习惯了昏暗的灯光和烛光，此刻，他盯着这盏灯，直到光亮刺痛了他的眼睛。

那么，可有电报可发？他要和他的公司联系上，他要和大使馆联系上，那么，他就能恢复从前的自己了。他真想探出头去大声问，可是，他还是熬住了。

他们走过热闹的街市，走到山脚下，进了一个院落，下了轿子，从后门被引入一楼最靠墙的那间。后院中有棵高大的银杏树，金黄的树叶中藏不住岗哨，因此，它就只是一棵树，夕阳余光中，美得像在另外一个世界。伊恩想起在香港的家里，露台上那棵花朵金黄的树。敏妮说，它叫“黄金雨”；安妮说，它叫“猪肠豆”；乔说，它叫“波斯皂荚”。伊恩轻轻说道：“乔，敏妮，安妮，你们看，这树叫作‘黄金雨’才最合适。”

凯文查看了房间里面，轻声问：“这房间没有床铺，我们不在这里过夜吗？”

肯特观察了房间外头，说：“这房间前后都有门，这院子也前后都有门。”

那顶轿子，现在就明晃晃地放在那银杏树下。护送的十六个士兵在轿子边有说有笑，在那里起劲讨论着什么，伊恩直觉这话题与他们无关。那么，这里必定是个安全地带了。伊恩走向忻，问道："这是什么地方？什么事情让大家这么开心？"

"这里是桥头胡，我们叫这里是'小上海'。明天这里会有个大集市，临近乡镇的人都会来买东西，我们也能玩上小半天，所以开心。"

"我们三个的目的地就在这里吗？"

"不。等会儿，会有人来接你们的。"忻说，"我们就送到这里。"

伊恩仔细看着这十六张年轻的脸，他很想把他们这样放松的表情都印在脑海里。他问了忻，这一路他该付多少费用给他们。忻愣了愣，说："这一程，缪队昨天已经给过我。往后的费用，你们自己来。还有，我再啰唆一句，费用的事，你且等对方开口再付。在本省之内，要付费的，大多会事先就和你说好。出了省，我就不知道了。"

伊恩心里没底，这和缪教的，又不一样。转念一想，缪和忻都没错，只是角度不同。一高一低，他现在该选哪个？他只有自己慢慢琢磨。

往下，会有什么样的人来接手他们呢？他已听缪说过，这支民团队伍将护送他们到县政府那里，也就是说，交到官方手里。在沦陷区里能有这样商业兴旺的镇子存在，是不是官方敌后行政秩序还在正常运行的证明？伊恩他们三个也凑在一起，就这个话题，悄悄讨论。

大半个钟头之后，一队七八个人进了院子，都穿着便装。伊恩担心地看着护送的领队是否认识来接手的领队。谢天谢地，他们像老朋友那样打着招呼。谢天谢地，他们自己还带来了一个翻译——这个姓章的翻译是个大学生，英语流利得让伊恩欣喜。

来接他们的是县长的副官，姓马，他立刻就要带他们走。

他们出了后门，走上了山路。半山腰回头，夜雾之中，看不清那棵银杏树了。走不多久，下起小雨，四周虫声唧唧，秋意无边。山中凉意逼人，伊恩掖紧蓑衣，压低斗笠，紧跟上队伍。幸亏马副官细心，还给他们带来这蓑衣斗笠御寒遮雨啊。

县政府难道不应该在一个城市最中心的地方吗？

他们到了一座看着明显就是乡间别墅的房子，这怎么会是县政府呢？进了大门，绕过影壁，通过甬道，穿过第一进二层楼房的中间大客厅——看着应该是会议室，他们被领到第二进的西厢房。肯特轻声说："这院子好，前面有门，后院有门，东西也许会有偏门。后院的门，直通山上，可以占据高地反击。"

陪伴左右的章先生说道："是啊，这院子原是本地乡绅的宅子，院子大，房间多，门多，又紧挨着山。苏县长带着县政府从丹城撤到这里，乡绅就把这房子让给县政府办公了。"

他们三个人进了一个房间，那里已经铺好了三张床，屋子中间一张方桌，章划着火柴，点亮了桌上的煤油美孚灯，笑道："很快厨房就会送简餐过来，床头上有毛巾，牙粉牙刷一时还买不到。"

伊恩忙说："我们有，舟山那边帮我们买了。"

章笑道："是的，他们那里去上海比我们方便多了。"

凯文惊奇道："不是说，上海已经是沦陷区了吗？难道还能自由来去买卖东西？如果能自由来去，我们为啥不去上海？"

章道："上海沦陷了吗？也是，也不是。上海旁边的浦东也是上海地界，可是那里就活跃着抗日力量，我们中国人一直在抵抗。从舟山、象山到宁波、台州、温州，这一带，就是我们的浙东沿海，抗日力量都在；我们的浙西山区，虽然刚被日本人炸成焦土，也失去了两座城市，可我们的抗日力量仍旧在。'自由来去'是各路抗日力量想去努力达到的，对于没有武装的普通民众，那是不可能的。况且，你们的大使馆已在重庆，对于你们来说，上海确实沦陷了，去不得。"

厨房端了两方盘菜上来，章也陪他们一起吃了。边吃边聊。章是南京一所大学的学生，这几年辗转跟过多支抗日民团，今年才到了苏县长这里，"谁真打日本人，我就跟谁，打完日本人，我再去读书不迟。"

章也就比乔大不了几岁，这样的年龄，正在求学阶段。被战争打断的人生秩序，战后真能对接上吗？伊恩叹着气，暗笑自己想得太长远。在战争中，人怕是只有眼前。

眼前，战火就在这港口之外的海上。苏县长今天带着一支队伍在舟山六横那一带的岛屿跟日本人战斗，马副官刚又带了一拨人去海上接应了。

"我们的县政府是从定海撤出来的，之后就围绕着舟山，在镇海、象山一带和日本人打游击。舟山的抗日队伍，也在苏县长的领导下。”章说起苏县长的时候，有仰慕的口气，“苏县长是黄埔军校的高才生，苏县长也爱护我们这些青年学生。”

“非常时期，领导者的个人魅力是很强劲的黏合力呢。”凯文说道。

伊恩想起阿卷那时看着缪的神情也满是仰慕——黑暗时刻，人们是多么需要英雄啊。伊恩喝着杯中的水，山泉有甘甜味。

伊恩问道：“昨晚我们在山上过夜，不敢用水井里的水，说是日本人下了毒，他们为什么要下毒？”

“因为那村子里的人救了美国人，日军报复，杀人，放火，在井水里投毒。”章在伊恩他们惊讶的目光下述说着，“今年4月，美国的飞机从航母起飞，去轰炸了日本本土，回程他们只能先到我们浙江补充燃料，才能飞回航母。但他们的飞机撑不到降落到机场，有些就降落在宁波一带，我们的渔民和抗日队伍救了那些飞行员，冒险送他们出沦陷区。只要事后被日本人知道的，他们都会报复，烧杀抢掠，强奸妇女。他们恨啊，他们投毒解恨，鼠疫啊疟疾啊炭疽啊，这样的病毒都投，他们不把我们当人。这一次，为了破坏衢州和江西那边的机场，从5月打到9月，是的，就是打到上个月才歇了手。他们伤亡很大，我们也伤亡很大。你们这一路往南走，就是走在战争的废墟上。”

章含泪放下筷子。肯特大声道：“美国人真的已经轰炸过日本了？先前我听缪说的时候，想着可能是缪搞错了。看来，这是真的。”

伊恩说道：“那必定是真的。战前，我去过日本，我也有一些日本朋友，如果参军，他们也会变成这样的恶魔吗？是什么让他们变成这样的？说起来，在欧洲人眼里，你们和日本人，同是东亚人啊。”

凯文叹道：“战争，可不就是从攻击同类和邻居开始的？你看看我们欧洲就是。”

章沉吟了好一会儿，叹道：“如果我是欧洲人，我会问，欧战才结束不久，怎么还会再来战争？”

四人默然无语。夜雨转急，起风了，山后树声喧哗。到天明时分，风声才歇了。伊恩一夜不曾睡稳，总恍惚听见有人推门进来。他在等苏县长。他不是急着要问前路安排——他们总得走的，他担心的是青浜岛上的渔民。

午饭时分，伊恩才等来苏县长，他身材不高，却魁梧有力，面相儒雅，却神情坚定。伊恩觉得他身上每一处都在使劲。

“抱歉，我来晚了。我去了趟舟山。”苏县长的英文带着像是爱尔兰的口音，语气十分自然，“我还打听了一下救助你们的那两个岛，放心，目前都平安无事。缪忠诚可靠，他做事，总是周密，很会善后。我跟他说过，等打败日本人，我们俩合伙做生意去。”

伊恩长松了一口气，听苏县长继续往下说：“此地情况，你们也看见了，我这沦陷区的政府，在游击状态。说实话，不是我们信得过的人，我们都不敢往这个地方带。我的部队里都有些什么人，说出来，也像是天方夜谭，我们有青年学生，也有海盗土匪，还有我们的反对党，这些力量合在一起，一心为了打败日本人。跟几位说这些，就想着，如果有谁问起我们这边的战斗情形，请一定告诉他们，不仅仅是欧洲人、美国人在战斗，我们也在战斗，会一直战斗到把日本人赶走的那一天。”

肯特感动得把苏县长的手握住不放，他说：“我回去后一定会重回部队，我也跟你们一样，打日本人，打到他们失败为止。”

苏县长笑着说：“不如留在我这里吧？您一个至少能顶三个。”

大家笑过之后，苏县长正色道：“在这战争胜利之前，你们务必不要公开说出救你们的渔民和他们的岛屿的名字，也不要说出一路转运你们的队伍和路线，否则，你们的真诚谢意，会给日军指明报复的目标。日军总觉得，只要他们报复得够狠，我们就会害怕，就会投降。”

章进来招呼大家坐下，又倒上茶水。苏县长抬手看看表，说：“我一早就急电省政府，说了你们的事情，省政府指示我们马上送你们到云和县——现在，我们的省政府迁移到了这个小山城。”

伊恩忙问：“县长这里能发电报到重庆的大使馆吗？”

苏县长答道：“我这里不能。”他转头问章，“上回你送那美国飞行员去，他是在哪里和他的大使馆联系上的？”

章说：“在梁皇山和前童一带，有传教士，上回就是找到他们之后，联系上的美国大使馆。”

伊恩忙说：“那这回可否也请章先生和我们一同前去？”

苏县长犹豫了片刻，说：“上一回送美国飞行员去，他回来就生病了，病得不轻。因为，这一路，会非常辛苦……”

章在旁说道："如果没别的重要任务，还是我陪着一起去吧。"

伊恩看到苏县长点了头，赶紧对着章抱拳致歉。这一路，他不得不抓住眼前能抓住的每一块浮木。

可以推测，这里是在沦陷区的边缘地带，苏县长他们这个敌后政权，对自己的行政辖区，与其说是管理，倒不如说是争夺。而他们三个这一存在，一旦消息泄露被日军知道，就会是一场报复的引线。伊恩惊恐地看到，自己当初出声相求，赌上的不仅是自己的命运，更是很多人的命运。

这是他们的第四次出发了。伊恩精神健旺，这一阵子持续反复的发烧症状终于消失，思维清晰活跃，脑海里的那张中国地图，就展在那里，等他们踏足进去。他整理了褡裢，把银币和药品再次平整地铺好，系在身上。他特意留了十个银圆在随身的挎包里。

而现在，他觉得，这身上背着的褡裢，可能会比他活得长久。在香港带进集中营被没收的那条，此刻也一定被某个日本军人保管着。

他们是在凌晨离开的，天还下着雨。穿着宽大的蓑衣戴着斗笠，即便高大的肯特和凯文，也不十分突兀。这一段，走的是平路，他们要在天光大亮前掠过一个小镇。这一行，加上他们三个，也就七个人。他们三个也配了枪，另外四个，章介绍了，说是刘队长、小马和小黄，都是好身手。

"是个不错的小分队了。"章说，"我们平常出去侦察，也就这么几个人。”

肯特有点重回战场的兴奋，他急切地走在前头。伊恩和凯文被保护在中间。伊恩在脑海中校正的地图，和这天色一样混沌。

他们走得很快，按伊恩平常的节奏，这就是小跑。枪盒子和水壶会碰击，他费力地把它们分到左右两边。他们已经过了小镇的中心区域，刚刚经过几个早餐铺子，门口的炉子里跳动着火苗，街上已经有几个人走动，人影幢幢，看不清身形。

他们隐入山中，走到半山腰，方才慢下节奏，稍作调整。伊恩喝了两口水，就又塞紧盖子。雨还在下，他们在沉默中翻过了一座山头，响亮的是鸟鸣。章也缓下了脚步，来到伊恩身边，指着第三个山头说：“那是我们吃午饭的地方。”

那这个山头，就是目前的短期目标。伊恩给自己鼓气。

快到正午时分，章带着他们走出了山中小路，到了一条很像样的路上。路上的行人负重来往，都是肩挑，也有几架人力手拉车，拉车的看着就十分强壮，押车的看着像是军人。

“这是从古就有的驿道，这两年开始又整修出来运送物资。”章轻声和伊恩说道，“日军的飞机还是会飞来炸，可我们驿道那么长，地方那么大，他们也炸不全，对吧？我们就继续运。日军昨天炸的大洞，我们今天就填满。不怕。我们还要好好吃饭。”

章领着他们离开驿道，走进一座民居。主人走出来迎接，两条腿的裤管都卷得高高的，露出水肿肥大的下肢，有大半截表皮糜烂脱落，溃疡面黑色与暗红杂在一起，脓和血，混在一起渗出。伊恩盯着他的腿，站住了，不敢进去。

章叹道："这是你看到的第一个，所以这么吃惊。我看得多了就……习惯了。这就是日军投的毒——炭疽，中毒的人很多。中鼠疫的，三五天就死了，日常生活中，你看不到。中炭疽的，活着的多，只有这样受罪。有整个村都中毒的，每家都有烂腿。你想想看！现在这条件，缺医少药的，只好拖着烂腿煎熬着生活，虽不至死，命运，却是改变了，他是个让常人觉得脏的病人了……"

伊恩惭愧含泪。而主人看到伊恩他们的惊讶表情，早已走进里屋，换了另一个男的出来，对着章说了一通话。章连连点头，跟伊恩他们说："他说的是，请放心吃饭吧。做饭的水，是从安全的水井里打来的。安不安全呢，是靠我们的命检验出来的。做饭呢，是用我们干净的手做的。"

这餐饭，伊恩难以下咽，好在这面食微酸微辣，合他的胃口，他还是努力吃了。有一个刹那，他的牙齿差点咬上这短柄的瓷调羹。

投放病菌，这是对顽强抵抗的军民的报复？岛上的人会受到这样的报复吗？还是，这仅仅是日军作战计划的一部分？如果是这样，那更可怕。

安妮的惨死之状，战俘们在海面上还被射杀，这些都是战争中普通士兵的作为，由此或可推测，他们就是这样冷血。他们为什么能对同类下手？或者，他们根本就不把敌人当作同类？他们只把自己人当人类。

这顿饭，伊恩坚持付了两块银圆，又执意去找了里屋先前那个男人，摸出一支“消治龙”的药膏，让章按药管上的用药说明教给他用法。

往后的路途上，伊恩扎紧了裤管，管住自己的手不摸脸，不碰触身边的植物。章也很小心，在过小溪流或是湿地的时候，他都带大家走小桥，找垫脚石，宁肯绕一点路。

“我不能让鬼子害得找不到女朋友，对吧？”章笑着说，“我得有好手好脚拥抱她。”

伊恩他们都跟着笑了，却不敢看彼此的眼睛。

重回驿道之后，他们继续在挑夫和车夫中行走。章指着远处的山头说，那就是梁皇山了，我们能在晚饭时分到达那里，我会带你们去找传教士。

雨还在下，蓑衣外，伊恩的袖管已经湿了，鞋也已经湿透，黄泥在鞋帮外，细砂粒在鞋底。这一程没有轿子借力，一步一步挨过来，脚底已经不是自己的了。脚底只是脚底，除了承载着他的肉体前行，它没有别的选择。这时候，怜惜自己是可耻的。破屋残垣，烧焦的树林，废弃的村庄，如今眼前所见，都曾是今年春夏之交的流血之地，是生命逝去的地方。这里的战争，还留有痕迹。可怜“里斯本丸”的战俘们，他们的鲜血，只两天，海面上就没有痕迹了。

谁去指证那些杀人的凶手？

是我，是我们三个。

伊恩对自己说。他一路走，一路想着给大使馆的电传腹稿。要说的很多，他得拣要紧的说。

靠近两山之间的谷地了。他们又得回到驿路上去，只有走那条路，才能到对面山上。雨渐渐停了。从山腰往下看，驿道上的人清晰可见。有六个没有负重的人走在路上，他们正抬头往这边的山上张望。

刘队长止住他们，示意赶紧蹲下身子。

刘队长选的这条捷径，平常走的人应该不多，为此，他们不得不一路撩开伸展到路面上的树枝和荆棘，在柔软滑腻的蕨类、苔藓和枯叶之上，深一脚浅一脚下来。

那六个人边看边走，越来越近。他们确实是在找上山的路。看他们的个子和装束，不大像日本军人。那么是中国的军人？他们是哪一方面的？他们都是打日本人的吗？

伊恩不敢出声。看大家如临大敌的架势，可以猜想最后一个问题的答案。

总算，那六个人上了山，从伊恩这个角度远远看过去，隐约可以看到那里确乎是条上山的路的入口。刘队长示意大家半蹲着身子往下走。幸亏身上还穿着蓑衣，它多少隔开了荆棘和长着刺的树木枝条。他们简直是在挪。刘队长殿后，伊恩不敢回望。不远处大树上有只鸟高亢地叫了一声之后，又连续啾啾急鸣，如机关枪扫射，伊恩双脚止不住微颤。

一声枪响，这是真的。他们停住移动，伏低身子，侧耳倾听。先开的枪声来自山峰高处，不是扫射，是狙击手的枪法，稳，慢。六人组这边也开始回击，很明显他们没有目标，是在朝着山上子弹来的方向乱射，很快，六人组这边，没有枪声了。来自山顶的枪声，又持续地来了六发，不多不少，那是补射的手法？何方是敌？

马上就能发电传了，上帝啊，请让我活着，我是见证人，请保佑我活着。伊恩默默祈祷着，浑身血肉冻住了一般，动弹不得。

如果狙击手在山峰高处，他们这一行人的行踪，早已被发现。即便如此，他们也还是抱着侥幸，在草丛里匍匐着，一动不动。那第七颗子弹没有飞来，山顶那边，有两只鸟高声一呼一应之后，山林就一直是安静的。足足静止了半个多钟头，他们才敢起身往山下走去，空气中，有一种辛辣的味道，是草木和血腥气混合的结果。伊恩屏住呼吸，尽力踩实脚步，那腿脚，都像不是自己的了，但还是动得飞快。

他们终于下了山，贴着山脚，走出这道拐弯，飞快横越驿道到了对面山的背面。这就在山体的遮蔽之下了。此时已是暮色初起，加之阴雨天气，远处山景都影影绰绰。鸟儿归林，成群结队而来，叫声此起彼伏。它们一定不知道自己的家园已是战场。在战场上，死人是平常的事。战争，就是这样子的？鸟儿们也觉得平常吗？

伊恩不敢多想，驿路上挑夫们一个也没有了，而他们还要翻越一个山头。山越高，野兽是不是越大？茂密的树林中，有野猪吗？

感觉不到自己的肉身时，驱使它快速移动反倒容易。这大概就是长途行军超过极限时的感觉？山越来越黑，有风自山谷盘旋而来，伊恩觉得如果风再大那么一点，就能把他们全都掠走。上坡之后，转为下坡，他们在沉默中如一群影子那般飞奔。

终于站在一家客栈门口了。

伊恩打量着这个群山怀抱中的小镇市面，才感觉双脚沉重得多一步也挪不动了。沿街两排崭新的板房店铺和店招，店堂里的电灯光，空气中弥漫的饭菜香，这些人间的实景，他看着，却没有“此时此刻我也在这里”的感受。他想多看几眼以辨虚实。章快速扯他进了客栈，章说：“再忍耐忍耐，再过一两个山头，你就可以逛街了。”

“章将来一定是个能好好带兵的将军。”他们终于卸去蓑衣斗笠，洗了手脚，瘫坐在一张圆桌上吃饭，肯特带笑说道。

“不，我只是个有执行力的士兵。我等一会儿就出门去找传教士，但愿他们还没有上床睡觉。找到了，我就领着他一起过来。一切，只能快，尽量快。”

但是，章空跑了一趟。他没有在教堂里找到传教士，天晚了，他也没法到处问。要等明天了。

伊恩这才躺下，酸胀感袭来，比困意强烈。他又把电传的腹稿打了一遍，想着一是报告沉船始末和伤亡，再就是报告他们三个将被送去云和。他怕信息给多了，反倒让对方把握不住方向。字斟句酌间，却突然害怕传教士是不是已经被日本人害死了。到底实在是累，辗转了一阵，也还是沉睡了过去。一觉醒来，听见耳边有个陌生的声音在说英语，那口音，听着有点儿像章，可又是老人的声气。

一个穿中式对襟衫，脚着草鞋，须发皆白的老头儿，站在伊恩床前。蓝色的眼珠，被松垂的眼皮遮掩起来，他望向伊恩的眼光，顽皮得像个男孩。“我打赌雷声也轰不醒你。”他笑道，“因为你的魂儿要么是起早赶路去了，要么是还留在昨天的路上。”

“你这么肯定？”伊恩也笑了，和陌生人相处时，他向来是自来熟，“我在梦里是去找你了，还害怕你被日军给害了。”

“不会，我可是老狐狸了，还是一只受人保护的老狐狸。”他拍了拍章的肩膀，站起来说，“那我这就带他们去我家吃早饭吧？”

等伊恩在早餐桌边坐定，他才知道老人叫乔治。他其实也不老，也就六十出头。他的外貌，说他是八十岁吧，也不会有人吃惊。

乔治的夫人给伊恩倒上咖啡。她看着也就是一个中国老妇，灰白的头发，在脑后抓了一个髻。可她一开口说话，却是纯正的伦敦腔，很有学院腔调。

对他们的来历，伊恩很是好奇，可是，此时不是听故事的时候。乔治夫人端上饼干之后，就从围裙里拿出纸和笔来，说：“叫我爱丽丝吧。这里就是兔子洞。不，整个世界都已经变成兔子洞了，无论发生什么，我都不吃惊。好吧，年轻人，把你们要电传的内容写给我，让大使馆知道你们的故事。”

伊恩拿过笔来，把斟酌再三的语句，写了下来，读了一遍。肯特和凯文犹豫着说是不是能再多加点什么。爱丽丝说："这已经很清晰了。第一，报告沉船来历和沉没位置，伤亡情况——这没人性的日本人，他们居然封舱和射杀海面上的战俘；第二，报告你们三个现在的位置，将去的地方，需要的帮助。具体情形，等你们到了重庆，再说不迟。你们需要帮助。仁慈勇敢的浙江人送你们到云和之后，需要有更强的力量做后援，你们才能到重庆。"

爱丽丝迅疾朝厨房走去，还关上了房门。伊恩隐约听到了金属插销落到孔里的声音。

乔治轻声笑道："爱丽丝把厨房当她的工作室，她有自己的方式。这两三百个字，够她打好一会儿了。她的眼力又不好。我不知道她是怎么学会莫尔斯码的。你知道，在困难的境地里，女人往往比男人坚强，更愿意帮助人。她帮助过很多人，因此，她得到了一条和大使馆联系的直接通道。这会让我们处于一种很危险的境地，但她不怕，那，我也不怕。"

透过窄小的窗户，伊恩看到章他们在外头散成几处，朝四方巡视。伊恩竖起耳朵，想听听电报机器运行的声音，可是，他没有听到。

伊恩在疑虑中焦灼。那么，敏妮和伊芙琳，她们也足够坚强吗？李主任他们的力量，足够强大吗？战争确实已经把时空都扭曲了。从前以为，有飞机有轮船，这世界上的每个地方，只要有航班，就能辗转到达。现在，都不是了。她们母女，怎么可能到重庆？也像他们这样一路野外跋涉过来吗？

终于，他依稀听到了嘀嘀嗒嗒的节奏，短促，有力，敲击着他的耳膜。

伊恩是在恍惚状态下离开乔治和爱丽丝的家的。他们已经得到了大使馆简短的回复：收悉，到云和后，请督促省政府联系其外交部。这简短的两行字，重新将他们归入文明社会的秩序里，这种失而复得的归属感，让伊恩激动。

离开梁皇山后，山越来越高，树越来越大，山间盆地越来越小。盘旋在山腰之中的道路，虽然还是窄得开不了汽车，却是像样的碎砂石路，看得出，这路是有人维护的，路面平整，没有大坑小坑。

在每一个拐弯的地方，刘队长都打前侦察，才带他们通过。经过一个山间村庄时，他们还幸运地雇到了一辆人力车轿。章说他上回护送两位飞行员的时候，也是在这里才雇到的车轿，往下的路，就能快好多。车轿只能坐两人，肯特坚决要伊恩和凯文坐，他身强力壮，能和刘队长他们一样快——这是实话，这一路，伊恩和凯文一直在队伍末尾。经过人多的道路时，伊恩就换人高马大的肯特上来。伊恩个头小，比章高不了多少，身形也瘦，看着不突兀。

这一路紧赶慢赶，在黄昏前，到达了一座山腰里的白房子。这房子的外立面上有一个个欧式拱券门，层高与装饰和他们先前所见的中式建筑大不相同。院子入口处，倒和中式大宅一样，站着两株大樟树。树冠亭亭，一半院内一半院外。伊恩抬头望向树上，仔细看看岗哨会隐藏在哪个树梢。他环视一遍，没有找到。章见状笑道："临海这里地面上没有日军，树上就不会有哨兵啊。"

一个神父打扮的人出来迎接，开口就笑着说："我是英格兰。爱丽丝来过电传，让我好好在此等候。你们走得不慢啊，可真的也不快。"走在前头的章和他开心地一击掌，一派熟人相见的开心模样。

伊恩顿时放下心来。在这主楼前打量这建筑，三面环廊，两廊桥之间是三间木阁楼，西南角的砖木楼建得跟教堂一样。等他从主楼走上二楼，转角窗上投射进来的阳光，木制可转动方向的百叶窗，甚至，还有那看着是手工锻造的插销，这些，和他童年时住的宅子简直一个模样。他吸溜了一下鼻子，闻到了医院的味道，接着，他看到了诊疗室、手术室和那些自来水管，循着水管，在楼道公共区域里，那里看着是水净化装置。

"这是什么地方?"伊恩犹豫着问。

"恩泽医局。上世纪初，那还是清朝，我们的英国人白明登创建了它，他既是医生又是传教士。1914年，他回国参战任军医去了，战后身体不好，没法继续他的跨国医疗工作了。现在，是我们的陈医生在管理它。在今年春天，我们救治了美国的飞行员呢，就是飞去轰炸日本的飞行员，他们返航降落在浙江沿海，这里的人民……他们真的勇敢无私。上帝保佑他们。有些飞行员被他们送到陈医生这里，手术、治疗、休养，再辗转回国。"这位直接把自己命名为英格兰的传教士非常健谈，他的年龄，看着和凯文差不多大，甚至，长得也有点相像。

一路过来很少说话的凯文，这下也终于松弛下来，开始打趣他：“我的家乡在佩克汉，我们这么像，您会不会是我失散的兄弟呢？”

“我来自诺丁汉呢。原来我是从伦敦的佩克汉流浪到诺丁汉的，我知道了。”

伊恩眼眶发热，原来是他的同乡啊，但此时此地相遇，不是兄弟，胜似兄弟，家乡在哪里，何用甄别？他也就只说了一句“我也是诺丁汉人”，英格兰欣喜地抱了他一下，也没多说开去，就带大家到“清风楼”住下——说是今年春末那些美国飞行员也住在这里。

梳洗换装之后，是接风宴。西餐就是三大份土豆烤羊肉、烧鹅填栗子馅和甜菜根，一起都端了上来。英格兰的夫人说道：“不确定你们什么时候能到，我就只好先做熟了这三道菜在炉子上面温着。”厨师们也搬了中式菜肴，转眼间就满满一桌。把所有的菜都端上来摆放好再开饭，伊恩也已经习惯了，但这回，每个人面前都有一只大瓷盘和调羹，用来取菜。

少顷，四五个医生也入座，伊恩看他们脱去雪白的外套，也觉是在梦中，平素话最多的他，不知怎么，今天却只安静听着英格兰介绍说这是陈医生和他的同事，也就微笑致意。他几次开口想说他中午看到的那条渗出血水的烂腿，可是，又忍住了。这事情，他们怎么可能不知道？

待这长条桌上都坐满了，刘队长让章站起来代他翻译了一通对英格兰和陈医生的感谢："又来叨扰，真是十分感谢。这些年日本人又炸又烧又投毒，毁我们水稻田毁我们山地。今年春夏又来这么强一波地面战，能掠走抢走的，都被他们拿去了，拿不走的，也被他们烧了。我们的百姓起早摸黑开荒种地，抢种抢收，养猪养羊，才有市面可买米买菜，大家的日子还能有得过，可都过得艰难。置办这一桌丰盛饭菜，后头多少操持，大家都知道，兄弟们很感激。"

英格兰也笑道："我最佩服中国人这一点，无论怎么受苦受难，日常生活也想方设法正常延续。我觉得这才是最勇敢的人。我们这些人，比如乔治和爱丽丝，如果没有你们这些同样勇敢的兄弟合起来保护，早就在日军手里了。要说感谢，那就感谢我们慷慨的陈医生吧，这里可是他的地盘，这桌菜啊，都是他开销的。"他也不要章翻译，自己又对着刘队长说了一遍，刘队长就在那儿笑着摇头，陈医生也在那里笑着摇头。

伊恩本想附和，可又觉得随声说出感谢，反倒把谢意放轻了，也就在笑声中专心吃炖菜，听着肯特和凯文和大家攀谈。很久没吃到这么地道的家乡菜了。伊芙琳虽然也努力学做英国菜，但味道总是不知哪里差那么一点——或者，伊芙琳总往炖菜里加多了调料吧？他怀念岛上的食物，它们也是味道单纯的。

最后，竟然有甜点。再后来，竟然有记者加入。自己能作为新闻人物上报纸的话，是不是，此地往后就都不是沦陷区了？伊恩到底忐忑，不敢多说开去，一路帮助他们的人都在敌后，他得保护他们。他安静坐着，一口一口喝杯中开水，这过滤了的清洁的水，多久没好好喝了？连日奔波的累，这会儿也得到消息一般奔涌而来。他就安静地听肯特和记者谈话。肯特是个机敏的人，他一样记着苏县长的嘱托。

“今天你怎么这么沉默啊？”临睡前，肯特问他。

这会儿他们三个都已用热水洗了淋浴，穿着竖条的法兰绒病号衣，坐在洁白的床上，皮肤都还透着热水冲击过的粉红，脚上涂了自己带的药膏。

“文明生活让我觉得陌生。”伊恩斟酌着说道，“从进了集中营之后，文明生活越来越远，远得我以为我大概永远回不去了。今天，它回来了。说实话，我却很难受……”

伊恩打住了，他并不想让大家都难过，就又扯了一个话题道：“我打赌，明天可能会有汽车了，估计一天就能到云和。”

他脑海中的地图，又清晰起来了。曾经，是他的货物走在这些由浙西南去内地的路上，他在地图外，默默计算日程和回款时间。而现在，他在他的地图里了。

他的小敏妮也爱看地图，她喜欢水路，哪个港口航线多，她就喜欢哪个港口。她逆着航线，一一找出停泊的港口。有时候，她也参与猜货到上海的日子，那她就得熟悉从香港到上海这一路上去的港口，还有船可能在其中哪个港口卸货同时又补给的停留。伊恩叫她“女海盗”，因为，她猜对了好几回。

这会儿，伊恩也默默想着那些上海和香港之间的港口，数羊一般，哄自己入睡。身子底下的床褥，是真正的床褥，他已经近一年没睡过了，反而睡不稳，一大早就醒了。探窗一望，是个阴天，再一看，英格兰正在主楼前的院中打太极拳，伊恩心里一动，披了外衣，悄悄出门，坐在廊下长椅上，看英格兰打拳。一套打完，英格兰收了拳，坐到伊恩身边，拿他的手号脉。

伊恩笑道："您这是中西医结合？"

"入乡随俗啊。我有我的中医老师，我也趁机教我的中医老师一点西医。"英格兰笑道，"谁都不愿意被人居高临下教，一起学，就都能学好。而且，我也不排斥中医，我很'中国'的。"

"那，乔治和爱丽丝呢？他们一直生活在那里吗？"

"乔治说他四五岁时就随传教士父母到这里了。他的本地话说得比他的英语好。爱丽丝呢，是四五年前从天津那边过来的，她原先是大学教授，她的丈夫逃难路上死了。"

"那爱丽丝有孩子吗？"

"爱丽丝有一个儿子，现在应该在重庆。爱丽丝和乔治的父母彼此是好朋友，他们从小就认识。乔治一直单身，他能遇上爱丽丝是他的福气。不过，在如今，其实还是做单身汉更容易一些啊。"

"是啊。我的妻子和女儿，这会儿还在上海。现在还有可能把她们从上海救出来吗？"

英格兰沉吟了一会儿，说道："在医院里，会遇到各种各样的人，所以，我有些小道消息。比如说，从浦东那一带下来到浙江东部沿海地区，新四军的力量强大，如果能借助他们的力量，从上海先到浦东，再从浦东入海，到舟山、宁波一路下来，找个合适的地方靠岸送到临海，再送内地，也还是一条路。肯定还有别的路。有一些年轻人，去往延安，毛泽东在那里。有一些年轻人呢，去往赣南——蒋介石的大公子在那里主政。我都听说过。”

“浙东沿海是新四军的抗日地盘?”这一刻，伊恩终于明白缪为他引荐李主任的苦心。

“我想是的。”英格兰说，“如果是去年，我可以托人去上海找她们。去年年底之后，情形就不一样了，我跟上海几乎失去联系了。你先告诉我她们的信息。我会帮你留意看有没有能帮忙的人。”

伊恩赶紧从衣服内兜里掏出纸笔，写了名字和地址递给他。如此，就是双保险了。伊恩安慰自己。

第二天的行程，真的有了汽车。而且，是个车队。说是从宁波、绍兴那边收来的棉花，也都是从驿路上挑来的，在这里集齐了，装车运到云和去。

“沦陷区的棉花，也收得过来?”伊恩问章道，“那钱怎么结算啊?是付现金吗?”

“要收得早，收得快，还不能全都收了。沦陷区里还是有银行和商业的流通途径，当然，都是地下的，在民间悄悄运转。”章只说得了大框架，说不清细节。

伊恩暗暗在心里补充着他想象中的交易细节，怎么付定金、怎么交割、怎么收尾款。一直听闻浙江自古商业经济发达，果然不假，即便是战争，也不能阻断商业的暗流。有商业，就有人间活力。他这个商人，也才能对战后的生活有所憧憬。

透过车窗，可见深秋斑斓山色，此地之山，和他们跋涉之初翻过的丘陵山包已不相同，巍巍然既高且大。他们的车队在山腰公路上蜿蜒而行。说是车队，但车与车之间，远到看不见彼此，车顶上覆盖了一层枝叶茂密的树枝。行不多久，到达一条江旁，又离车换船，一卸一装，动作迅捷，伊恩也快手快脚上了这木船。这船十米左右长，中间大，两头尖，船顶上盖着箬篷，船前部有一杆五米左右的帆桅，和伊恩在海上所见的大不相同。

“今年春末一直打到9月的仗，日军打断了我们的浙赣线，这条古老的瓯江水路就又被恢复起来用了。这里的船只是半军事化管理，船夫们也为打日本人出力。像我们现在乘坐的这样的船，听说有好几千艘，在这条古老的江上，不分昼夜地运输。可是，说起来可怜，驿路上的挑夫和这江上的船夫，被国民政府征用，没日没夜，他们为政府尽心出力，政府却没有为他们着想，他们的日子过得很苦。国民政府对老百姓，历来就是驱使。反倒是我们这样的游击政权，不依托老百姓活不下去，也就没这个痼疾。”章这样感慨着。

几千艘船，应不是虚话，此刻江面之上，大大小小的船只竹筏，放眼望去，也有十多艘。整个画面，像标准的中国山水画，两岸青山，帆影点点。画面里只有静美，画外却是凶险无比。上行是逆水而行，伊恩眼见船夫吃力撑篙，使尽浑身之力。不久到达一个长滩，水流湍急，全靠岸边纤夫们用力拉扯。船像是一只巨大的萝卜，纤夫们尽力将它拔到平稳的水面之上，而他们在船上，被水流颠簸得上下一顿一顿，只庆幸从清早到现在，肚子还是空的。

渐渐地，一篙宽似一篙，江面成倍开阔，近岸处遥遥可见古樟成林。伊恩如今看到樟树，就觉亲切。一两棵樟树下，就是一户人家。

伊恩又忍不住想，伊芙琳最怕坐船，这一路，如果真的能从水路过来，那，她要受苦了。他转头去看后方，好像伊芙琳她们就在后面的船上。

转眼近黄昏，船夫在一棵高大樟树上系了缆绳，章说："此地就是大港头，我们在这里吃饭、投宿，明早再去省政府。"

伊恩摇摇晃晃上岸，走到热闹的市集上，才感觉到脚下踩的真是土地，也才有闲心看街景。这一看，他又愣住了，银行、邮局、钱庄、小吃店、布店、南货店、百货店都在眼前，再往前走，有旅馆有中药店有西药店有理发店。所有的店招都看着很新。街上的行人，分明也是城里人的装扮，或西装或长衫或旗袍，都是收拾齐整的。恍惚间，伊恩觉得自己站在上海某条小街道上。

他们三个的出现，引起了小小的波动，有几个大学生模样的人走上前来用英语问他们来自哪里。伊恩不知道该如何作答。这学生当中倒有自问自答的，说："你们是飞行员吧？肯定是吧？你们是英雄！"

伊恩他们窘极了。好在章过来解了围，说："你们这些大学生啊，要有礼貌。他们是外国朋友，不是飞行员，可不要瞎说，传到汉奸耳朵里怎么办?”

这样的围观，把伊恩想去逛一下买块手表的心，都冲淡了。他们入住后，就在旅馆二楼的窗边看街景，看山景，也看江景。

夜色渐渐浓重，怕是防空袭，外头黑得看不到灯，月亮倒有了半弯，映在江面上，银光闪烁。

“他们还是会被送去日本吧?”凯文问的是船上的那些战俘。

伊恩回道:“我想是的。这会儿，本来我们或许就在日本了。”

肯特说:“无论如何，我们这算是进入大后方的前沿地带了，我们安全了。”但是，说到后头，他的声音低了下去。他说:“就刚才，我好像听到波特呼喊一夜的声音，开舱啊，请开舱啊……我还听到那首《漫漫长路到蒂珀雷里》……”

三人垂泪。伊恩一边庆幸一边羞愧，除了偷生者的耻辱感，还有当初被赶进战俘营的被剥夺感，这会儿合力猛地袭来，他胸口疼，不能呼吸。他只呆看着月亮那暗的一半，盯久了，似乎就能看到它的依稀轮廓。

第二天，省政府的汽车来旅馆接他们，伊恩上车的时候，还在想着自己的身份，不知道到时候会不会有尴尬——也许他们根本不会问他，料想定海县的电传里已经说得很明白了。

眼看陪伴多日的章也要折返，伊恩有些不舍，他结了房钱和饭账，又拿不出什么好东西来送他，只喃喃和他说:“章，等胜利了，我会来找你的。”章愣了一下说：“等胜利了，我也会来找你的。但愿那时候我还能出国留学。”

上了车，车窗外，章挥舞着手里的纸条向他们告别——那是省政府开给他们的证明，表示接收了他们这三个战俘。

伊恩一直看着章，直到车转弯上了山路。突然，他又担心，要是他们中途遭遇日军，这张纸，岂不是会要了他们的命？他安慰自己，不会的，他们有能力保护好自己的。

伊恩还是会不自觉地想去保护人。昨日梦中，他还梦见了阿卷，他们好像一起坐在香港的家中，说着阿卷的功课，他在跟阿卷说，你每天进步一点点，日积月累，功课就变好了。可是，这仅仅是梦。

正常的生活，该是明日重复今日的生活，不停地重复，才是日积月累。现在，这样的场景，就是个梦。他们每天的生活都不一样，那就不是真的生活。

没想到，在云和，他们就要过上重复的日子了，一直重复到他们以为自己会困在云和。

到了省政府，伊恩终于体会到进入官僚体系后会遭遇的繁文缛节。他们先是被详细询问来历，三个人等于把自己的前半生都讲了一遍，而他们不确定，对方是否真的听懂——他只是在纸上摘了几个关键词。伊恩看了看，却又觉得那些关键词真的是关键词：香港英国军人，曾在天津、上海任职，被俘，船沉，被救，外交部，大使馆。

千言万语，说到后头，就是请求省政府联系他们的外交部去与英国大使馆协商，再告诉他们下一步该如何走。

“这是个复杂的程序。我们会一步一步衔接推进。请三位先生在居住地耐心等待。”办事员推了推他的眼镜，又添了几条关键词，抬头和他们说。他的英语手写花体规范，他的公事公办腔调也标准。

这个县城是座山城，他们居住的地方，是山城中的森林深处，一幢两层的灰砖小楼，万幸有电，在楼梯尽头，还有一间公共浴室。有两个仆人模样的，一个会每天来打扫一下房间，一个会按时送来三餐。其他的房间似乎也有人住，伊恩偶然能瞥见人进出的身影，但都各管各的，并没有谁对他们产生兴趣。肯特侦察了一遍，说：“看不到有卫兵守护。这里可能就只是个政府招待所。我想，我们得自己保护自己。”

“这里已经是后方了，不要那么紧张。”凯文宽慰道，“我想，我们或许可以把自己当游客，出去看看这个城市。”

“昨晚这样的围观，我不喜欢。”伊恩道，“我们会被当作英雄的。”

“我们难道不是英雄？”肯特道，“我们就是英雄。”

凯文和伊恩只抱臂看窗外，暮色正在慢慢降临。他们是谁？世人将怎样看他们？飞鸟正在归林，伊恩默默看着，很害怕会不会有一只体力不支坠落下来。

他们到底没有出去，只待在房间里，吃一日三餐，等候可能随时会来的消息。第一天过去了，第二天也过去了，月亮越来越圆，月亮上的丘陵，也似乎看得见。

在第四天的时候，他们准备再去一趟省政府。没有司机接送，伊恩不确定自己能否找到省政府的办公地，而肯特认为自己能凭记忆找到。凯文说他还是守在房间里，万一这时候有人来送信息呢。

伊恩和肯特一起出的门，没有人拦阻他们。他们是自由的。确认了这一点，伊恩内心稍安。他小心打量过四周，有两回还突然转身，确认真没有人跟踪他们。

七拐八拐，走了一些冤枉路，但肯特真的没有吹牛，他认得路。伊恩看到那幢省政府的办公楼了。这一路似乎都是政府机关，路过的那些房子，看得出有几堵墙特别新，砖头还袒露着，红砖与老墙的灰凑在一起，特别显眼。屋顶附近的树，焦了一大半，还没有活过来。

他们在门房那里等了半天，才等到上回那办事员过来接待他们。他一脸歉意，说："还请耐心等待。外交部并无回音，我这边明天就汇报给上峰，一定会加紧催促。军事第一，上峰最近几天忙过境部队的补给，实在忙得脱不开身。"

办事员把他们领到楼梯口的小会客室，让人送了三杯咖啡来，陪着他们说了一些话。他说他姓赵，英文名叫彼得。肯特求证了美国飞行员去轰炸日本本土的事，彼得去拿了一沓报纸来，说："确实有。最近时事，三位肯定关心，这些报纸可拿去，读好后再来换新的就好。"伊恩笑道："我们的中文程度，不够读报纸。"

彼得自己也笑了，也就简略说了美国飞行员的事，翻到一张报纸，指着图片，说，这是杜立特的飞行中队。今年4月18日，由杜立特率领的美军十六架B-25“米切尔”中型机型的轰炸机特别飞行中队，对东京、名古屋、大阪、神户等地实施轰炸，完成任务后，因为送他们来的航空母舰已按计划返回，这些飞行员按计划该降落到浙江衢州机场，但由于各种原因到不了机场，于是大多降落到了浙江境内各地，有的是在宁波沦陷区那边，老百姓千方百计把美军送出。这个是直接引起日军从杭州和江西两头发动攻击的原因吧。这场战争，目标一半是毁坏浙江和江西两地的机场，一半是日军想要“以战养战”，掳走了很多物资和青壮年。最可恨的是，日军撤走前大规模在水井里在田地里甚至就直接在住人的村庄和街道，播撒炭疽、鼠疫、霍乱、伤寒、副伤寒这样的细菌。目前这疫情还在暴发蔓延，省政府的卫生部门和行政部门，花很大力气去检测去消毒。可现在是战时，军事第一，为前线筹措物资，给过境部队补给，一大堆眼前就要处理的事情……要钱没钱，要人没人，只好大家都苦撑。

肯特气愤道：“哪有这样子打仗的？你说说看，这位可恨的日军指挥官是谁？我要记着，我要到处去说！”

“指挥的是日军的第十三军局长泽田茂，实施的是石井四郎部队。1925年的《日内瓦议定书》，议定禁止使用化学武器和细菌武器。就像善待战俘种种规定，也是这议定书里有的，看看你们的遭遇，他们一样也不当回事。日军根本不把人类文明放在眼里。”

大家都沉默下来，又坐了一会儿，他们也就告辞出来。出了省政府后，在院子门口呆立了好一会儿，又往山岭高处僻静处走去。

这是个盆地样的县城，依山傍水，除西面是水域，另三方都是连绵山峰，在战时，山和水都是阻截日军从地面进入的屏障。今日多云，阳光自云的间隙投射，金线一般，洒在一样黛色的水面和山峰上。山和水，倒成了这些云朵的背景。站高这一望，这小城被轰炸过的痕迹多而触目，那些房子都尽力修过，粗糙的簇新特别扎眼，像一具被开膛破肚后的身体重新缝合起来的线迹。

“这样情势，政府肯定忙的，我们再等等。”伊恩安慰肯特，也安慰他自己。两个人散漫走回，路上行人不少，可都是急匆匆的样子，顶多也就看了他们两眼，并没有遭遇在大港头那晚的围观。

要么看看哪个店铺可以买块手表吧？一路过去，民宅里看着也是某某机关，他们没找到商铺，却意外在小巷里看到一个修钟表的小店，两人比画着，用上海话说“买，买一个”。

店主小心地把他正在装配的手表拢到一个盒子里，才起来接待他们。他手里居然有浪琴和欧米茄的腕表，还是这两年的新款。那款浪琴，就跟伊恩前年买的一个模样。伊恩摇头，他们肯定买不起的，他知道行情。店主从抽屉里取出一只怀表来，铜外壳，他做手势让伊恩和浪琴表对了对走时，准的。伊恩看不出它的品牌，店主随手在纸上写了个阿拉伯数字“10”，伊恩和肯特集起口袋里的银圆，正好十个。银圆攥在手里，却又不舍起来，店主见状，拉开抽屉，指着几只镀金却碎了面的手表，内部都是空的，他指指这机芯，做了个转移的动作。伊恩看其中一只竟是劳力士的。他们到底付了这十个银圆，伊恩揣着这只可能藏着名表芯的怀表，回程的路上，多少有些兴奋。

他们迷路了，走到了一个公园，当中有个舞台，正在演一出戏，一个高个子青年正高声说着台词。他们听不懂，也就远远看了两眼。观众中有个青年学生样子的年轻人看到了他们，眼睛一亮，快步朝他们走来，他说的是英语，问："你们可认得镇海上阳村那里的李主任？"

伊恩忙说认得。这年轻人说："李主任关照我近日在此地找寻你们，我还发愁，万一你们被藏起来了，我可怎么找呢。"

公园角落里有个咖啡馆，那年轻人说，我们要么去那里坐坐。

那年轻人说自己叫查理，前天，李主任有信息传来，说伊恩他们三个将于这几天到达云和，他的任务是找到他们，并代为转告："您的夫人和女儿已经找到，一个可靠的人正在带她们去往重庆，在那里和你们会合。如果你们早到了，务必等一等她们。"

伊恩问："她们可好？已经离开上海了吗？准备走哪条路线？"

查理回答道："李主任让我转告，她们都还好，目前已经离开上海。至于怎么走，我真不知道。"

咖啡送了上来，看得出是双倍加水的美式咖啡，牛角面包的表皮酥脆内里软韧，伊恩默默想，再来一份果汁就完美了。

查理说道："西南大后方的生活，很不容易。我们这里，虽然也是后方，但毕竟还在富庶江南的边缘，日寇并不能完全控制我们的各种资源，我们会想方设法努力过正常的生活。"顿了顿，他又说，"这是我妈妈说的。"

“她现在在哪里呢?”

“在附近的一个村子里。我们全家都到这里了。”

送咖啡的侍者过来，在查理耳边说了几句。

“你们再坐一会儿，我这就从后门离开。”查理站了起来，说，“请多保重！李主任说，我们方面，会尽力暗中保护你们。因为，你们是这场侵略战争和一次巨大海难现场的见证人，很重要。”

回到住处，伊恩他们把这句话说给凯文听。凯文沉吟半天，说道:“我在想，一个政权运行久了，它就难免迟钝又傲慢，它就看不到面前实实在在的人。李主任那边，是新的政权，他们灵活，和‘人’贴得近。”

肯特沉默不语。

接下去，肯特每天去一趟省政府。“今天必定会有答复了。”他出门之前总这么说，最后，带着失望回来。三个人常彼此问:“现在几点了?”能知道确切时间，这一点，就很让他们安慰。

“我想我们都该去请裁缝做一套西装，这样，我们会更有尊严些。”有一天，肯特这样提议，但他随后又否定了。万一政府不送他们去重庆，那么，这些缪给的银圆，就是他们唯一的倚仗了。

伊恩和凯文也出过几次门，他们去钟表铺对了时间。这个黄铜外壳的怀表走得很准。有一回，他们甚至找到了一家估衣铺。已经是10月底了，他们身上还只是10月初的单衣。他们挑拣了很久，终于挑了三件棉长袍，内胆还是可以脱卸的，那么秋衣和冬衣都有了。可是，他们犹豫了半天，还是放弃了。伊恩安慰凯文：“到了重庆，我们就立马请裁缝定做一套全毛的西装，再各来一件呢子大衣。”凯文道：“好的，还要买皮鞋和袜子。”

他们两个路上走得飞快，这样身上就能微微出汗，抵挡寒意。

在岛上，伊恩有过恍惚，仿佛自己就要在那里过下去了，织网，打鱼，和阿卷说话。现在，这恍惚又来了，仿佛他们可以在此地找个小门面，做个小生意，养一盆小花——即便这个世界已经忘记了他们，也还是要挣扎着去拥有一份日常。

在11月初的时候，他们真的养了一盆花。院子里现成就有一只花盆，栽上了从山上挖来的两棵野百合，花骨朵鼓胀，已经显色，橙黄的。省政府那边终于也有消息了，说外交部已经与大使馆在商量，马上就会有具体办法，请他们耐心等待。

彼得安慰他们，此地很安全，有驻军保护，也有过境的军队，不久前还解决了一场国共两党纷争引起的小麻烦，民众也都守法纯良，放心再住一阵也无妨。

伊恩本想问，不是说国共两党正联合抗日吗？可他没问出口。对于不清楚的状况，他总想让自己尽量多观察。肯特待要说些什么，凯文扯了一下他，也就作罢。三个人都有些沮丧，一种无力感深深攫住了他们。

伊恩特意去了公园，进了那咖啡馆，他找那天的侍者，他记得侍者是中分的发型，有点儿胖。没找到。伊恩就问当班的可认识查理，那人摇头。第二天，伊恩又去，这回终于问到一个认识查理的，他说："如果您问的查理是我们这里罗伯特的朋友，他应该在小顺。您有什么事吗？"伊恩才稍微放了心，问清楚了罗伯特是周日当班，也问清楚了罗伯特是此地大学的学生。这个山城附近，好几个大学都迁过来了，但都在相对偏的村庄里。伊恩周日又去，果然那罗伯特就是查理的朋友。他给伊恩端来一杯咖啡，说："查理让我带话。他说，你们下周估计就能出发了。还有，他说，请放心，一切都在按计划前进。"

"他怎么知道我会来找您呢？"

"您不是已经来找过我两回了吗？"罗伯特的笑容很憨厚，"还有，查理说，您的朋友按你们上个月量的尺寸，定做了三套全毛的西装。我现带了来，你们正好带去。"

等他拿回住处打开包裹，才发现除了一套西装，又各有一件衬衣相配，甚至，还有领结。肯特郑重地穿上身，在穿衣镜前，站立了半天，叹道："这简直就是我自己从前的那一套！他怎么知道我喜欢格纹？"

凯文的那套，是一色的浅灰。伊恩，是深蓝带隐约的浅灰竖条。看得出西服的手工很好，这也不奇怪，即便在上海滩，来自宁波的奉帮裁缝也是个中翘楚。

那一晚，天又下小雨，秋凉更甚。伊恩对着床前木衣架上的西服，揣测这样的贴心之举，是来自缪呢，还是李主任？不仅救了他们的命，在这样逃亡的时刻，还顾及他们的体面和冷暖。这情义，和东极那边的海洋一样深沉啊。

转眼一周又过，还是没有确切消息。他们三个人一起去了省政府，穿上了全毛厚西装，可彼得还是穿着上回见他时的单衣。见了他们，彼得说：“今天正好我的上峰在。他说过如果你们来了，务必见一面。”

彼得的上司不会英文，于是，大家也就见了个面，彼得翻译他的话说：“最近忙于筹措各种物资和经费，故而招待不周，还请原谅。”伊恩也说了几句客气话，也就告辞出来。倒是在彼得的办公室，又听他絮叨了目前情形，“沦陷区那里，每项物资运输都得要‘运输证’了，我们购买的物资就不得不绕远路过来，各种麻烦。我们这里流通的法币，在沦陷区也渐渐难流通了。民间得用银圆支付货款，哪里去找那么多银圆。国民政府又远在重庆，银行也是，我们浙江的银行都得自己想办法让经济运转起来。毕竟有那么多军人和机关人员要养，难民也要安置，都需要钱和物资。说实话，我们这些办事员的工资，养家都成问题了。难哪，各种难。”

说到最后，彼得又说：“你们的大使馆已经承诺，会给我们省政府一笔经费，支付你们这一路的费用。汽车难找，汽油也难找，都贵。部队上本就缺员，组织一支护送小分队，也得筹措。再等几天，等各方面都确定了，你们就可以出发了。”

他们等啊等，野百合开了又谢了。终于，在接近月底的那天，彼得说：“明天一早8点钟，会有一辆卡车来接你们。请准时等候。”

他们的怀表，终于派上用场了。

5. 伊恩一家在重庆

立刻去往大使馆，还是随卢先生去住？

直到下船的最后一刻，她才做了决定。路灯昏黄，敏妮拾级而上，皮箱很沉，箱底抵在腹部，多少能减少些分量。母亲跟在身后，光是爬台阶，她就喘粗气了。卢先生大概也听到了，他放慢了脚步。殿后的是老童，一身仆从的打扮，背上一个大包，斜挎一个大包，手提两个箱子。他们渐渐走到一个没有路灯的街区，敏妮回头一望，身后西边还亮着，东边是黑的。

他们到了一幢三层的楼房面前。第一层是店面，第二、三层是住家，看得到阳台上悬挂的各色衣物，还有晃动的烛火。

有个穿长衫的男人在一家广告店门口等着，晃着个手电，卢先生见状大声说道："老黄，辛苦你等老半天了！"

"少爷！这里都备下饭了。"老黄答应着，弯下腰，手电筒的光照着他们脚下的路，又紧前几步，要接了敏妮的手提箱去，说，"少奶奶仔细脚下。"敏妮挡了他的手，又往后指了指老童，依旧自己提着这小箱子，故作轻快地跟在卢先生后头上楼。老黄就去帮了老童，手电筒的光一路闪闪烁烁照在楼梯上。好在还有些天光，红底白漆的门牌号还看得见，卢先生在三楼最靠东的房间前站定，一推门，就进去了。

原来真有一桌饭备在那里。

刚才，敏妮觉得他们的对答是接头暗号。这一路来，她已经听了好多暗号了。她的中文听力，这两年可算突飞猛进，甚至能听出句子间幽微的语气，比如，她觉得卢先生和这老黄，可能并不相识。因为，不可能卢先生一路过来都有家人接待。他们就是这么过来的。

老黄给了卢先生一沓证件，说：“这是少奶奶和老夫人的证件，里头有防空证。这里的防空洞，到了一楼直接跑地下室去就行。少爷您还记得怎么看防空警报吧？”

卢先生收了证件，说：“记得的。对面银行大楼顶上挂起一盏灯笼，就要动身去防空洞了。”

“也不要太着急。记得穿暖，带上水，带上证件，带上钥匙，带上手电。老夫人叮嘱的。还有，灭了灯。”老黄不好意思地说，“这都是老夫人让我吩咐少爷和少奶奶的。”

老童卸下满身行李，说道：“我和老黄先告退了。有事情您再吩咐。”敏妮取出随身坤包里一小包银圆，问卢先生要不要给老童酬劳。卢先生取出两块，给了老童，说：“给您和老黄打碗酒喝。我这边安顿好少奶奶和老太太，明天就回家。”

难道他们真的是一家？

老童和老黄告辞走了，敏妮才打量这房子，是新式公寓楼，有卫生间，卧室一大一小，卧具也有。厨房小，炊具也是齐整的。门上，窗上，都贴了红色的字，敏妮认得，那是代表结婚的红双喜。

三个人吃了饭，敏妮试了试淋浴头，真有热水。她开箱取了拖鞋、浴衣出来，伺候伊芙琳洗澡，吃药，睡下。

“妈妈今天很乖。”敏妮说道，“我想她已经感觉到安全了。”

“是啊，这一路妈妈也受苦了，更苦的是你。”卢先生说，“但不管怎么样，我们都过来了。不容易。”

“你把我们照顾得很好。要是没有你，我们这一路会跟难民一样，妈妈就未必吃得消。”

卢先生听着也就憨笑。

这一个多月，他们对外都是以夫妻相称，如是借宿朋友的宅邸，他们自然就住一间，有时候，睡一张床，也是有的。就是住店，也是他们三个合开一个大套间，老童单独住一间。甚至，他们有婚书，一直随身带在敏妮的坤包里，以备万一的。时间长了，他们真的有一种夫妻间的氛围，这因为生分而互相尊重的气息，在旁人眼里，就是相敬如宾的模样。

他们演得很好。卢先生在外一直是硬汉形象，走路的样子，说话的样子，都隐隐有种不容置疑的派头。可是，在敏妮面前，慢慢地，倒羞涩起来，动不动就脸红。

而现在是谢幕的时候了。

敏妮还在戏中。她也给卢先生备好了拖鞋和浴衣，说：“还是你先洗吧。”

恍惚这里真可以是个家。敏妮站在窗口看街景，看对岸的灯光。

突然，这一片的电来了，刚才亮灯的那片区域，陷入黑暗。据说大使馆已经搬到对岸去了，不知是灯光里的哪一盏。卢先生向来洗澡飞快，这会儿正站在她身后，敏妮的背后一阵热烘烘。

“这里分区停电。电力一直不足。”卢先生说，“越来越多的人到重庆来了。”

敏妮笑道：“你从前也这样带过人吧？”

卢先生凑到她耳边，说得很轻：“当心。这里隔音很差，你还开着窗。”气流暖暖吹到她耳根，痒痒的。

敏妮笑着转过身来，卢先生退后一步，满面飞红，说道：“我先去休息了。你洗好澡也早睡。放心睡，有什么异常，我会叫醒你。”

敏妮关了窗户，拉上厚厚的窗帘，看了看门是否关好。她已经是个大人了。从母亲精神不正常开始，她就知道自己得扛起一切了。

终于可以有一次像样的淋浴了。水压不够，水流散不开，只长蛇一般在她身上游走，不温不热地绑住了她。她浑身一激灵。

这种被束缚的感觉，第一次是从去年12月8日凌晨开始的。那时，陈沐带着她家司机，把她们母女俩和女佣从公共租界里带出来。她有通行证，她也很沉着，耐心等敏妮母女俩收拾好随身细软，一点也没催促。或许，她不敢催。她和敏妮一样，也都是浑身发颤，一开口说话，就更抖得不行。敏妮进了陈家的车，在车门关上的刹那，她感觉一阵气闷，她不颤抖了，可仿佛是谁拿了绳子把她绑了一圈，她才不抖的。

她们往租界外走，日军的武装摩托车和装甲车往租界里开。

“日本对美国宣战了。”陈沐坐在副驾驶座上，低头颤声说道。军车的灯光扫过来，打在陈沐新烫的鬈发上，像幅剪影。

敏妮和伊芙琳就住进了陈沐从前带她去看过的陈家的一个度假小公馆里，临黄浦江，和陈家只隔两个街区。陈沐以为她能保护好敏妮，陈沐的父亲以为他能保护好女儿，但，怎么可能？

陈沐和敏妮开始陪着他应酬，伊芙琳起初以为只是两个女孩子出去玩，可她很快就知道事情并非如此，因为敏妮总是一身酒气回来。女佣出去买菜带回来的消息各种各样，女人被强奸的事情最多，很快，就是陈沐家的男佣来送菜了。伊芙琳和敏妮商量，干脆我们还是去我们该去的集中营吧？可也只是说说，在集中营会发生什么，她们不敢想象。陈沐父女将她们的身份说成瑞典人。陈沐不坏，她尽力在保护敏妮，可事情要是开了坏头，向下堕落的速度就很快，陈沐和敏妮渐渐成了交际场上的姐妹花，她们被领到更高阶的社交场所。

敏妮装作看不见自己在深渊里的挣扎，可伊芙琳看着。有一晚敏妮醉醺醺回来，伊芙琳帮她脱衣服，脱去外套，里面就是撕烂的衣裙。就是从那时候开始，伊芙琳开始犯病，她很快就不认识敏妮，她也忘记了自己的名字，但她会念叨乔，也会念叨伊恩。她开始吃精神科医生给开的药，敏妮，也就被更深地束缚在那个环境里。那天，当有人找到她，拿出父亲写的纸条给她看，敏妮说的只有：“请带我们走，越快越好。”

于是，假结婚，这是敏妮想到的可以正当脱离陈沐家的唯一办法。来人也赞同，并迅速带来了卢先生。还是陈沐家的车送她们到的浦东。从她上船的那一刻起，她就成了卢家少奶奶。

“你还好吗?”卢先生在浴室外问道，“你洗了很久了。”

敏妮一时没有出声。他声音里的焦灼和担心，是一种久违的家人的关切——自从伊芙琳糊涂了之后，就没有人在意她了。她在水流里呆立着落泪。

卢先生推门而入，关了水龙头，这会儿，水温已经接近冷水了，锅炉里的热水，怕是已经没有了。卢先生先拿了搭在椅子上的浴巾自敏妮腋下裹了半身，再拿一块大毛巾来擦她的头。敏妮也任由他去。

“你别吓我。来，开口说话。”卢先生拍拍她的脸，擦去她还在汩汩流出的泪水。

敏妮出了浴池，一边穿拖鞋一边就倒在他怀里，眼泪更是决堤一般，浸湿了他的右肩。

卢先生拍着她的背，说:“好了，从今往后，都好了。真的。”卢先生又捻着她的湿发，说:“明天我们去买个电吹风。你先坐下，我再帮你擦擦。这样要感冒的。”

敏妮坐了下来，手箍了卢先生的腰，任他用力搓揉她的头发。好半天，敏妮抬手拉灭了灯，月光从浴室的一方小窗里，打在他们身上。这会儿，换了卢先生坐在椅子上，敏妮横跨坐在他身上。敏妮扶着椅背轻巧地上下移动，却又腾出一只手抚摸着卢先生的脸。卢先生渐渐被带动，伸手来拖住她的腰。两个人寻到了节奏，缓慢而又深沉，挣扎着往一个新的地方去。他们觉得到不了那里，永远到不了那里，只有此刻的肉身是真实的，他们战栗，冲撞，捶打，直到最后一口气，直到死亡一样的窒息来临。

次日凌晨，敏妮被雨声惊醒，一睁眼，看卢先生正支着头一动不动看着她，见她醒了，反倒有几分不好意思，笑道："你睡着就像个睡美人，真好看。"

"好吧，我的王子，你吻醒我了吗？"

卢先生抱住她，对着她身后的白墙说话："其实，那天我一见你，就想着，这要是真结婚，该有多好。这婚书，我没有自己关起门来假造一张。我托的是宁波同乡会，请他们帮我忙出的婚书，里面主婚人证婚人都实有其人，签名也不是假的。是张真的婚书。我很难解释我当时这样做是为什么，也许，只是我单方面想做一场好梦。我现在可以说，我这是美梦成真了吗？"

"是真的婚书？"

"嗯，我老老实实跟叔伯说自己想要结婚，可对方是英国人，这时节不好大办，宁波同乡会又正好有一场集体婚礼，我就请他们把我们俩的婚书也做一张……"卢先生道，"所以，这对我是真的结婚。对你，不是。"

敏妮笑道："天哪，我以为我昨晚得到了我的王子，没想到，这王子早就自己写好了剧本。"

卢先生又满面飞红，只把敏妮抱着不肯松手。

敏妮说：“我们赶紧起来梳洗吧。”

“要是今天去大使馆找到了爸爸，你不会跟着他就走了吧？”卢先生就是不肯松手，敏妮觉得他快要哭了。

“我也认这张婚书，如果可以的话。”敏妮吻了吻卢先生，说道，“那我以后就叫你瑞秋吗？你知道，这名字在英文里可是个女孩儿的名字。我会边喊边笑的。”

“你知道吗，在我们这里，妻子在外人面前称呼丈夫，叫某先生，也是合适的。你这一路叫我卢先生，那是一点问题也没有呢。老童可真的是把你当少奶奶，我想，这会儿他已经在我父母面前夸你了。”

“是吗？你怎么知道老童会夸我呢？”

“老童已经在我面前夸过你了，说你会看航海地图，会看罗盘，知道经纬度，晓得港口路线，男人都不如你。再有，你孝顺母亲，没有娇气，会吃苦，会体贴人。他觉得你再好不过了，他为我高兴。我还发愁以后怎么跟他解释才好。这下好了，我不怕老童了。”

敏妮在厨房忙碌早饭，橱柜里有面条和鸡蛋，她也就烧开水煮个面条，打上鸡蛋。伊芙琳也来帮她，她对敏妮说：“安妮，你一定要等水全部沸腾了，才好打鸡蛋下去，这样做出来，才又白又嫩。”

卢瑞秋在厅里问道：“安妮是谁啊？”

“是我家的女仆。她这会儿应该在香港吧。”

三个人简单吃过早饭，就打算出门过江去大使馆。卢瑞秋说，他家离码头不远，从南岸回来后可以顺道去那里拜见一下，新媳妇得去见公婆。但是，他们家的楼房没有淋浴也没有抽水马桶。这幢楼虽然造得单薄，却是新式的，这楼底下还设有防空洞，跑空袭警报方便，家里才同意把新房设在这里。敏妮心里怪道，原先说的只是假戏啊，何至于真弄个新房在这里？转念又一想，大概因为是假的，就想做得特别真吧。

伊芙琳突然问："谁的公婆？"

敏妮道："妈妈，是我的。我结婚了，他是我的丈夫卢瑞秋。"

"他有英文名字吗？"

卢瑞秋忙道："有的，请叫我乔。我从中学到大学，读的都是教会学校，老师们都叫我乔。"

"乔。"伊芙琳伸出双手紧紧握住他说，"那你就是我的儿子。"

"是的，我是您的儿子。"卢瑞秋扭头对敏妮说，"你看，妈妈这会儿突然明白了。"

敏妮摇摇头，她问伊芙琳："那么，妈妈，我是谁？"

"你是安妮啊。你跟着我一起做饭，难道不是安妮？"

妈妈屏蔽了现在，她回到了过去——她已经回去了，并且，打算忘掉她的女儿。敏妮知道这是为什么。

雨天，道路泥泞，他们先坐黄包车再坐滑竿，从民生路下到临江路，过江去南岸。北岸江边，吊脚楼林立，远远望去，这山城之中，有砖瓦屋顶也有草屋顶更有簇新的楼房，高矮新旧不一，有几处炸塌的建筑还没来得及修复。

此刻，渡船上，他穿着雨衣，为她们母女打着伞，俯在敏妮耳边，指点着解说。也讲他的打算，说因父母都已在重庆，他往下可能在重庆工作了，但也说不定仍旧回上海。他身不由己。敏妮揣摩着他的工作到底是什么，这一路来，并不见他联系政府，看着都是单线的接应，约莫也就能猜测他的阵营。

他们到了英国大使馆，问了工作人员，可有一个叫伊恩的从浙江来。接待他们的查看了敏妮和伊芙琳的护照，登记了信息，询问了住址，说一有消息就会派人来送信通知，目前并无伊恩的消息。敏妮又叫卢瑞秋也留了他父母家的地址，卢瑞秋愣了一下，还是俯身写了。他们正待离开，有一个年轻的工作人员从隔壁办公室过来，问敏妮道:“您可是伊恩的家人？老家在诺丁汉的伊恩。”敏妮忙说是的。年轻人说:“我妈妈10月12日就拍电报过来告知他们一行三人行踪，后来又来叮嘱我，说伊恩的家人已经从上海出发，可能会比伊恩晚到，一定要伊恩等等。不想，还是你们先到了。国民政府的办事效率真没话可说。放心，您父亲一到，我这边就立刻派人来通知你们。”

三人渡江回来，雨已停了。他们叫了两辆黄包车，往卢府而去。敏妮和伊芙琳同车，伊芙琳紧紧攥住她，问她这是哪里。

“妈妈，这是重庆，我们要在这里等爸爸，等他带我们回家。”

“回哪里的家?”

“我想，大概是回英国吧。”

“要等你爸爸回来才好定。”

“是的，妈妈你想起来了？我是你的女儿敏妮啊，我们在这里等爸爸。”

“敏妮……不是你这样的……”伊芙琳上下打量着敏妮，轻轻摇头，身体开始抖动，“好累，我要躺一躺。”

又到吃药的时间了。敏妮默默想着，过会儿一进卢家，就让她喝水吃药，让她休息会儿。这样，不知道卢瑞秋的父母会怎么想。不管了，卢瑞秋都会处理好的。这一个多月下来，他总是抢在她前头，把事情都做稳妥了。

黄包车在一栋白色小楼前停下，老童像是早就在等候，出来接了三人进去，领着他们进了一间客房，说先请老太太在这里休息，请少奶奶在这里换身衣服扑个粉，里头正在准备让少爷和少奶奶拜祖宗。

敏妮给伊芙琳吃了药，留了老童在这房间里看护伊芙琳，她也就随卢瑞秋一起前往，去完成一个中国媳妇见公婆的仪式。有一个女佣过来，领了敏妮进了内室换装。等她出来，已穿了一身大红的绸缎，上袄下裙，这裙子足够长，遮住了她的黑色皮鞋。她的脸，扑了粉上了胭脂，就像个唐装洋娃娃。卢瑞秋挽住她，一起往大客厅走去，隔着衣服，敏妮也能感受他身体的微微颤抖。

敏妮在上海也见过两回中式婚礼，场面大，热闹得很，而现在，这里一切静悄悄的。卢瑞秋看出她的疑惑，悄声说：“我已让老童跟家里人讲，我们参加了在上海的集体婚礼，已经结过婚了——这集体婚礼现在流行。这会儿，只是拜个祖宗。我们对祖宗是非常尊重的，连逃难，都要带着祖宗的画像。酒席什么的，我说等胜利后再补办，这会儿亲戚都天南海北的，办酒席都没有来赴约的客人。”

敏妮刚刚已经看过镜中的自己，不由得感叹衣服对人的塑造，她现在就是一个中国媳妇，她不由自主学着她见过的中国新娘的样子，微微低着头，含了胸，小碎步一步步进去，随着卢瑞秋跪拜了高悬在墙壁上的祖宗画像，接着跪拜了他的双亲。

婆婆并不老，她看着比伊芙琳年轻。仪式完毕，她就站起来笑着拉起敏妮的手，探了一下敏妮的手腕，空的。她就揭开供桌上的一个小盘上的红布，给她套上了金手镯，戴上了金圈戒，最后，是一个沉甸甸的金项圈。敏妮只羞涩地笑着，不知怎么，竟生出一种新的惭愧。卢瑞秋就带笑看着她，像个中国丈夫一样，连笑容也是庄重的。公公是最拘谨的，他带他们走到家里给他们准备的新房，那里却正是个施工现场。敏妮看工人在安装的是水管和浴缸。这是为她在准备吗？

“我是这家的媳妇了。可他们最后会失望的吧……”在饭桌上，敏妮忐忑暗想。伊芙琳吃过药之后总是特别沉静和友好，微笑空洞又无辜，极像一个传统东方妇女的表情。这会儿，敏妮也是，她也就只是微笑不语，眼神偶然和卢瑞秋交汇，也是羞涩的，是个不知所措的新嫁娘的样子。敏妮默默听着他们一家对话。

公公感慨着河南的饥荒，他说《中央日报》上说并不严重，可他亲眼见过从河南逃到这里的人，这个幸运者中的幸运者，他说出的真相，和官方报纸上说的完全不同。河南，最惨的地方，是饿到吃人肉！

婆婆重重地放下筷子，咳嗽了一声。

公公就改说去年的日军轰炸。去年大半年真的是天天要跑防空洞，有两回差点就没命了。惨啊！多少民居被炸，炸死了，没家了。可就是跑防空洞也有闷死的。去年6月，有一天从傍晚炸起一直炸到午夜，较场口大隧道那防空洞通风设备炸坏了，闷死了多少人啊，有的全家都死在那里，连尸体都没人认领，最后是防空司令部派出工兵营，光整理尸体就花了一个昼夜。卡车把尸体拖到朝天门的河边，再用木船装到江北黑石子那里草草掩埋。作孽啊。现在倒只是零星轰炸，重庆这里也有空军能升空了，可大家心里还是怕啊。

婆婆轻声说："这样的事情，不要在饭桌上说啊。幸亏我们都还活着。"偏偏公公还是要说："只要这仗还在打，哪天死了，死在哪里，都说不定。我见过那么多死人。我见过一个断手还攥着一只精致的女包，那手指还在动。真会动。各种各样死的样子……有时候我不相信我还活着。"

婆婆又放下筷子说："你怕了吗？那还是回上海对皇军鞠躬去？我们千辛万苦到重庆来，就是不想当日本人的顺民，对吧？现在，你看，我们还活着，秋儿也带着媳妇从上海来了，你倒跟他唠叨这个。想吓他吗？有一天好日子过，就好好过日子。"

卢瑞秋忙说："这些，大致我已经知道了。我不是在报社工作嘛。可在现场，人哪有不怕的？要是我，我也怕的。"他拍了拍父亲的手，两父子默默碰了个杯。杯子里是热的黄酒。

公公说："是的，怕归怕，我们不投降。怎么能投降？投降我还跑重庆来吗？"

卢瑞秋又举起杯子，两父子碰了，仰头喝下。

婆婆说起修浴室的细节。这浴室能在一周之内完工，他们接着还要买地毯和家具，卢瑞秋劝阻说，不必要的，战时从简就好，胜利以后再操办不迟。

敏妮已经能听不少的中文，可她都装作听不懂。也就是在她装听不懂的场合里，她确认陈沐还是为她着想的。在每一次陈沐和她父亲的私下对话里，陈沐都表现出对父亲投靠日本人的鄙视，还有对敏妮的维护。这也是她敢跟陈沐讲她要结婚离开的原因。可婆婆刚刚说的这番话，让敏妮羞愧又佩服。

午饭后，敏妮换下新娘装束，卢瑞秋抱着一大摞《中央日报》，还有一个厨子一个女佣，雇了三架滑竿，由老黄带着，依旧回民生路上的公寓。

老黄他们都穿着橡胶套鞋，石台阶走完，就踩到被雨水浸烂了的泥地里，滑竿轿夫穿的是一双布鞋，一脚下去，泥就没上了脚踝，却脚步不停，依旧向前。敏妮看着心疼。

悄没声息的，厨子做了晚饭，女佣清洁收拾了房间，卢瑞秋一张一张地看那摞报纸，敏妮手上织着刚从卢家带来的毛线——她说她要为婆婆打一件毛衣外套，宽松的，居家时好穿在旗袍外头。她和婆婆已经选好了花样，婆婆挑了最简单的那种，一针下针一针上针，她说这样的单螺纹保暖又有弹性。

她有节奏地换着针，金镯子从袖管里溜出来，一下一下，也在使劲似的。敏妮低叫了一声“瑞秋”，卢瑞秋应了一声，眼睛都没从报纸上抬起来。那个瞬间，敏妮觉得这样的日子，仿佛已经过了很久，并且还将一直延续下去。

“快来看！这里有伊恩的消息！”

卢瑞秋终于在报纸上找到了他要的信息。在12月5日的《中央日报》上，有伊恩等三人到浙江省政府驻地云和的消息，接着，在12月19日的《中央日报》上，有伊恩等三人到江西赣州的消息。

“今天是12月22日了。”敏妮高声唤道，“妈妈！爸爸这几天就可以到重庆了！”

伊芙琳还在沉睡，没有理她。伊芙琳昏睡的时间越来越长。

“或许我们能一起过圣诞节。从赣州到重庆，我们是走了五天对吧？”卢瑞秋说道，“那么，和爸爸一起过元旦是没问题的。”

“还有乔。到时候你们两个乔见面就热闹了。”敏妮笑道，“我可得叫你瑞秋。据说中国人取个女孩名字好养活，恭喜你，瑞秋，你一定长命百岁。”

卢瑞秋笑道：“这就是缘分哪。我们要是生了个女儿，就叫瑞秋吧。生个儿子呢，就叫乔。你喊一个名字，我们三个人都应，多好……”

话没说完，他自己却又害羞上了。等他们吃完晚饭，女佣收拾好，告别时特意嘱咐了他几句才出门，敏妮看瑞秋脸上又飞了红。敏妮道：“刚才阿妈和你说了啥？”

瑞秋笑道：“嘱咐我们记得睡着之前要穿齐整，外套也要放在床边，万一跑空袭警报，好出门快些。又是我妈妈让她说的。我妈妈啊……”

“睡着之前要穿齐整……”敏妮把这话重复一遍，也脸红了。

这一年身在淤泥中挣扎的经历，她不想和卢瑞秋说，她觉得，卢瑞秋似乎也有些东西，并不想和她说。对于做爱，两个人似乎都有些经验，而他们也并不想把它们藏着掖着，只是一心想取悦对方，诚心诚意的。亲吻，爱抚，拥抱，厮缠，敏妮觉得他们就在苹果树下，从原初而来，尝到了人之为人的味道。当她在他怀里战栗，她确信这真的是爱情，而她是他的妻，她的身体在使劲地收取他的液体，她愿意为他孕育孩子，一个洁净的孩子，一朵从淤泥里开出来的花。虽然，这是命运给的偶然的礼物，此刻，她认定这将是某种必然的起点。

“我爱你。”瑞秋对她说，“我爱你。”

“我也爱你，”敏妮回应说，“我很爱很爱你。”

第三天，当大使馆派人来送信时，他们正在卢家吃午饭。

卢瑞秋已经跟父母讲了伊恩和乔，他们计划着，现在住的这套公寓，伊恩和乔到后让他们住，敏妮夫妻俩就搬到家里来住。伊芙琳是跟着伊恩父子呢，还是跟着敏妮他们过来？一直沉默不语的伊芙琳说：“我要和乔一起。”她话音刚落，老童就带了送信的人进来了。

卢瑞秋带着敏妮和伊芙琳雇船过江，跟着来人进了大使馆在码头等候的汽车，却在大使馆的会客室前，被挡在门外。

敏妮看到伊恩的第一眼，只觉得父亲的眼神也和她一样，底子里都是昏暗不明，仿佛从黑暗中挣扎而来，对眼前的光明，不敢相信。伊芙琳认出了伊恩，她抱住他，说的是：“乔呢？我的乔躲在哪里？”伊恩紧紧抱住伊芙琳，他求援一般望向敏妮。当敏妮用哄小孩子的语气，把伊芙琳和伊恩分开，她也看到了伊恩脸上的惊讶和恐惧。她也问伊恩：“爸爸，乔呢，还在后面？”可伊恩像是没听见她说话。

伊恩身上那套蓝灰色的西装皱巴巴的，脚上穿着布鞋。其余两位也是，他们比伊恩更高大，身上的不和谐也就更被放大了。敏妮猛地想起父亲的身份，是的，他已经不是战前的商人，他是侥幸逃脱的沉船战俘。他们能活着站在这里，就已经是奇迹中的奇迹。作为家人，眼前之人，无论是什么模样，她都只有接受。爸爸也会这样对待她吗？应该没问题，再说，现在她有瑞秋。

敏妮向大使馆工作人员说了感谢，伊恩他们也跟着说了谢谢。她没来得及和护送他们过来的军人说感谢。伊恩说，他们已经回去复命了。他们这一路来，一程一程换汽车和护送的武装，每一程送达后，前一段的人都是快速返回，就像是接力赛。伊恩说得很轻松。这是他一贯的说话方式，他总是让旁人觉得他能掌控这个世界。他能让一家人出现在同一空间，就是他能力的体现。

只是，乔在哪里？他怎么还不出现。敏妮四处打望。

他们已经被领进一个装饰高雅的会客室坐定，就像是坐在一片旧时的油画里，斑斑驳驳，要退后，定睛，才看得清眼前这一刻。敏妮还是没找到乔，和伊恩同行的那两个人对着她微微摇头。“肯特叔叔和凯文叔叔。”伊恩是这样介绍他们的，仿佛他们也是家人。

伊恩他们和大使馆工作人员还在互相致谢。

“不，不，是我们要谢谢你们。他们在11月13日就电传我们信息，我们就立刻通过瑞典大使馆和日本大使馆询问沉船战俘情况。如果没有你们，这事情，不会这么快被世界知道，甚至，很可能永远不为人知。你们是目击者。你们或许已经救援了那些可能会消失的战俘。”大使馆工作人员对着伊恩说了一通感谢的话。

伊恩揽着伊芙琳陷在互相打量的沉默里。肯特和凯文抢着又说了些感谢的话，比如这一路花了大使馆好多钱，因为汽油费实在太贵。不仅贵，而且还很难找。敏妮想着，那么，这一路，她一样也花了卢瑞秋好多钱。不仅一样花汽油，一路的食宿，他也没让她觉得十分艰苦。这其中，很多，真的是他一见她之后的爱意吗？他现在被阻在门外。

“我能领我的父亲回家吗？我们一起过圣诞节。我还得给他买些衣服。”敏妮说，“我在重庆有家，我嫁给了一个中国人，他现在被你们阻在门外。”

“不，目前还不可以。这会让他们处于不安全的境地。你父亲他们是目击证人，我们知道，日军也知道。重庆的汉奸们，可能也在某处等待了。可能，他们早就知道你们在重庆的住处了。”工作人员回答得一丝不苟，“而且，我们还有工作需要他们一起完成。”

工作人员尽量想掩藏他面上的狐疑，而伊恩的吃惊，直接说出了口：“那个你嫁的人，他现在在哪里？我可以见见他吗？”

他们终于让卢瑞秋进了门。卢瑞秋向伊恩自我介绍说：“我是卢瑞秋，您也可以叫我乔。”

“乔！”沉默了许久的伊芙琳在一边尖锐地叫道，“伊恩，乔为什么没有和你在一起呢？”

伊恩转向伊芙琳：“他和那些战俘在一起。他在东海里。是的，他死了。对不起亲爱的，我没有保护好他。”

伊芙琳用满含同情的声音说：“亲爱的，我也得告诉你，我也没有保护好敏妮，她也死了。我们的儿女都死了。”

伊恩惊讶地转向泪流满面的敏妮。

卢瑞秋搂紧敏妮，对伊恩说：“妈妈在吃精神科医生的药。妈妈不认得敏妮了。”

“爸爸，是卢瑞秋他一路把我们从上海带到这里。”敏妮擦着泪说，“我非常感谢他，我也爱他。妈妈该吃药了，我可以把她带回家吗？”

伊芙琳紧紧攥住了伊恩。

“妈妈还认得你，爸爸，这太好了。”敏妮擦干眼泪，“我把妈妈留在您这里。晚点我就送药和她的衣服过来。”

可是，大使馆工作人员依旧派去报信的人跟着敏妮回去取药和衣服等日常所用，他们也请敏妮放心，他们会为伊恩他们采买合适的服装和鞋袜，他们有自己的渠道，重庆民间的市场上物资奇缺，太难买到了。

敏妮还是按原先计划，把所有的行李都搬到了卢家，他们入住了家里给准备的新房，她想，这也是一种团圆吧。她发现他们的婚床枕头底下有暗格，她就把她随身包里的银圆数了一百块，正好放满这个格子。她还在梳妆台的抽屉里，放了一只珠宝小盒子，里面是一枚小钻石戒指，那是伊恩买给她的十八岁礼物。她犹豫了好久，没把婆婆给的项圈拿出箱子。

第二天，她一直在等大使馆的召唤，她就垂着头编织毛衣。这件外套的大身已经成型，她和婆婆已经商量好了领型，婆婆说要“青果领”，瑞秋告诉她，那就是橄榄领。卢瑞秋出去工作，婆婆进来陪她坐了一会儿，也不说话，就只是给她添上热茶——虽然她总是等茶凉了再喝。

一天过去，夜晚来临，在这个隔音良好的石壁房子里，他们放肆地喘息。当一切平息，卢瑞秋呼吸平稳地入睡，过去的那个敏妮就慢慢地在黑暗中成形，她问道：“你的人生能和我剥离吗？”有时候，她问的是：“你的人生，能和父母剥离吗？”但从来没有问，她是否能和卢瑞秋剥离。在迷糊睡梦中，卢瑞秋也会来抚摸她的身体，在她的小腹那里停留下来。他已经留了很多液体在她的身体里，他说那里有很多种子，总有一颗，会在她的体内生根发芽。她爱他这样的比喻。

第二天下午，卢瑞秋在客厅调试着无线电，他说他收到消息，过会儿有电台对伊恩他们的采访。很快，伊恩的声音飘了出来。这大概就是大使馆给伊恩他们的工作了。他们在讲述沉船始末，讲述战俘们怎么突破被封的舱口，却遭到日军的扫射，他们很多人在海水中死去。对于沉船的过程，他们讲得很详细。对于获救的过程，他们说得很简略，可对于路上所见的战争犯罪，他们说了好久。卢瑞秋听得很认真，生怕漏掉了一个字，他兴奋地跟敏妮说："这是面向全世界的广播电台，是BBC。这下，全世界都知道我们在抗战了。日本人的对外广播里，说我们在和他们共荣。这就是爸爸他们的价值！"

敏妮很高兴爸爸是有价值的人，而对于敏妮来说，爸爸就是爸爸，这就是爸爸的价值。妈妈即使这样了，妈妈也还是妈妈。

那天近黄昏，大使馆来人，说带敏妮和卢瑞秋去赴宴。那人说，趁天色昏黑，可否请敏妮先带上全部行李过去。卢瑞秋并没有一点犹豫，就提了那只很沉的小箱子和一只大箱子出来，这是敏妮全部的行李了。

敏妮看着沙发上那件还差两个袖子的毛衣外套，"再给我一天，我就能织完它了。"

卢瑞秋说："妈妈会喜欢的。"他说着，催敏妮快走。敏妮还是去了婆婆那里，去和她告别。卢瑞秋也一起跟进来，笑说："我们一起去吃个饭就回来。"婆婆扯下身上的羊毛披肩给敏妮披上，说："夜风冷，戴上这个。"

他们去了南岸，敏妮他们被送进一套别墅。这只是伊恩一家的聚会，没有旁人。伊芙琳紧挨在伊恩旁边，她安静地望着敏妮他们入座，她招呼道："安妮，乔，你们能来真是太好了。"

伊恩拥抱了敏妮，他说："伊芙琳，你仔细看看，这是我们的女儿敏妮。安妮去年这个时候，她被日军杀死在我们家里。她死得很惨。伊芙琳，安妮死了。"

伊芙琳把脸埋进自己的手里。

敏妮说道："他们为什么要杀死安妮？"话一问出口，答案就已在心里形成，这样的惨事，在上海，不是也每天在发生？于是，她摆一摆手，止住了父亲。她说："如果我不贪生，爸爸，瑞秋，我也已经死好几回了。妈妈认为敏妮死了，这话，她是对的。"

卢瑞秋把敏妮揽过来，没说一句话。伊恩沉默着，为大家倒上了酒。

卢瑞秋问："爸爸，你们这一路，也是从赣州到重庆的吗？"

"我们从赣州先到了桂林，从那里坐飞机到重庆。我们这一路，都是军队和汽车保护，你们必定走得比我们辛苦。"

"这一路，我们的朋友一路接力，每个城市都有人来接应。"瑞秋斟酌着说，"相对于他们的烦琐程序，我们更灵活。这一路，对外说的都是送我和家眷到重庆工作，免得发生别的意外。到最后，我和敏妮真的决定结婚，此前也没征求您的同意，真的十分抱歉。”

“我很高兴我们是一家人了。还有，请务必转达我的谢意。等胜利后，我一定会来报答你们。”

“不，不。您在国际广播电台的发言，就是对我们抗战最好的帮助。等您回到国内，也还是请多多为我们宣传，我们在全民抵抗，胜利一定会属于我们。重庆这个城市，遭受了比伦敦更恐怖的空袭，状况惨烈，行同屠杀，而国民政府却还要模糊和隐瞒相关死亡数字。我这里有一些照片和资料，已经装在敏妮的小手提箱里，请带出去找渠道发表。如果说到‘报答’，这就是对我们最好的报答了。”

“我一定尽力。您同意我们带敏妮走？”

卢瑞秋点头，说：“谁不愿意自己的家人生活在平安的环境里？敏妮是我的家人。如您一路所见，这里不仅有共同的敌人日本，还有各种力量之间的暗中消长，不太平，不安全。比如，您从象山到临海途中，差一点就遭遇了汉奸的伏击，幸亏我们这边保护你们的那一小队，一直在你们左右，他们清除了这伙汉奸，我们这边的一个副队长也死了。”

伊恩后背发凉，原来此刻自己很可能已在树林里腐烂。他说：“是的，是有这样一场枪战，那会儿我们都吓坏了。”

“是的，带队的老林是在温州接应我们的人，他说你们在那里呆呆的不动，他装鸟叫催你们快走。”

“当时山顶方向是有两声很奇怪的鸟叫。”

“是的，那是老林。”

敏妮说道：“你怎么不告诉我？”

卢瑞秋摸摸她的头发说：“现在不就在告诉你嘛。幸亏我们这一路来没出大事。我们真的非常像夫妻，连老童都没看出我们的破绽，旁人就不用说了。敏妮你一直很沉着，我很佩服你。”

伊恩端详着他们俩，眼里含泪。

“以后你会一直留在重庆吗？”敏妮问，“两位老人家需要你。”

“我可能会重回上海，敏妮，我的工作在那里。华北那里，日军在对我们的力量进行扫荡，他们那里太需要情报力量了……让人高兴的是，从世界范围来看，战争似乎在往好的方向走。但目前对我们来说，太艰难了，但也许可以理解为黎明前的黑暗。”瑞秋抚摸着敏妮的头发，接着问，“你们什么时候出发？”

“就今晚。我们一起吃完这顿饭，就出发。”

“嗯，这样最安全。”瑞秋说，“我带行李出来的时候，就这样想了。敏妮，你忘在床格里和梳妆台上的东西，我都放进小箱子了，和那些底片在一起。”

“你什么时候发现的？怎么放进去的？”

“我不告诉你。所以，放心啊，敏妮，我足够机灵。还有，婚书，还在你的随身包里，在老地方。”

6. 战后重逢

1945年8月30日，伊恩走在伦敦的街头，看着一列游行队伍从他眼前走过，他们是在庆祝收复香港。

从三个月前欧战胜利后，伦敦就一直沉浸在庆祝的气氛里，伊恩身在其中，自然也欢呼雀跃。1942年年底，他从重庆回到了伦敦，面对的是大轰炸之后的伦敦城，所幸的是，一直到战争结束，德国人都没有侵入英国本土，也许，正因为此，香港的收复，才更有胜利的意味。

他到了约定的餐馆，却并不急着进去，站在门口，看兴高采烈的游行队伍走尽。约他吃饭的是他的上司，不用猜，他大致也知道来意。因为战争，公司在远东地区的贸易已经停了三四年了，如今战争结束了，一切要从头再来。公司肯定得派人去香港“收复”公司业务，伊恩，自然是外派的第一人选。

“我知道让您重返香港，并不十分合适。毕竟，您的夫人需要很专业的照料，在香港，恐怕有难度。”在上甜品的时候，上司还是开口了，“可我还是希望您去，您是最合适的人选了，我们知道，您对华东这一块的熟悉程度，超过我们每一个人。如果您愿意，我们还想让您在上海也帮忙一阵子，恢复香港和上海的正常贸易途径。”

伊恩缓缓地搅动着手中的奶昔，没有立刻回答。上司待要说些什么，却欲言又止，说起了天气：“伦敦的夏天，是世界上最美的夏天了。”

伊恩笑道：“我同意。现在这个时节，我特别喜欢。夏天快过去了，可还是在夏天。”

他扭头向窗外，都8点多了，还只有薄薄暮色，一切都是那么清爽明朗，让人安心。经历过动荡的人，对眼前的宁静，会加倍地依赖。这几年，他好不容易把自己的生活缝缀在这个城市，虽然，伊芙琳的精神状况一直没有起色，可他有敏妮和她的混血儿宝宝乔。他抱着那个肉嘟嘟的小家伙时，觉得世界真的在从头开始。明天，就是乔两周岁的生日了，他已经会哄伊恩开心了，甜言蜜语一箩筐，比如“外公您最最好”之类的表扬，能让伊恩高兴大半天。

可是，这一刻，他脑海里掠过的香港的鸭寮街和油麻地热烘烘的市井图像，还有东极靛蓝的海水和褐色的岩石，这一切，似乎比乔肉乎乎的小身子更真实。

他从怀里取出一张照片递给上司。那是他从中国带出来的一张合照，他们三个战俘和救他们的缪和王等人的合影。

“和我说说你的故事吧，完整的，从头说起。”看来，上司今天准备把整个黄昏的时间都给伊恩了。

伊恩缓缓说着，从1941年12月香港的巷战说起，说到运送战俘去日本的地狱航船，说到1942年10月东极洋面落海被救，说到唐和翁这些青浜岛上的人将他们隐匿，缪和王派支小队伍把他们送出，1942年年底才辗转到达重庆，千头万绪，他也只能努力说清楚脉络，没有说出的都是他心底最柔软的部分。

“我会把这个事情呈报我们的外交部，这是大事。”上司看到的是另一个层面的问题，“对战争中每一个帮助过我们的人，我们都要尽力报答，这是英国和英国人该做的。”

“外交部肯定知道这事。但战后头绪纷杂，报恩这事，估计也没人想到。如由您一起来推动，那是再好不过了。”伊恩说，“我接受您的委派，这也是我应该做的。”

对于家人，伊恩还是想让他们留在英国。伊恩答应敏妮，他会去上海和重庆两地找卢瑞秋，有确切消息后，等世界更安定些，敏妮再带孩子来中国，这样稳妥。

“你确定你和他是出于爱情吗？你知道，寻求保护和施与保护，对双方来说，都很像爱情。”

“您是说其中是否有性吸引力吗？有的，很多。我爱他，爸爸，我很想念他。但其中，或许真有您说的那种成分，因为它，更强化了性的吸引力。还有，您一直念叨在岛上的阿卷，那，您的情感只是感恩吗？肯定还有别的，也许只有微弱的一点，可您一直放不下。”

“有的。阿卷是那么聪明、机灵、善良，可他被困在小岛上，我很想给他一个更大的发展空间。我想帮他。”

“每个人都有自己的人生，旁人无法替代。爸爸，阿卷有自己的世界，虽然在您眼里很狭小，但是，只要他觉得足够宽广足够踏实，那，您就不要着急。尤其，您要分辨，这焦急里头，是否含了某种优越感。”

“卑微的生命，如我们，也许都困在自己的‘岛’上，都在自己的狭窄空间里，可我们一样挣扎着想负起自己那份责任。在这个意义上，我想，我们都是平等的。”

伊恩和敏妮不止一次这样讨论过，他们为此感到幸运，无论如何，他们既是父女，更是朋友，能深入而真诚地讨论一些问题。

伊恩回到了香港，凯文和肯特也陆续到达，凯文供职于英国驻华使馆九龙办事处，肯特继续在英国皇家海军舰队服役——他实现了他的诺言，他回英国后仍旧回归军队，他去了缅甸抗日，九死一生，活到战后。在香港，隔段日子，他们就会聚一下，他们已经把彼此当成家人。三个人在一起，很大一部分时间是在研究地图，他们甚至找到了最详尽的航海地图，看了又看。

在上海附近的海面上，在他们认为最有可能的区域，有个“东渔人岛”，就是没有一个叫作“青浜”或“东极”的小岛。地图上，米粒大小的岛屿有近三十个，更有针点大小的礁石一百多处，他们寻找的小岛，到底在哪里？他们也想过找香港的一些老朋友帮忙，日据时期，日军把一些认为“无用”的香港人遣返回乡，赶出香港，如今那些对内地熟悉的老朋友在港的所剩无几，问询一遍，也无结果。

“大概是这个岛太小了，小得没有名字。”伊恩安慰他们，“但我相信，在上海，肯定有人知道他们，我们可以在上海登报寻找。我还得找我的女婿。”

香港这边的业务安顿好，顺利运行之后，伊恩赶往上海。船经过那片洋面时，他都会凭栏而望。他的乔在这片海底，他凝望海面久了，就觉得乔就在水面下回望他。而现在，他得先帮敏妮找到她的乔。“你还活在我们中间，乔，你活着。”伊恩对平静的海面说话。一回上海，他就登报找人，除了岛上的人，他还找缪，找王，找敏妮的卢瑞秋。战争结束了，生意、友谊、爱情，一切都是重建的时候。

登报的效果立竿见影，伊恩刚从上海返回香港，到办公室收的第一批函件里，这事就有了回音，“东渔人岛”就是“青浜岛”。热心人是旅居上海的青浜人，他托人写了这封英文信，还详细地附上了青浜岛的通邮地址，并确认岛上确乎有伊恩说的翁阿川一家人。

伊恩静静坐了片刻，才给凯文打电话，听着凯文在那头喜悦明亮的声音，他的心里也暖暖的。肯特还在舰上，得到这消息就迟了一步，听了后，他说：“国共已在河南、湖北开战，这内战万一全面打起来，又得乱，说不定就见不上面了！”伊恩听着直笑，说：“不会的！刚结束一场战争，谁还愿意接着再来第二场战争？”

那一晚，他们三个人的小聚，是讨论该在给翁阿川的信里写什么。说来说去，他们才想起岛上的人都不识英文。那么还是先找人写封中文信去报个平安，邀请他们到上海相聚就好。

伊恩笑道：“我真的很想念阿卷一家，就像想念家人一样。我也想念唐，那就跟想念兄弟一样。”凯文和肯特也笑了：“我们虽不及你这么会说话，内心的感受，也和你一样。”

伊恩的行期他自己可以定，凯文和肯特的假期却一直定不下来，这封信也就这样一直拖延着没发。关于寻找卢瑞秋和缪的广告，也一直没有回音。

新的生意，千头万绪，忙碌中时间过得飞快，这一拖，就拖到了1946年的6月。那一天，伊恩刚结束一天的工作，秘书进来说还有人求见，是在预约之外的求见，伊恩正待犹豫拒绝，那人却已闯了进来，却原来是王队长带了女儿来见。

伊恩喜出望外，赶紧联系凯文和肯特，有王家小姐做翻译，双方相谈愉快。问及缪副队长，王说缪现在沈家门做水产生意，他呢，想到上海经商，故此前来讨教。伊恩并不推辞，说定当鼎力相助，说道："那时我们告别，约过一定要活到战争结束！您看，我们成功了。您给我一个通信地址，我明天就写封信给缪先生，待忙过这一阵就去看他。还有苏县长，他的政府，现在不在游击状态了吧？"王犹豫了一下，说道："战争似乎并未结束，如今内战，盛名之下，缪就是在做水产生意，可也得选个立场。苏县长呢，胜利后，他也辞职回湖南老家做生意了。一言难尽啊，想当年苏县长带着大家团结抗日，好不容易胜利了，却要和昔日兄弟兵戎相见。我想，他做不到。如今局势暧昧，海上也乱，若要相见，还是约缪先生到上海或是香港见面才好，你们切不可鲁莽去舟山。"

伊恩沉吟道："那还是等战争真正结束后，我再去面谢更为妥当。"伊恩把当年的合影给了王先生几份，托他带给缪和当年一起合影的人。他们几个人对着照片中的自己，感慨不已。

到了转年春节，凯文和肯特好不容易凑到假期，三个人打电话请上海朋友写了封中文信给翁家，说定了见面日期，请翁、唐两家人都过来相聚。怕他们没有路费，又通过在上海的烟草公司汇钱到定海的锦昌行，叮嘱务必要送到青浜岛的翁阿川家。他们三个又采购了礼品，吃的穿的戴的，还有送赵爷的，送唐的，送乡邻的，装了满满当当两个大行李箱，可以让他们一提就走的。

肯特笑道："上海什么买不到？我们这样提两个大箱子过去，多花力气。"凯文说："到上海后自然也要买一点，不过那是看到什么买什么。"伊恩是坚持能买齐的就都在香港买齐，他说："到上海见了面，自然是叙谈和游览，购物这样的事情，徒然浪费时间。"

到了上海之后，他们才庆幸当初在香港买齐东西是多么明智的选择。这里的街市上新贴着国民政府的《经济紧急措施方案》，禁止黄金买卖，禁止外币流通。此文一出，法币币值一泻千里，伊恩担心他们从锦昌行汇的钱根本不够他们到上海的旅费。上海朋友一见他们就叹气："照此下去，局势堪忧啊！"

伊恩他们在约定的地址等了两天，青浜岛并无人来，凯文和肯特的假期眼看就要逾期，那么，索性雇个船直奔岛上吧？朋友说切切不可，现在海上的形势实在太乱了。伊恩到底不死心，让他们俩先回，自己一个人等着。

又过了一天，这天下午，翁和唐，才出现在他面前。看得出，为了到上海来，他们俩用心收拾过了，发式、衣服都很整齐。三个大男人一见面，大力抱在一起，几乎泪出。有上海朋友当翻译，两边的谈话才顺畅起来。

伊恩担心他们走后，帮助他们这事，有没有被日本人知道，是否被报复过。唐说："胜利之前，全岛上下，对你们三个的事情，绝口不提，就是我们海上救战俘的事，我们也尽量不提。胜利之后，沈乡长打算把这事往上面报，岛上的人都说这是平常事，不必去邀功，也就不了了之。你们这次来信，我们岛上的人都知道了，都为你们高兴。"伊恩也说："当时一路有记者采访，我也绝口不提你们。如今好了，我可以痛快说了。只要有机会，我就要把你们当年在日军枪口下英勇救战俘之事，好好说道说道！"

翁在一旁，只微笑看着，伊恩问及阿卷和阿元，他也就含笑说："都好的。"想了想又说，"收到信，孩子和他娘都哭了，说是观音菩萨保佑，天后娘娘保佑。阿元她每天为你们祈祷的，真的，每天都求，这可应验了。"

上海朋友一句句翻译了，叹道："真的，他们那里，信观音，是从心里信，一切慈悲为怀。即使双方有三代冤仇，你掉到海里，他照样救你。"

伊恩点头道："是的，他们说，'救人一命，天上一星'，他们死后，都会变成天上的星辰。"

上海朋友奇了："对的，他们是这样说的，你怎么知道的？"

伊恩说："那个把我们从岛上救出去的缪队长告诉我的。"

唐说："缪队长很有威望，他的队伍，真就是为了保护我们这些百姓，一直在跟日本人打。他说他才不打自己人。他现在是个生意人了。我们常见面。"

说到时局，到底还是香港那里看上去平稳些，上海朋友说他在考虑移居香港，伊恩就问唐和翁，可否先去香港看看，合适的话，也可以考虑留在香港，伊恩说："我答应阿卷的，要带他出来看世界。"

阿川犹豫了一下，说道："等他再大一两岁吧，我让他来跟您学做生意。"

伊恩说："阿卷目前最要紧的是受教育。他得上学。"

唐在一旁默默想着心事，伊恩带笑看着他，知道他总是会找到办法的，就像当年他知道通过什么人去找到可靠的缪一样。伊恩道："唐，不如出来跟着我做吧？"

唐点头说："你得让我再想想。我只懂得鱼货生意，半句英文也不会，一点也帮不上你的，怎么跟着你做？"

这一夜，他们像一家人一样在计划未来。伊恩把自己的地址写了好几张，塞到翁和唐的手里，说："不要丢了。想好了就给我写信。"又请唐转交他给缪的信，他把照片也放进信里了。唐说他们也没有从王那里得到照片，伊恩又加印了好些，嘱他带回。

第二天，伊恩又带着他们游览了上海，唐问："香港比上海好吗？"伊恩说："目前上海比香港好，以后，不知道。"翁跟在他们身后，他被街上汽车、马车、黄包车弄昏了头，只想着好好走路，对两边的店铺，也视而不见。

翁和唐带着伊恩他们提来的行李箱走后，伊恩也回香港，他乘的是夜船，轮船慢慢驶出上海港，从船上看，夜上海依旧灯光璀璨，可是，他隐隐不安。下一次的相见，他希望是在香港，希望翁能带着他一家人来。

接下去的一年，法币一贬再贬，外币在内地又是禁止买卖的，这些都让伊恩一筹莫展。他又托锦昌行汇去六百万法币，可是，他不确定，等钱寄到时，会贬值到什么程度。他只好一次又一次托朋友写中文信寄到青浜去，或者，让阿元带着阿卷先过来吧，阿卷得受教育，这事不能再拖——阿卷是个多聪明的孩子啊。朋友叹气说："你真的是把他们当成家人哪。"伊恩说："当年，他们可是拿身家性命在救我啊。"

他已经请重庆的生意伙伴去了敏妮给的卢家的地址，果然，回音是，这一家人已经在胜利后搬到上海。上海方面的朋友劝他不要再公开登报寻人，这样子，反倒会给卢瑞秋带去危险——目前的形势，真的很微妙，难以言说。伊恩只好改登寻找乔及父母的广告，落款改成敏妮。

因为这新的战争，公司在内地的业务也大打折扣，他只有努力去开拓新加坡、马来西亚和中国台湾的市场，他的上司对他的工作是满意的，上司奖励他的方式之一就是不停地跟他讲，英国外交部就要向中国外交部接洽奖励东渔人岛渔民救沉船上英国战俘的事。伊恩说："那个岛其实是叫青浜岛。"上司笑道："东渔人岛，这名字多好，突出的是那些可敬可佩的渔人啊，比你说的那个岛名好多了。"伊恩想想也是，想来当初把这个好听的名字加在这个小岛上的，也是他们这样的英国人。伊恩终于研究清楚了，他手上的图，是根据当时英国人在中国的“治理”需要而测绘的。在这块土地上，英国曾经拥有很多高高在上的治外法权，如今，除了香港这一块，他们都放弃了——因为在抗战中，他们是平等的盟国还是别的原因，伊恩并没有深入了解，对于政治，他不如对经济感兴趣。而卢瑞秋，是政治中的人。如今，他到底在哪里?

对上司推动的这件事，伊恩开头并不当真，战后外交部的事情想必也是千头万绪，谁会关注这样的小事情呢?

可是事情居然真的做起来了，上司隔段时间就会跟他讲一下进程，说中国政府已经在调查此事了，马上就会有消息呈报过来。青浜方面，唐也有信来，说当年为他们和缪牵线搭桥的沈乡长目前正在负责调查此事，但岛上的人都不愿意报名领奖，沈乡长再三鼓动，大家才如实报名，有个当年发动救人的老前辈，任乡长怎么说，也不肯报名受奖，说当初救人，“为吾人天职”，不为这日后的报答。阿卷一家也是，当年事，也属平常，阿川觉得不该因此就携家带口来投奔他。说到自己，唐说很惭愧，他也许会想办法到香港来找他，寻求他的帮助，但决不是为了报答——这是谈不上的。在信的最后，唐又写道：“我很不想告诉你，但我觉得我必须告诉你，就在最近，缪先生被国民党一位官员枪毙了，他们说他可能通共。”伊恩读完信，趴在办公桌上痛哭失声。

这是1948年，国共内战已经从北方打到南方，国民党在节节败退，有更多的人从内地逃到香港。伊恩还在做最后的努力，向青浜岛发出他的邀请信，来吧，到这里没有战火的地方来，不为什么，就只为了阿卷的教育。但是，他的信，都没有得到回应，也许，邮路已经不通了吧？

寻找卢瑞秋，还是一直没有回音。有一阵，对秘书来说的所有预约之外的见面，他都同意，甚至，他叮嘱秘书，如果有一个叫乔的华人来见，无论他在做什么，都请立即通知他。

国民党政府已经迁都广州，虽是离香港近了，可是，陷于战火的政府，也难以成全这件表彰的美事。1949年2月17日，等不到回音的英国政府决定在香港表彰这些拯救英俘的渔民，港督葛量洪出席典礼，颁发奖金，他们还向东渔人岛赠送了一艘机动渔船，他们还邀请伊恩在广播中讲述他被救的经过，就像当年他辗转到达重庆后，也是在广播里，向整个世界演讲的那样。

伊恩还是从头说起，尽量把整个事件理成清晰的脉络，他尽量克制，可是，哽咽难免，在广播里，他说：“东渔人岛的人说，‘救人一命，天上一星’，救人的人，死后都会变成天上的星辰。”

在此后音信不通的岁月里，伊恩常常仰头望天，在星辰的最深处，找寻那座被靛蓝的海水围绕的岛屿……

楔子三：人间的银河

“海底都有些什么?”我问香织，或者，自言自语。你知道，两个人相处久了，会把对方当成自己，一些无头无脑的话，也就会脱口而出。

“那得看那海有多深。如果你问的是生物的话，有浮游、游泳和底栖生物三大类，水深不同，海底生物也不同，讲一节课也讲不完的，有兴趣我找资料给你看。”

理科女这样回答我这文科男。

“我记得在哪里读到过，终年不见天日的海里，时时有无声的杀戮。比如抹香鲸和霸王章互为天敌，有科学家在被捕获的抹香鲸肚子里面发现了直径达二十厘米的巨型章鱼牙齿，这是抹香鲸吞掉了霸王章，所以，霸王章在抹香鲸的肚子里。你想想看，既是互为天敌，必定也有霸王章咬死了抹香鲸，可这样的抹香鲸，就只会在漆黑的海底默默死去，不会被陆地上的我们看到。”我努力组织着貌似有逻辑的长句子。

“是吗?”香织拖长声音回应，娇憨十足，“没想到阿明君还有做生物学的心意啊。”

一问一答之间，我们手上的活并没有停下来。我在翻译有关“里斯本丸”沉船的一些资料用来喂养我的小说，她画她正参与的项目要造的新船的船体结构图，总有一天，它会被造出来的，而我的小说，总也能完成的。既然起头了，就要将它完成，你说它是执念也好，是强迫症也好，对我和香织来说，这人生态度正相同。

我们共用一个工作室，倒不是因为房屋狭小到隔不出两个小书房，实在是因为曾经分开很久，我们在一起的日子，就想尽量黏在一起，抬眼就能看到彼此。

此刻正是暑假中途。室内冷气嘶嘶，落地窗外，阳光白炽，海在视野最远处。隔一会儿，我总要抬头望望海，偶尔，有海鸥从海上朝我这边飞来，我就会盯着它，想着它会带什么样的启示给我。

香织不像我，她工作时，视线不离开她的图纸，嘴里悄声用日语嘀咕，只有告一段落，她才会站起身，喝茶或者上个洗手间，再过来抱抱我。她会在上午11点左右结束工作，去厨房准备我们的午餐。先在一个电饭煲里煮上白米饭，一个电炖锅里炖上汤，再腌个肉排，腌条鱼，洗些蔬菜，饭和汤快熟的时候，她三锅齐开，一个煎肉，一个煎鱼，一个炒菜。最后，一式分装两份，两个木托盘端上桌，又爽利，又婉约。肉排在猪、羊、牛、鸡之间轮换，腌制的调味料，也相应搭配上蒜粒、胡椒、奥尔良烤鸡翅酱，还有那些我叫不出名字的香料。

我们在海边，鱼的选择不在话下，香织还是一周去一次沈家门那边的东河市场，她认为那里的海鲜最全最新鲜，她开开心心买回一周用量，去了鳞和内脏，切块，清理好，用厨房纸和保鲜膜、保鲜盒之类的东西仔细装好，一半冷藏一半冰冻，取用时就很是方便。她煮的米饭也好吃，面上撒点肉松或芝麻粒或海苔碎，有时候是个溏心蛋。你看，即便对于做饭，香织她好像也总有笃定的程式，又有变通的乐趣。

我们都偏爱这个落地窗客厅，餐厅和工作室都在这里了，临窗看海，食无语。

晚饭我来做，一套蒸锅搞定，蒸茄子，蒸蛋羹，蒸梅鱼，诸如此类，再来凉拌黄瓜，冰糖番茄，中午的米饭加水煮成稀饭，总之，怎么简单怎么来，饭后来半个西瓜，用勺子挖着吃，管饱。

“饱了吗?”我会这样问她。

她会夸张地打个饱嗝，再来个饭后大哈欠，五官故意挤在一起，扮猫。

晚饭后的饮料，或酒或茶，看心情，闲聊也漫无目的，“里斯本丸”总在不经意间渗入我们的谈话。有时候，是香织说它的船体构造，她照着资料给它画过一张图纸，和现有的海底沉船声呐图比对着，她总想找出来，船当时到底是以怎样的姿势入海。我说这个并不重要，她说，怎么会不重要呢？如果能解决好被破坏后的平衡问题，船就不会沉没，那些战俘就有自救的机会。我说，你又不能穿越到“里斯本丸”修造现场。

“里斯本丸，1920年下水，横滨船坞公司造的，是艘大客轮。1940年，在巴西被改装成货轮之后，被军队征用。1942年2月，因为航线错误，触碰了日军自己布下的水雷，受损到无法航行，在台湾大修一次。5月又触碰水雷，从台湾转送到香港九龙船厂，9月中旬才修好，立即就执行任务了，10月1日被鱼雷击中，10月2日沉没。”出于职业敏感，香织对这艘船的历史很感兴趣，“总之是艘伤痕累累的船啊。”

“战俘们的死，和这艘船的船况如何关系不大吧？就算是一艘完好的新船，被潜水发射的鱼雷击中，也一样逃不过沉没的命运吧？”

香织沉吟着说：“难说。它可能不至于沉没。”

我们沉默一会儿，似乎那里有什么敏感的东西，我们不想去触碰。

我把话题转到“里斯本丸”的战俘亲属和后代那里。说起有个著名导演在拍摄关于“里斯本丸”的纪录片，他在英国三家主流媒体上发寻人广告，寻找当年在“里斯本丸”上的战俘亲属，据说已经有三百多个家庭和他们的团队联系了。

“这是一个‘泰坦尼克叠加敦刻尔克’的故事，在船被鱼雷击中直至沉没的二十五个小时里，不同国家的人都扮演着不同的角色。‘里斯本丸’船难是一个将战争中的悲剧性和荒诞性集中在一个封闭空间的、可怕的人性实验场。在对这个鲜为人知的历史事件的调查和挖掘中，有太多丰富的层面。”

这个导演这么说。

“敦刻尔克”吗？我和香织对视摇头，就算和“泰坦尼克”勉强凑上，和“敦刻尔克”，搭不上边啊。

鲜为人知吗？

也许吧。无论如何，这样自发地为沉船事件拍摄纪录片，套用外婆的说法，是功德无量的事情。发起者的动因，我们俩能体会。关于这艘二战期间运送战俘的地狱航船的种种过往，黑暗血腥自不必言，还有无尽悲伤，此间，更蕴藏人间深沉暖意，更有英雄事迹，越深入它，越会感受生命珍贵无比。整个事件，自有一种震撼力。

从2005年开始，这艘船和船上的战俘还有营救战俘的东极渔民，就在我们俩的生活里扎下了根，是我们生活的一部分内容，这一切，让我们对每一天的日常点滴都非常珍惜，对于平凡地活着这桩事情，也充满感激。

尤其是黄昏来临，夕阳沉没，知道又一天白日将尽，在那样的时刻，对自身拥有“生命”这一体验，特别真实。

我们的窗台上，一排绿植中，有两棵木槿，一棵粉色的单瓣，一棵紫色的复瓣，还在花期。香织会背白居易的诗，“泰山不要欺毫末，颜子无心羡老彭。松树千年终是朽，槿花一日自为荣。何须恋世常忧死，亦莫嫌身漫厌生。生去死来都是幻，幻人哀乐系何情。”

她拖长声音偏着头朗诵的样子，十足像个小孩子。

我茫然，“只记得听过第一句，后面都是陌生的。”她皱起鼻子做了个鄙视的表情，说：“那我们的精神不能在唐诗里相逢。”

为了她这句话，我真是花了些时间在唐诗上，也花了些时间在俳句上。这跟为了和信佛的外婆有话可说，我花了些时间在佛经上一样。读白居易这首诗读到后来，倒读出了“偈”的味道，和香织说，香织依旧笑着说：“对啊，偈子就得做得平实。生和死嘛，也是实在的事。白居易的诗，也是贵在平实啊。”无话可说，她说的都对，她把玄幻也说成是平实，我也没意见。

也只有在香织那里，我的感慨能得到百分百的回应。当我在这样叹息的时候，无论她手头忙着什么事情，都会停下一会儿，和我一起看窗外的暮色。也只有和香织在一起做爱的时候，我才能体会到两具身体的心意相通，每一次进入香织的身体，我的全身意识呼啸着，也想随之进入，成为香织的一部分，我感觉温暖又安全，那释放后的快感，只是额外的礼物。

我总放不下香织。对香织来说，大概，也是如此吧？曾有过两回很郑重的分手，一回是她提出的，一回我提的，最后还是兜兜转转又在一起。双方的父母，对我们俩的婚事，一直没有嫁娶子女的现实感——也难怪的。

不知不觉，我们就像进入上不入天、下不着地的中间地带。分离，是我们的常态，一年中，也就两三个月的相聚。暑假一个月，她在我这里，寒假一个月，是我去她那里，隔一两年，花上月余，一同外出旅游。有时候，10月的时候，她也会过来，我们一起去参加“里斯本丸”的周年纪念活动。

据说，外出旅游或同居，都是婚姻的炼金石，两人合不合适，这样试一下，就八九不离十。我觉得我们俩很合适。

外婆唠叨，一男一女，结为夫妻，就得一起过日脚，生孩子，白头到老死。“你们这样，是过家家。”她这样下的结论。

结婚和生孩子，这两件事，都得趁年轻懵懂的时候做，人近中年，将人生前后打量，对这两样，都会迟疑，对何为人生，也默默存疑。在我之前，已有千万种别样的人生，在我之后，千万种别样的人生仍将继续。我的人生，和他人的人生，究竟怎样区别开来？我的人生，它将会被时代和岁月塑造成什么样子？而立之后，如何去接近不惑？

我和香织之间，隔着东海和日本海，还有人间的银河。据说，天上的银河，是王母娘娘拿簪子划开的，而我们之间的银河，是香织的奶奶，拿言语划开的。

在我和香织相恋十二年之后，在讨论2017年的暑假安排时，香织说：“无论如何，你都有必要来日本见一下我的父母吧？”她说得很严肃。为她这份严肃劲，我行前特意去买了个戒指，我买不起一克拉的，选来选去，选了个三十分的，玫瑰金的圈戒，中间一颗小圆钻石。最后，还是和父亲商量了一下，他沉吟了一会儿说："去换颗一克拉的。我上回在哪里读到过，钻石要一克拉以上才有保值作用。"顿了顿，他又说："你们俩都那么多年了，既然开口求婚了，一个拿得出手的钻戒，还是要的。要么，我给你转些钱吧？你带去日本买，挑香织喜欢的。"

惊喜之外，我倒惭愧上了。真想说些感激的话，可又说不出来，却又听父亲说道："你自己还是先要想明白了。"

要想明白什么呢？

妈妈前一阵子还说起到现在看上去依旧天真无邪的媛媛。我说，和媛媛，那是不可能的，如果和她在一起，我会有兄妹乱伦的感觉，你们真喜欢，就自己认了做干女儿吧！妈妈咕哝着说，怎么把话说得那么难听？爸爸跟在后头叹息，现在的年轻人不知道怎么了，一个一个都不着急结婚，也不着急找对象。我起哄说，哎呀，大家都在追求事业嘛。爱情和婚姻，不着急的，先立业再成家。业不立，家何为？

爸爸妈妈一起抬头看看我，还真的点点头。到了一定年纪，父母是不是会陷入"孩子崇拜"状态中？

我的事业，除了本职上从讲师升了副教授，这几年里，我业余写成了两篇关于"里斯本丸"沉船的中篇小说，都发在《人民文学》期刊上。第一篇《地狱航船》刊发之后，受了些好评，得到选刊转载。第二篇《天上一星》发表之后，一份高考模拟卷子拿它的开头做了阅读理解题，此外便无别的反响——或者有，我没有看到。如此这般，对我这样的业余作者来说，实在已经不坏，但从大众传播层面而言，也说不上是好的成绩。现在的年轻人并不会觉得我这个副业有多厉害，而爸爸妈妈却认为这是非常值得骄傲的事情，特别是妈妈。

香织也很为此骄傲，她说，在日本，有读《人民文学》的读书会呢，每一期，都会被好好读的。再说了，她家里人，除了妈妈，可都是会阅读中文的，他们都说我写得不错。我问，简体字，他们也读得下来吗？香织在那头笑着问我："我不会把电子文档简体转了繁体吗？"

香织带去了我发表小说的那两本杂志，她究竟让家人看了没有，我不敢确定。换作是我，可能我不会让他们读到——毕竟，我的立场在那里。可是，不给他们读，那又怎样来证明我是个作家呢？

办理签证的时候，我自己都觉得意外，这么多年，我们俩的计划都是往外跑，我没有带她国内游，她也没有带我去游日本，为什么会这样？难道年轻的时候，足够远的远方才能算作远方？

香织的父母现在住在京都，香织自己在大阪工作，为了方便，我们特意在网上订了一处民宿，就在她父母家附近，是幢老城区里朴素的一户建，从图片上看，清洁温馨。香织说，也可以住家里啊。可我到底没有勇气。

在从上海到大阪的飞机上的两个小时里，对于此行的目的，我还没有真实的感觉。航程又如此之近，近得我没有搭乘国际航班的感觉。直到飞机抵达后，在通关闸口，伸出手指按在指纹采集仪的屏幕上，我才多少有了些已经到达日本的实体感。

香织在机场到达出口那里等我，快一年没见面，她好像有点儿胖了。她朝我挥手的时候，去年穿过的白底黑点的波点连衣裙，胸部那里，就显得有些紧了。从前她是一派少女的天真，现在她已经有成熟女子的妩媚了。

从见面起，我们就一直拉着手，坐上从大阪到京都的火车时，也还是一直拉着，到了京都，走在黄昏的街头，也还是手拉着手。注意到这一点，我们都笑了。“我们这是互相鼓劲吧?”香织笑着说，“你肯定紧张的，我今天也紧张。你有所不知，奶奶也过来了，等着你一起吃晚饭。”

“奶奶来，有什么好紧张的啊?”我笑香织。我的印象里，关于奶奶和外婆的，那可都是慈眉善目的宠溺。

其实我哪能不紧张呢？只是嘴硬罢了。按照民宿店家给的地图，我们靠着谷歌地图指引，找到了在一条小弄堂的住处，就在“二条”附近。来不及感慨《源氏物语》的“二条院”什么的，我只赶着简单梳洗了，换了套香织特意买的麻西装（尺寸很合适），步行去香织家。走在这么古老的地面之上，去赴一场求亲之宴，这场面，简直如行走在虚构之中。中途有个小神社，香织拉我站定，一起拜了拜，祈求我们能得到家人的祝福。

香织的家，也是独门独院，但比之我刚入住的一户建，实在是宽敞很多。庭院里夏木阴阴，薄薄暮色中，满眼凉意。香织一边自己开门，一边对着门口的对讲机开心地喊着：“我们回来了!”我一紧张，问道："等会儿我该说什么？中文，英文，还是日语？日语肯定不行，问过好之后，我就要头晕了。"

香织一愣，说道："对于日语，你也要有信心，都学了那么多年了，正好今天派上用场。"她站定，帮我理了理鬓发，说道，"拿出气势来就对了。我们可是学者加作家，还会同声传译。"

我挺直了身子，近一米八的身高，保持得还算匀称的身材，这副皮囊，总还摆得出去。

我们被让进书房坐了。迎面书架上，两排中文书，唐诗宋词自不必说，自《诗经》下来，到郑愁予的诗集都有。我呆住了。香织推了一下我，笑道："你读的欧美诗多过我，我读的中文诗，可能多过你呢。你看哦，这上面一排，是爷爷留给爸爸的；这下面一排，一大半是爸爸去中国台湾工作时买的。我就是这样被他们用中文养大的呢。"

这话听着竟有点儿埋怨的口气，香织的父亲木村先生不禁朝我局促一笑，说："小女任性，言谈无拘，先生莫怪。"他遣词用语比香织的古雅，我一时间不知如何对答，索性瞅了个机会，换成英文。他随之就切换到英文，那确实是现代的英文，我倒感觉自然了。于是，我们就顺势说了些天气和旅途，几乎可称教科书级的寒暄。

木村先生说："我常听说有的年轻人英文比国语更好，我看张君就是这样的年轻人吧？"

香织笑道："才不是，张君的中文肯定比英文要好，否则，他怎么能写作呢？只是爸爸您的中文太古雅了吧，都相当于中世纪英语了，我跟您说过几回，您就是不信。”

木村夫人在旁也笑着，说：“你们三个要是一直说中文，我就为难了。可是，等一下和奶奶一起吃饭，你们还是努力说中文吧。能说日语就更好了。听香织说，日语你也会的啊。”

我只好切换到日语，他们三个也放慢了语速，教我该怎样和奶奶使用敬语。看他们如此郑重，我才觉得，这个奶奶和一般的慈祥奶奶必是不大一样。

木村先生依旧陪我在书房坐着，香织和她妈妈一起上菜，看看桌席布置停当了，木村先生才去客房请了奶奶出来。

奶奶个子瘦小，化了淡淡的妆，一身和服装扮，是米色绸地彩绣的松鹤延年，这是隆重的待客装吧？奶奶看了我一眼，双眼有神，并没有老年人的困顿之气。我赶紧鞠躬如仪。奶奶回礼，木村先生半道扶住她，顺势扫了我一眼，我才如梦初醒，用了他们刚才教我的敬语和奶奶打招呼。奶奶应着，伸手扶直了我，上下打量了一番。我的视线不知该往哪里放，只垂头看奶奶手腕上套了一串单圈的檀香木念珠，样式和我外婆平常用的手持单串不大一样，最明显的不同是，它的弟子珠是双串的。

奶奶上桌坐定，大家才放松下来。餐桌上开头是一片融合的家庭气氛，大家说着日常，喝的是冰镇的梅子酒，说是去年自家树上收的梅子做的，今天才开坛来喝。玻璃酒杯里一汪碧色，杯底是富士山的形状，杯身又刻着星芒，这酒就仿佛在天地之间弥漫。香织挨着我坐，看我对着这酒杯发呆，就用手肘轻轻捅了我一下，我赶紧端起来喝了。呆想，香织和我在一起生活，是把日子过粗糙了。

奶奶端起酒杯，尝了一口，说道："这棵梅子树，是你爷爷种的，从我们小岛老家移栽过来，倒也服这京都的水土。"我转头去望落地玻璃窗外，此刻夜色已浓，树盖已混成一团，树隙间两盏庭院灯，恍惚如双眼。

奶奶叹了口气，转头用中文和我说："你发表的那两篇小说，我都读了。香织说，你这次带来了第三篇小说的手稿，是这样吗?"

我从随身包里取出小说的打印稿，特意选用了繁体字的，恭敬递给奶奶。这个小说，把我与香织结缘的始末，也写进去了，算是对香织的家人，也做个交代。顿了顿，我又说："这第三部分，一点儿都没有传奇了。"奶奶接过去，说："平淡无奇，才是好的人生啊，但愿，也是好小说的底子。"

她抚摸着封面页上的标题《回来谢恩的战俘》，悠悠说道："那年，是昭和十七年吧？香织的爷爷也在那艘'里斯本丸'上，他作为伤病员在香港登船的。他从来没跟我讲过这船上的事。对了，他真的认识那二副荒木君的。我得好好读，我会和你说我的读后感的。"

那荒木君和"里斯本丸"船上乘客木村先生的对话，完全是我一时的虚构，怎么可能是真的？我写的小说里，有的人真实存在过，有的人，完全是我的虚构，比如卢瑞秋。万一真有一天我接到电话说，我就是您写的那个卢瑞秋，那，我该怎么办?

第三部　回来谢恩的战俘

现在回来说说2005年的那次纪念反法西斯战争胜利六十周年的系列活动吧。对，也就是“偶然”的起点，我和香织共同宇宙的奇点。

那时，我住了活动人员入住的酒店的一楼一间面朝大海的房间，有道后门直通露台。这里的房子依山坡而建，露台如驻虚空之中，夜色苍茫的时候，人在其上，恍如置身海船。

夜风的凉爽，比之空调送的风，要凉上百倍。有一个陆地上来的小儿到此，惊呼：“妈妈，这里天上有空调。”我当时听了就笑着点头，此话实在不虚。单说避暑的话，这里真是个好所在，尤其在夜间，凛然有秋意。

我弄到一瓦罐本地土酿米酒，一大玻璃瓶家酿杨梅酒，存在一楼大堂吧里。和店家熟了后，他又给了我一大玻璃瓶自酿的青梅酒，据说是用一个远道而来的客人给的威士忌泡的。

配酒的菜，他也帮我细细想到了，“有大对虾干，渔船上晒来的，鲜得啊，鲜掉眉毛。还有鹅肝，舟山的白鹅也是特产啊，我会切好装碟的，冷幽幽的，冰淇淋一样啊。我都放吧台旁边那小冰箱里了，冷冻格里有冰块。小张啊，你尽管吃，吃完了，我会补上。”很多年后，我结识了一位姓赵的杭州作家，他跟我说，他差不多隔年会回一趟东极，与当年来旅游时认识的店家聚一下，那店家会拿出他们家最好的东西来待他，当朋友招待。其时，那店家，也真认我做他的私人朋友了——“你把外国话讲得跟我们土话一样溜，了不起。”这是他认我做朋友的理由。

夜凉如水，露台小酌，甚是惬意。独乐乐不如众乐乐，我就悄悄邀请TVB的明星大哥杰克，岛上的老渔民阿卷伯伯，英国老兵约翰爷爷，“要是睡不着，就到我房间来，我们来点小酒配对虾，还有鹅肝。反正我是不到凌晨一两点不睡的单身夜猫子。”

做他们的“喉舌”久了，渐渐地，他们也不和我生分，真就会午夜时分来我这里，我们一起坐在露台上，喝着加了很多冰块的小酒，轻声说了很多话。

1. 去往东极

2005年6月，在香港飞往杭州的航班上，杰克抱着船模，靠窗坐着。香港渐渐缩成弹丸之地，蓝天渐渐铺展成海洋，身边杰西卡的体味渐渐浓郁，仿佛白桃气息。杰克深深吸了一口气。

“杰克，把你的‘泰坦尼克号’收起来吧？”

飞机正在爬升，座位前的小桌板都已经收了起来，杰西卡小声提醒他，说的是英文。

“它是‘里斯本丸’啊。”杰克回的是粤语。

“詹姆斯·卡梅隆的电影《泰坦尼克号》，男主角叫杰克对吧？你也是杰克，那么，它就是你的‘泰坦尼克号’。”

“帝国理工大学教的逻辑？”

杰西卡笑着接过他递过来的船模，装入脚边的盒子，推到前座底下。在香港演艺圈里，毕业于帝国理工大学，也算是履历上光鲜的一点。

他们说得很轻，近乎耳语。机舱本就安静，而他们这一行人又让人瞩目——虽然他们很习惯这种被注视的感觉，但不自在总归还是不自在。此前排队过登机口那会儿，就有人认出了他们，队形因此乱了一阵子。难怪，这是从香港飞往上海的航班，乘客大多是华人，说其中很多是TVB的观众，料想也不会过分。他们一行是TVB剧的大明星，杰克饰演过《笑傲江湖》的令狐冲，即便这已是几年前的角色，还依旧让人印象深刻，刚才就有人冲着他叫，令狐冲，令狐冲……

他给了这个虚构的江湖英雄以肉身，还是他的肉身被这个江湖英雄所遮蔽？这是他发呆的时候会想的问题。他常会发呆。只有在潜水的时候，他全然放松，实在的肉身也好，轻盈的灵魂也好，下潜入水之后，都是自己的——他形神兼备。

飞机还在爬升，杰克微微张嘴，缓解耳膜那里传来的隐隐压力。前座的阿历克斯和莫妮卡也在轻声说话，有几个词语在空气中震颤着传来，说的是潜水。此行，他们不是去拍戏，潜水探摸沉船，才是目的。杰克本想探身上去说，放心哦，我上个月去看过了，那片海域海水清澈，波浪平静，潜水环境还是理想的。他动了动身子，整理了一下安全带，最后还是没起身，只回头看了看随行的拍摄人员。那些昂贵的水下摄像头，他们随身带上机的，这会儿怕就是在自己的座位底下。

他们此行的潜水名目是"里斯本丸全球首度探究之旅"，潜水队的成员虽都是港剧明星，他们互相用英文名字称呼，也有点想和自己的中文艺名分割的意味，他们此刻只是潜水队员——真的是去潜水，不是去拍戏。对于潜水队的专业水平，杰克毫不怀疑，无论怎么说，他有潜水教练的资格。对潜水的投入程度，甚至都让他自我怀疑，也许，拍戏才是他的业余？

他往前伸了一下腿，船模盒子也随之深入前排座椅底下。它的本尊是重七千吨的大家伙，再强的水流估计也不能让它挪动半步。如果这次探摸成功，他就能首次向世界宣布它的水下影像。

对背景资料，他的记忆力向来很好——他是个艺人，熟悉剧情，记住台词，都得靠好记性。他在船模第三舱中撒了七八百颗芝麻粒，一粒芝麻就是一个人，据说，他们都是皇家炮兵团的。

这会儿，飞机已经完成爬升，恢复正常耳压的耳朵特别敏感，他听到了那些芝麻轻轻滑动的声音。不过，也许，只是幻听。

他微微摇头笑自己，潜水多年，对于耳朵，他向来小心保护，可这回还是忘记带上飞行用的减压耳塞了。他的耳朵还捕捉到了右后方那位老人的自言自语，他说得很轻，可杰克还是听到了，老人说的是，哦，约瑟夫，我来看你了。

那么，这约瑟夫，是这些芝麻中的一粒吧……

“里斯本丸”是一尊海底棺柩。一念及此，杰克后背一阵发凉。他往杰西卡这边挪了挪，白桃清新甜美的气息更浓郁了。

这趟探究“里斯本丸”的旅行，是受一个香港二战老兵的邀约，他在一起玩潜水的朋友之间发动的。这些天，他确乎也把这次行程当潜水旅行来准备，这会儿，他才猛然想到，这也是一趟墓穴之旅。他即将进入战争现场，而战争，是多么遥远的事情。战争在电影之中。

从香港机场出发的时候，约翰就有些恍惚，大半是因为时差。前天，不，大前天，他还在伦敦附近的利普胡克小镇。6月，正是当地旅游旺季，他待在前院廊下的老摇椅上，隔着玫瑰花丛，看载着游客的车来来去去。一两只迷路的蜜蜂绕着他的头顶飞——万幸，虽然他已经八十八岁了，也还是有头发的。偶尔，他也帮游人指路，简·奥斯丁的故居在那个方向，对了，海克利尔城堡就是朝这边走，哦，天然温泉吗？请朝这里走吧！

他的听力没衰退，思路也清晰，脚步依然矫健。有些黄昏，他和妻子爱丽丝走上二十分钟，到一处小山岗，远眺血色夕阳中的地平线，暮色渐渐覆盖村庄山林，薄雾绵延伸展，犹如海面。爱丽丝喜欢这种温柔又残酷的感觉——说残酷，是因为眼见的一切即刻就要逝去。约翰呢，在心底的某个角落，会出现那天黄昏的海——金黄的海面上漂浮着真正的鲜血，他的战友，正在海水中挣扎死去，有时候，他会看到自己的脸。

他从来没有将这些说给她听。而此刻，他正带她前往那片海域，他还是希望她有游客的心情。爱丽丝坐在他身侧假寐，机舱里冷气很足，他把自己的薄毯子也轻轻盖到她身上。他的两个儿子，亚伦和理查，靠窗那边坐着，这会儿正透过舷窗看云海，他很想让他们半拉下窗帘，让爱丽丝睡得更舒服些，他张了张口，又闭上了。孩子们开心就好。大儿子亚伦已经五十八岁了，但再怎么样，在他眼里，总还是孩子。

战争结束后，1946年，他从日本的战俘营回到英国，爱丽丝还在等他，于是他们第二年就结了婚，次年，第一个孩子出生。他们养了五个孩子，两个儿子和三个女儿。万幸，战争并没有打断他正常的人生进程。

过了很久，他才知道，他们这艘船上，最后活着从日本各战俘营回国的，只有七百二十四人。好吧，也许得说，九死一生，竟然也还有七百多人可以生还，很不错了。“战争就是这样，难道不是吗？”——说这话的人，好像很知道战争是什么。

又过了很久，他们这些人才开始寻求互相联系，其中也多亏热心的作家托尼，他像寻找珍宝一样，把他们从人群里打捞出来。托尼一定有些失望，因为他们中的很多人只想安静待着，不想见从前的难友，也不想让人知道自己的过去。“您是最幸福因而最勇敢的。”托尼这样夸奖过他。

何谓幸福？爱丽丝和孩子们的幸福就是他自己的幸福。他很幸运，爱丽丝给了他一个稳定的港湾，稳定得足以让他放心锚定自己。他很少观察自己的内心。年轻时，努力劳作，满足家人需求，每一天都满满当当，不需要多想；就是现在老了，他只要和爱丽丝在一起，和她同悲同喜，那，也不用太多打量自己。说真的，即使面对镜子中的自己，他也是飞快一瞥。我勇敢吗？这样的念头一起来，他也飞快掠过。

“你真是个黏人的老家伙。”爱丽丝有时候这样笑他，把他一个人放在前院的廊下。他就隔着玻璃窗看着她在室内推着吸尘机走来走去，再隔着玫瑰花丛，看行人来来去去——他和这世界，总是隔着什么。

那一天，他正对着街景发呆，邮差在他家门口停住了，他绕过玫瑰花丛，把一封信放到他手心里，一封从香港二战退役军人会发来的邀请信。

信的开头说，今年是纪念二战结束六十周年。他在香港生活过好几年——他的箱底里还有几件对襟盘扣的唐装，单衫有，夹棉的也有，他知道六十是个很隆重的年头。当年战前他去过一个华人富商的六十寿宴，那场面，那排场，让人难忘，那时候他想，人活到六十有什么好了不起呢，值得这样？世事难料，很快他就明白，单是活着，就相当不易。

信里又说，邀请他和家人同往去参与这个庆祝活动。

是庆祝还是纪念？他凝视这两个单词，越看越看不懂这信在说什么，那一刻，他想到了丹尼。

那还是年轻的时候，有一回，他在镇上的酒吧，和丹尼喝酒，他是参加过诺曼底登陆的老兵，他要是一天不说诺曼底就难受。那天，约翰在他说完诺曼底之后，说起了太平洋战争，他认为瓜达尔卡纳尔岛战役惨烈程度，比诺曼底更甚。丹尼有点喝多了，笑着指着他说，老兄，太平洋战争和你有什么关系？瓜岛也好，贝里琉岛也好，硫黄岛也好，冲绳岛也好，你都不在。那时候你在哪里？你不过是在日本鬼子的战俘营里蹲着！

他都忘记了当时是怎样走出酒吧的。他善于忘记。

如果他和太平洋战争没有关系，那他去香港干吗？他能收到这封信，是否能说明他和太平洋战争还是有关系的？真的有什么值得他跨越大西洋和太平洋？

犹豫着，他还是把信给爱丽丝看了。爱丽丝说，她一直想去香港看看的，这回可是个好机会！爱丽丝都这么说了，他还有什么好说的？接下去的联系，也是爱丽丝在出面，他还在犹豫，想着能有什么借口不去，直到爱丽丝拿着香港方面传来的日程给他看，他才定下来。去，一定去，带孩子们一起去，亲口去说出一句谢谢。

整个行程，香港不过是打个尖，青浜岛等浙江舟山东极诸岛才是目的地。青浜啊，他默念着那个岛屿的名字，在那里，他曾无限接近地狱，也曾无限接近天堂。

那一天，那一刻，约翰只是站在甲板上，海天茫茫，意识也茫茫，在一片混乱中，他被就近赶入第二舱，眼看着舱门被油布加木条封闭。在一团漆黑当中，怀着日本人总不会把他们丢下的奢望，他们静默等着。他都不知道自己是怎样熬过这近二十四小时，又是怎样随着大家破舱而出。拥上甲板后，他怎么也没想到日本兵还会拿机枪扫射他们，在惊讶和恐惧之中，他一脚坠入虚空，又重重砸进海里。

他们在海水里浮沉。不会游泳的，在水面上胡乱扑腾了几下，就消失了。会游泳的，又能怎样？太阳落山之后，海水随之冰冷，渐渐地，海平线那边的晚霞也消失了，约翰浑身哆嗦，手脚变得僵硬，划动越来越吃力，头上的天空旋转而下，海水摇晃着上天。我大概就要上天了吧。约翰几乎就要放弃艰难的划动，在这个时候，有一双手把他从上天的水流中拉了回来。

不知道过了多久，他睁开眼睛，眼前是一位满头白发的老妇人，她递过来一杯绿茶，水温正好。她的身后点着一支蜡烛，跳跃的烛光给她镶上了一个光圈。约翰倚坐起来，喝绿茶，吃红薯，身心饱暖，有这样安定的暖意，从香港沦陷之后是第一次。

这温暖，这么些年，一直在心底保存着，在日本做苦力时，被别人嘲笑时，冰冷的感觉如同那晚的海水，可心底里一直有盆火烤着。人世间是有暖意的，他为这暖意挣扎活着。

爱丽丝睡着了，头靠在他的胳膊上，约翰努力调匀了呼吸，听着爱丽丝轻轻的鼾声，忍住了眼泪。

《漫漫长路到蒂珀雷里》的节奏在他的心头响起。当年，约瑟夫他们就是唱着这首歌曲，渐渐沉入海底的。看着他们入海的，除了在海水里沉浮的战俘，还有在日军救援船上的士兵。看的人和被看的，大多是二三十岁的年轻人。

在他和爱丽丝有了两个男孩之后，爱丽丝每天的祈祷里，就是祈求在孩子成长的过程中不要再有战争，不要有战争。这是天底下所有母亲的祈祷吧……

现在，也许该换作他的儿媳来继续祈祷，可是，在和平的年代成长起来的孩子，以为这世界的和平就是天然该有的事，就跟空气和阳光一样，是永在的事物。“不会再有那样的战争了。”儿媳们说，“你们尽管放心，可怕的二战，已经结束了。”

约翰是这样回应她们的：“在一战结束时，我们也这么想过。”

这世界上，必须得有人记得战争，那才会明白和平不是天然之事。这是约翰这几年才明白的道理，这，也是他此行带上两个儿子的原因。

得有人帮他一起记得约瑟夫，记得和约瑟夫一起下沉的那些年轻人——本来，他也该身在其中的。

约翰抬起手，想拭去泪滴，但眼角却是干的。

青浜岛的码头上，挨挨挤挤，都是人。现在已是旅游旺季的尾巴，可今天的人，比旺季最热闹的时候还多。

海水碧透近乎青，正一潮一潮涨上来，蓝紫中带着翠绿，太阳底下，如液态的翡翠，闪烁有光。要是有大团的云朵移过来，遮掉了耀眼的阳光，这一片海面简直就是春天的麦地。

阿卷和另外四个和他一样老的老头儿坐在一条长凳子上，一起望着海上越来越近的岛际交通快艇，它犁开的白浪海路，在阳光下白得耀眼。偶尔，他们的眼光会投向岛的东北方向，那一块被唤作“夜桶”的礁石附近，是那条船沉没的地方。

六十三年前，1942年，那年，他们还只是十三四岁的孩子。那个年纪的孩子，最不把自己当孩子，他们常常会私底下讨论大人们的事，“他们真是糊涂。”这是他们最后的结论。

这件事情也是如此。

“为什么要救他们?”阿卷当时问过赵爷。

“救人就是积阴德，这福报，会让我们的子孙后代过上好日子。”赵爷这样回答他。

“我们这样会有麻烦的。”阿卷忍不住提醒他。

赵爷眼神锐利地看过来：“麻烦？只要活着，就有麻烦。我们祖祖辈辈，不怕麻烦，见人落海就救。你要晓得，这是天理。”

赵爷的眼里有星光。阿卷抬头看天空，群星灿烂。当时的星光，一直在阿卷的眼里。

少年时的这笔亮色，常让他感慨万千，不仅仅是因为救了人，还为着这事情本可以改变他的人生。先辈们反复说过，救人的事情，是积阴德，不可以拿出来到处宣扬，要是老是对人炫耀，那就会功德尽无。为这个，除了过年过节时偶尔和小辈吹吹牛，他也很少说这个故事。默默地做好事，会得到老天的庇护，让他和后辈们得到平安的生活。没有什么比平安更要紧，对吧？

一个女子走到阿卷身边，亲切地称呼阿卷伯伯。她叫香织，已经在阿卷女儿家的民宿里住了两天了，和家里人混熟了。她说一口流利的普通话，却是个日本人，这几年一直在舟山一个岛上的造船厂工作，这几天，她是来休假的，她说青浜岛的风光像极了她的家乡。

“我们是在等一位‘里斯本丸’上的幸存者吗？”她带着笑问阿卷。她的笑容和她的语气一样亲切。不知怎的，阿卷想，当年向那些挣扎在海上的战俘开枪的人当中，有没有她的长辈？

阿卷回答得有些气呼呼：“是啊，九死一生，活下来不容易。”

可他看着香织的笑容，又不忍，软了口气说：“他是个快九十岁的老头了。”

香织喃喃道：“哦，是我爷爷那辈的。”

香织打开她自己随身带的折叠凳，在阿卷脚边坐下了。他们一起望向那艘船，它越来越近，船舷上的红色船标都看得见了，犁开的海路也更阔更白亮。

要是伊恩也在那船上，那该多好。

1949年春末，他们突然收到一沓伊恩的来信，一大沓。因为战争，邮路乱了，可那些信居然没有丢。在信里，伊恩一封一封地说，把阿卷带出岛来吧，来香港求学。这话，在能正常通信的前两年，就已经提过不止一次。可是，爹爹却认为，救他们三个，那是应该的，要是事情重来一次，他一样会这样做。再说了，那又不是他们一家的功劳，凭什么你家小孩去得好处？总之，不该受人家那么大的恩惠。还有，最最重要的是，我们有我们自己的生活。娘说，她也这么想。她说，万一他们让你当学徒呢？听说学徒是很辛苦的。阿卷自己，他不忍心离开双亲——也许，是他不敢离开自己熟悉的地方，他不确定到底是为哪样。

从少年到青年，阿卷一直想象有另一个自己在香港求学。他偷偷保存着伊恩寄来的信和信封上的地址，直到那个要和“洋人”的一切都撇清关系的年代到来。有一天，阿卷在他床下破陶罐装的鹅卵石底下找不到那信了，他的心一阵狂跳，母亲却在他身后叹着气说，我拿来烧火了。

阿卷也不怪他母亲。那年代，拿来烧火的，岂止是这样一封信？

连从前救洋人的事情，大家也都默契地当没有发生过。生儿育女，出海捕鱼，他复制父辈们的生活，本以为他的后辈也将这样接续他们自己的命，却不想，时代又变了。外国的事情，不再是禁忌，甚至，后辈们大多不以捕鱼为生，他们想做的是旅游业，他们想要岛外的人都知道东极诸岛的种种好处。

阿卷的女儿开了民宿，学着说英语，阿卷试着将小时候伊恩教他的那些话说给女儿听，女儿惊讶得瞪大了眼睛。

她说："天哪！你怎么会说英语？"

"不，我不会，我就只会这几句。"阿卷半是得意，半是怅惘，他又想起那一个可能走在香港街头的自己。

这会儿，阿卷默默地将这几句见面问好的话复习了一遍，等会儿，他要去欢迎那位幸存者和他的家人。

2. 通往海底

约翰透过快艇舷窗，看越来越近的这个岛屿。蓝天碧海中，南北走向的岛脊山脉上，矮壮的黑松林如男人的寸头笼罩其上。松林之下，满山圆溜溜的水泥色巨石，下一秒要滚下来似的，可六十三年前，它们就已在那里。岸边的褐色巨礁，堆堆叠叠，也还在那里，这六十三年的人间风浪，也没掀倒它们。

变了的是房子。如今依山而上的是一幢幢楼房，连缀纵横，恍如野外宫殿。约翰在脑海里搜寻，他一直记着，当年被重新赶上日本军舰时，他最后一回头：一片灰蒙蒙天空下，低矮的石头墙顶着干草顶，随时会崩塌飞散似的。

这里真的是青浜吗？六十三年里，这块土地发生了怎样翻天覆地的变化啊。

这一趟的行程排得满满当当。从伦敦飞到香港，在那里停留两日，参加纪念活动，去二战老兵的墓地扫墓。翌日即飞往杭州，航程两个多小时，机场落地后，一辆宇通大巴接上他们，一路四个多小时从杭州开到滨海的车渡码头。汽车和人排队登船近两个小时才过了海峡，到舟山本岛西部的码头上岸，在岛中心华侨饭店住宿一晚，参加了一场纪念东极渔民勇救“里斯本丸”沉船战俘的记者招待会，今日早晨，又花一个多小时横穿本岛，到东部码头乘船往青浜岛来。这一路，虽然被照顾得很周到，中间也在高速公路服务站和船上贵宾室休息过，可到底是奔波。接待的人一路说再过个四五年，就会有跨海大桥连接本岛和大陆，下次来，就会轻松好多。

还会有下一次吗？暮年之人，对下一次，总存疑问。

快艇正在减速靠岸，大家都起身准备上岸，约翰也扶着前座椅背站了起来。突然，船体一阵明显晃荡，约翰很自然地平衡身体，尽量摊平脚掌抓住脚下，那一刹那，仿佛身处“里斯本丸”。记忆突袭而来，一团浓黑里，他听到一个声音在颤声问他：你怎么还活着啊？

他一阵颤抖，爱丽丝随即紧紧扶住他。爱丽丝在，一切都不用怕。

船靠上码头了，他们搀扶着走下短短的船梯，站在8月闪亮的阳光里。海风拂面，有清凉湿意。风中还有照相机快门的声音。他以为镜头对准的是同船来的那些明星，等他在码头上站稳，接过一捧花束，才明白自己才是焦点。他顿时窘了起来，爱丽丝也是，她有意识地拿花束遮了脸，脚下也快了起来。和他们一起来的，还有另外两位女士，她们的叔叔，此刻正长眠海底沉船，约翰觉得镜头应该多给她们才是。

从四面八方来的视线压力，让他笑得十分尴尬。他想念自家长廊下的摇椅了。此行究竟为何而来？他代表着沉船中的战俘，也代表集中营的战俘，如今，他这样的残存者，已经是个位数了，那么自己的存在，已经是一个符号了。

快门声更快速地响起。

约翰看到快步向他走来的一位老人。他眉眼带笑，即便七八十岁的年纪，也淹没不了表情中的顽皮，约翰冲口而出：“我认识他！”

身边的翻译迅即将此信息大声传达。周围一片掌声。

那老人微微皱了一下眉，随即爽朗一笑，伸出双手，一手揽住他的肩膀往自己身边一带。他们肩并着肩了；约翰双手紧握住他的另一只手。

又有很多快门的声音。约翰他们保持着这个姿势，也保持着笑容，这笑容最终会呈现在一张照片里，约翰想在笑容里灌注由衷的感激。

身边的老人却很自然地把他推远了一点，上下打量他，眼里都是赞许。

约翰指着自己说了名字，老人轻拍了一下自己胸口，说：“阿卷。”

约翰在人群中搜寻，通过翻译问阿卷：“阿春他们一家在哪里？”他得到的回答是，阿春一家早已经搬到大岛上去了，阿春和他的娘都已经过世，那几个孩子还在，他们说当年救人是应该的，就当积德，谢天谢地，他们现在都生活得很好，也很忙碌，就不回岛来参加这个仪式了。约翰责备自己，他应该早些与组织方说要找阿春一家才是。

从他们刚才相遇起，除了翻译，身边还一直跟着一个年轻的女子，她礼貌地和他们保持着距离，只和爱丽丝小声寒暄。此刻，翻译为另两位女士服务去了，她很自然地接近他们。

她说她是日本人的时候，约翰愣了一下。从战俘营归来之后，他不是没有遇到过日本人，只是在这里，在这种状况下遇见，他还是有些诧异。这个叫香织的女人会说娴熟的英语，想来，中文也同样流利。有了她，他们之间的对话流畅进行，甚至，来得及体会双方言词之外的暖意。

唯一的一次停顿，是香织接了个电话。约翰很久没这样听大段的日语了。通往旧日世界的大门，仿佛经由这个电话，缓缓开启。在日本战俘营里，他们被迫学日文，能听和说日常会话，他旁听过守卫和家里人通话，言语中那种温柔和暖意，常让他深感困惑，这样和善的人，转身就会在战俘们面前成为凶神恶煞。

很久之后，他明白，这都是因为战争。

阿卷在说（或者说是香织在说给他听也对），在1942年10月3日那天，他们三百多个战俘被日军又重新带上新的战俘船的时候，他已经带着另外三个战俘藏到了海边的一个洞里。

“多幸运啊。”约翰说。他知道这个故事。那三个幸运的家伙，几个月后就经由重庆回到了英国，如果他是其中一个，那么，就能早三年多回家，就没有战俘营苦熬的一千多个度日如年的日子——他曾以为那日子永不会到头。一念及此，他的身体禁不住颤抖。他问过访问了很多战俘的作家托尼，那幸运的三个人后来怎样了。他认得其中的一个伊恩，他记得当时伊恩还带着他的儿子。托尼的回答让他震惊。伊恩的儿子，在船沉当日，就葬身海底了。伊恩的妻子，精神不正常了。伊恩的女儿嫁给了一个中国人，伊恩的下半生就是不停为女儿和外孙在寻找这个中国人。战争不会放过任何人。他本来想把伊恩这些情况说给阿卷听，可是，他累了，讲述往事，需要很多力气。

爱丽丝近身扶住他，轻声问是不是需要休息了。爱丽丝总能把他接回人间。

酒店在半山腰，从他们的窗口望出去，是一座座独立楼房的屋顶。约翰再次在记忆里确认，六十三年前，这里大多是低矮的石头墙、茅草顶的房子，渔人们都穿着宽大的衣裤，或黑或褐，和岸边的礁石一样。如今，这个岛和岛上人的衣着，都变了。像阿卷今天穿的白衬衣，看着就很有质感，放到世界上无论哪个角落，都是体面干净的。这个房间，也跟他在别处住过的酒店标房一样，没大的区别。

在松软的席梦思床上，约翰很快睡过去，梦境在他最放松的时刻袭击了他。“里斯本丸”的世界回来了。周围一片黑，黑得见不到自己的手指。空气中都是排泄物的味道，身子底下有潮湿的液体，那也是排泄物。闷热，喘不过气来，喉头被堵住了，有人在摸他的脖子，不，在抹他的脖子……

爱丽丝推醒了他。多亏爱丽丝，她一次又一次把他带回人间，而且，出于默契，她从不问他梦到了什么，“那一切都过去了。”爱丽丝给他一杯水，坚定地说。她要证明此时此刻的世界安全无比。

此刻，也是如此，她拉开了窗帘，光线瞬间涌入；她还打开了电视机。电视上正播放新闻，约翰听不懂说什么，画面是伊拉克的战况。

约翰喝下一口水，看着电视屏幕上的美国大兵。很多年后，这个大兵，如果他活着，他或许会在某处酒吧吹牛，他会说，我上过伊拉克战场。他会吹什么牛呢？那里是沙漠，水少，他会吹他怎样把配给的水利用到极致。

这也曾是约翰的困境。

在“里斯本丸”，航程刚开始时，一切还算正常，尽管饮用水不算在日常补给里，是奖赏品，起初，每日半军用壶的淡水还是有的，珍惜着喝，也能对付。在海上过了三四天，补给就开始变味了，日本士兵会恶作剧地将一桶淡水从舱口兜头泼下，看着他们在下边张口来接，他们放声大笑。有一回，战俘们仰头接这倒下来的水，入喉了，才知是尿液，站在舱口围观的那些日本士兵哄堂大笑。

渴比饿更难受，那种难受，没经历过的，不能体会。

近年，约翰陆陆续续看当年地狱航船的资料，他读到，有人拿刀子割开刚死的同伴的喉咙，取血喝，因为渴。看到那一段时，约翰一阵恶心的同时隐隐泛上来同情。这个丧失人性取血喝的人，也没活到船靠岸。而当他挥刀向同类的时候，他已经不是人了。

“这是不可饶恕的。”约翰喃喃道。

不可饶恕的是谁？约翰一遍遍问，他还没寻到答案。

此地已近国际航道，临近公海了，海面开阔，洋流莫测。

杰克被此刻海的安静镇住了。海面平整如巨幅青色丝绸，连细鳞样的水纹也没有——海在屏息等他。

在潜水工程船上，杰克盯着海水看了很久。

杰西卡已换上潜水装，阿历克斯和莫妮卡正在那里帮她检查。他们带来了三套专业深潜装备，计划第一次由杰克、杰西卡和本地潜水员小陈一起下去。潜水工程船上配备了制氧机，可随时补充氧气，船上管网中还有一条氧气管道，紧急时也可以使用。

小陈说，面上静，作不了数，水底下，什么都有。杰克点点头，他当然知道。这是他第三次来到此处。第一次确实只是来踩点的。第二次，就在前天，刚到岛上，他们就忙开了，来来回回试了几次，决定弃用轻巧的专业探测钩，用沉重的铁锚去抓住船身，潜水员再沿着这绳子一起下潜。等铁锚好不容易照设想中的那样抓住了船身，可他们看到水流把绳子绷得紧紧的，这种状况，可以推测那一刻海底水流的湍急，犹豫到最后时刻，他们还是放弃了。毕竟，这是去往深海啊。

今天，他们又反复观察，最后还是放弃了原先计划的团队沿绳子而下的探摸模式，改用独立蛙人下潜了，这样更安全些，可以按每个人的状况随时上浮。

小陈是当地人，1998年下水探摸过“里斯本丸”的。当时他们分轻、重两组潜水员，一组六人，他是组员之一。他们用渔船定位仪和从上海租来的海运船定位，用铁锚钩住沉船，顺铁锚下到船上，摸到驾驶台。探摸进行了四天，不是浪大就是绳断，最后总算对“里斯本丸”沉船附近的状况，有了第一手资料。沉船在青浜岛西北两海里外，海域水深二十七米左右，海底泥质。倾斜度不明显，船头朝西北。顶甲板没有淤泥，客舱之下，都在淤泥中。顶甲板上有流网，客舱二舷处被厚厚的渔网罩住。潜水员在沉船中还探摸到了电台无线瓷瓶、连接杆和大量电缆，回到拖轮后，又用绞缆拉上来两根直径十厘米、长五米的紫铜管。那时候他们没有水下摄像机，没有留下影像。那年之后，也再没有人对沉船进行探摸。

说实话，当年有这样的探摸结果，已经很成功了。今天，但愿能拍摄到水下的沉船影像。

在声呐探测器的显示屏上，“里斯本丸”沉船外形清晰呈现，整艘船平稳站立，只有船尾处稍稍倾斜；舰桥和指挥塔，船头的旗杆都看得分明，船身周围都是成群结队的鱼群——想来船舱早已是鱼的家园了。

套好潜水服之后，杰克戴上面镜，背上氧气瓶，调节好呼吸管，检查了背包上的浮力调整器和空气压力调节器，在踏着脚蹼和戴手套的时候，他最后确认了方位，东经122°45′55″，北纬30°13′47″，这是1998年探摸后的定位，和这两次他们用声呐定的位无差。最后，杰克又在手上套上了已经开机的小摄像机，小陈的手上，是水下照相机。这样的海域，带摄影师下去，也是很有风险的。

入水之后，沉重的设备瞬间失去重量，水的压力逼近耳膜，杰西卡在他的身边，凑近他的面镜微笑着打“V”手势，他微笑回应。说好的，杰西卡只是浅潜，她会在大约十米处停住，在那里观察他。

杰克和小陈往深水而去，光线递减，渐渐地，连自己吐出的水泡也看不清楚了。到十八米处，他们看不到彼此，眼前只有纯净的黑。还要往下吗？再垂直向下十多米，他就能站到“里斯本丸”的甲板上了。

水里感受到的黑，有形状，也有分量。黑从四面八方挤压过来。

小陈碰了他一下。他感觉小陈在往上升，他也跟着上升了几米，终于勉强可见不远处的小陈，他朝小陈握紧拳头，拇指朝上，那意思，是催他上浮。小陈大力蹬水，快速上行，竟有些仓皇逃窜的意思。

杰克正觉吃惊，刹那间，脚蹼处，一股水流像一双手一般伸过来。再看自己呼出的水泡，它们没有如常往水面上升，却环绕到他身体四周，更有一串往身体下方而去。

下降流？洗衣机流？

他们遭遇乱流了。

杰克努力保持住深而慢的水下呼吸模式。这么些年水下生活，他的呼吸方式已经轻易不会因受惊而慌乱切换了。不能屏气，不能用鼻子呼吸，初学者才要这样反复叮嘱自己。对于水下生存，杰克的身体已经有记忆，就像一条鱼。

杰克摸到浮力调节阀，一边操作，一边继续大力蹬脚。他遇到过比这强烈两三倍的乱流，今天这程度，怎么样都算轻的。它就像这片水域发出的一种警告，斜刺里推了他一把，并不是存心要来取人性命的。他稳住心神，匀速上浮，他不想自己的耳膜因突然变化的气压而受罪。

他继续上浮，在距离水面将近十米处，没有杰西卡，也没有小陈。

呼出的水泡已经正常了，一串串往水面冲去。海水澄碧，视野宽广，他的身下，一小群银色的带鱼在扭身游动，头顶正上方，还有一小群半透明的海蜇，阳光浸润的水色中，伞缘和触手呈现出半透明的橙色——他得避开它们。带鱼游得慢，海蜇懒得动，也有游得快的鱼，一闪，就从眼前过去，它们能飞快地穿越中层水直达海底吧？杰克挺羡慕它们的。

杰克往斜上方慢慢上浮，出水之后，环视青浜、庙子湖和东福山，再找到沉船附近的夜桶礁，以它们为坐标，他确定自己大概已经离开入水点两三海里。那么，他遇到的确实是洗衣机流，他刚被甩出来了。

杰克还是没慌。潜伴按规矩是两两出没，一个不见了，另一个就会去找。小陈是地主，他必定会来找自己。他现在只要努力浮在水面上就是。

除却身后那几个山头，海面苍茫一片。人在此刻，孤独又自由，是令狐冲的感觉。很多年了，这个角色，还是会在某个刹那附身于他，也如身体记忆了。

前日船靠岸时，幸存战俘约翰老人脸上一刹那的失色，杰克正好看在眼里，他猜想，是老人身体上的一些记忆在袭击他。对于身体的无意识记忆，杰克体会多多——也许，这是演员的本分，你总得一直在体会。

为了这次探摸，杰克做的功课不少，除了沉船的具体数据，遇难的始末，他也看了。初学潜水的时候，他体会过种种水下的窒息感，也尝过黄昏海水快速冷却时的失温初起症状，肉身脆弱，这两样一起遭遇，再强的汉子，也敌不过。

一大团云朵遮住了阳光，再加上身体失温，海水中的杰克有点发抖。好在这时候，小陈出现了，见面第一句话就是："他们不想被人打扰。"

杰克想了一下，知道他说的是什么意思。

"有人拜访他们不好吗？"杰克问。

"如果你的家乱糟糟，你高兴接待吗？"小陈叹道，"要理解他们啊，都六十多年了，这海底就是他们的家了。"

杰克已经来过这里三次了，和岛上的人，也有了些交流。在岛上人看来，死亡并不是人生的结束，即便死去了，也还是和人间的后代有密切的联系。因果报应，在此地，不只是个说法。死去的人应有的体面，也是活人应该在意的。而且，那是一群被剥夺尊严、失去体面的牺牲者，对他们，活着的人应该加倍在意。

“至少，我们该用鲜花祭奠一下。”小陈说，“可下一场活动才是鲜花祭奠，我想，我们乱了次序了。”

那么，再耐心等等吧。

原以为可以拍摄到的沉船影像，近期是不可能有了。海底的透光度、清澈度，和季节与洋流都有关系。对这块海域，他还是不熟悉，还得和它好好相处。

郁闷。要怎样去面对自己带来的这一队人马？他们原先以为这只是一场比拍电影轻松的海底拍摄。

3. 他们是死两次的

下午3点前，他们乘船前往沉船所在海域。

这次旅行，爱丽丝随身带了包咖啡豆，还有小小的研磨器，理查还特意买了个旅行用的摩卡壶给她。约翰午睡醒来后，爱丽丝就递给他一杯热乎乎的咖啡，不浓不淡，还带着点他们家前院里玫瑰花的余香——爱丽丝总喜欢在豆子袋里放进几瓣玫瑰干花。平常，一杯咖啡下肚，午后的恍惚会即刻散尽，可今天并不奏效。也许应该来杯浓郁的绿茶，入乡随俗才好。

走下山坡，到了码头，上了船，见到了阿卷，他们拥抱，问好。约翰依旧在恍惚中。

阿卷短短的英文问候有股浓郁伦敦腔，那是生活在香港的英国人刻意强化的，这是那三个幸运的人在青浜岛上留下的痕迹啊。昨天，约翰才知道，当年，获救的战俘中，有人在岛上留下了餐刀，有人甚至留下了珍贵的纪念戒指，一半是谢意——岛上的人冒着日本人的子弹把他们从冰冷的海水里捞出来，这是多大的恩典；一半呢，大概也是想在这岛上留下痕迹吧——从地狱短暂回到人间的印记。

那时候，约翰什么也没有，他近乎赤条条来到这个岛上，他走的时候，还穿去了岛上人给的一套衣裤——裤子足够宽大，叫作龙裤。他这次来，带来了一个相框，他从出生到现在的各阶段照片，还有全家福，都在里头，在舟山本岛华侨饭店的那场欢迎宴会上，他把它当作礼物送了出去，他说了很多感谢的话。

他真的应该带两套来才对，不，得三套才对。

不过两三海里的路，船却驶了好一会儿，说是沉船附近刚好有个漩涡，得避着走。

“沉船附近常会有漩涡的。”翻译小张尽责地解释，“这附近的渔民都会绕开这里，外乡的渔民不知情，他们在这里下网，渔网都会被沉船上的桅杆啊啥的钩住，所以啊，那甲板上一层一层罩着渔网呢。”

风大，小张的声音被吹得皱皱的。爱丽丝让两个儿子来搀约翰，她说：“我有点累。我进船舱去。”

约翰也想跟着爱丽丝进去，可两个儿子已经站到他两边，他被架住了。这两具热乎乎的身躯，是自己生命的延续。他有五个子女，十个孙辈，一个曾孙，四世同堂，中国老人对于完美人生的理想，他已经拥有。这一切的一切，多亏那双把他从海水里拉上来的手啊。

否则，他也将长眠于此。不，他会连个长眠之地也没有，海流会带走他，鱼虾会蚕食他，浪头会把他摔到礁石上。这样，他还不如就和炮兵团在一起了。

他本就是炮兵团的一员。1936年，他入伍成为一名皇家炮兵，随即被派往缅甸，次年，随部队来到香港驻防，直到1941年12月，香港沦陷，他们集体进了战俘营,1942年9月底，他们上了“里斯本丸”，10月1日，在这里和死亡遭遇。

是的，不是和敌人，而是和死亡遭遇。战争的荒诞，是正常世界的人无法想象的，比如，美国盟军潜艇发射的鱼雷击沉了装运英联邦战俘的日本船。约翰看过一则统计资料，太平洋战争中，像他们这样被盟军击沉的战俘伤亡数量，和战场上的伤亡，相差无几，甚至更多一点。约翰忘记了数字，他一点也不想记住这个数字。

船速明显慢了下来，他们到了。沉船就在此处海面之下，他们将绕行三圈。高速时船舷边拥簇泼溅的雪白浪花现在萎谢了，只留下短短的白牙似的一截。

左手边，小儿子理查紧紧抓住他，约翰拍了拍理查攥在他胳膊上的手，示意理查松一些。理查总是这么敏感，像他，哥哥亚伦就淡定好多。亚伦松松地把自己的胳膊伸到约翰的右胳膊之下，用身体上的一股力扶着约翰，他像他妈妈。约翰调整了一下身体，让自己更稳当地靠在亚伦身上。

亚伦稳稳地帮他抱着花束。红玫瑰和白菊花——在英国，一束红白两色的花，就是死亡的象征，在此地，也是如此吗？约翰一直相信人类的心意是共通的，除了对战时的日本士兵和战俘营地的看守——他们那个时候不属于人类。

船慢而匀速地沿着沉船绕圈。亚伦一枝一枝递花过来。深红色的玫瑰花瓣，酒杯的形状，丝绒的质感，绿茶的清香，和他在自家前院亲手栽的一样。他亲吻花朵，抛向海面，风大，他得用力才能把花抛出去。这一朵，给约瑟夫，这一朵，给波特中校，这些，给罗伯茨和麦克尤恩，这些炮兵团的年轻人，他们年轻的面容，约翰还记得。

当年《漫漫长路到蒂珀雷里》的歌声，隔了六十三年，再回想，更觉恍惚。“他们真的唱着歌下沉的吗？舱门封闭，舱底的歌声，你们在海面上如何能听到？你说过，当时，风也大，风声也是干扰……”理查听到他讲这事的时候，已经四十多岁了，蹙着眉头问过他。

“可能就是因为风，风声把他们的歌声带出来了。”当时约翰是这样回答的。

近年他读资料的时候，特意留意这一细节，还真有人也说到这个。那么，是真的吗？这是一首一战时的英军小调，炮兵团大多是加拿大籍的二十出头的大男孩，战前，平日聚在一起无聊时，也会合唱这首歌，拿汤匙轻敲咖啡杯伴奏，“漫漫长路到蒂珀雷里，还有漫漫长路要走……”这句被反复吟唱，节奏鲜明，约翰就是凭借这个，听出了他们唱的那首歌。“去蒂珀雷里还有很多路要走，但我的心已经到了那头。”在最后的时刻，这首歌，如同圣歌，如同祷告。在无可设法之时，怀抱去见心爱之人的心情赴死，怎么也是一种慰藉吧……

“我本应在其中……”约翰转过头，对理查说，他觉得理查能懂。如果他此刻在海底，那么，这个世界上就没有理查和亚伦，没有他那一大家子，而这些，本应也属于海底那堆白骨。这一刻，他们年轻的面容纷纷涌到约翰眼前，约翰腿一软，仿佛看到白骨堆里的自己，他伏到理查肩上，哽咽出声。理查缓缓转身，抱住了他。亚伦也缓缓转过来，替他挡风。

两个儿子的体温在一左一右温暖他，约翰掏出手帕，擦了眼泪。他这辈子，对于暖意，总有无尽索求。

约翰看了看四周，大家还在往海面上撒花瓣，船还在绕行。不远处，同来的两位女士，也肩膀抽动。她们是来祭奠未曾谋面的叔叔，帕特里克，约翰记得他，一个特别腼腆的男孩——约翰渐渐把底舱里的那些人都当成男孩，他在变老，而他们永远二十多岁。她们对约翰说过，“见到您，我们也就是见到叔叔了。”约翰第一反应就是想告诉她们，不不，你叔叔没我这么老，但转念一想，她们说的也没错，如果她们的叔叔活着，那就是我现在这个样子了。

被人记得，就没有真正死去。梅特林克的《青鸟》里写过，“死人活在活人的记忆里。”“每次你想起我们，我们又会醒过来，又看到你们。”“我们睡得很香，就等着活着的人想念我们，把我们唤醒。”

约翰擦了眼泪，凝视海面，海底下的他们，想必也正仰头看他。他终于明白自己为什么喜欢读《青鸟》，特别是第三章《思念之土》，他反复读，熟到能背诵。

经过这么多年海水淘洗，舱底的污秽，都被洗净了吧？被海水和钢铁封存的身体，会是怎样的样貌？这么些年，舱口还保持着封闭吗？

约翰的意念在沉船里行走，他还记得通往底舱的路。如果舱门依旧密闭，他有力量去打开吗？打开之后，海水无声涌入，里面的世界会怎样？是会又被摧毁一次吗，还是算重回人间怀抱？

我本应在其中，我在的。

从海上回来后，约翰更见恍惚，连对着爱丽丝，也觉得不甚真实。就像当年从日本集中营辗转回到英国，在利普胡克的小火车站下车，爱丽丝正巧在站台上张望，他第一眼看到，也觉得很不真实。他从日本启程的时候，给爱丽丝发过一封信，不敢确定到达的日期。多年后，他们已经有两个孩子了，有一回聊天，爱丽丝才说，自从当年收到他要回来的信之后，她就天天往火车站跑，火车一天来四趟，她就去四趟，一直等到下车的都走完，她说：“总有一天等到你啊。不会错过。”

约翰那段日子过得不轻松，毕竟，战后萧条，工作不好找，就是去酒吧放松一下，他听到的也多是人家老兵在吹嘘战功，他算什么呢？越想越郁闷。爱丽丝的这句话，就是连阴天里的大太阳。

“怎么到现在才告诉我啊？”约翰问。

“有些话，晚一点说，才有味道。”爱丽丝这样回答。

而直到四五年前，他才开口和家人说“里斯本丸”和集中营的事情，他不过才吐露了一鳞半爪，爱丽丝就心疼到泪流满面，他不敢多说了。即便如此，今天，爱丽丝也没有勇气和他一起凝望海面，她把他推给了两个儿子。可见，那些关于黑暗和丑恶的话，即便过了很多年，也还是不说为好。不要把黑暗带给家人。这和表白爱意是两回事情。

当年从日本回国的时候，就有主事的人或明或暗地说过，战俘营、集中营甚至地狱航船的事，还是藏在心底最好，大家往前看往前走，别回头。

约翰真是这么做的，但梦境他无法掌控。在梦里，他一遍遍回到“里斯本丸”，在恶臭和污秽中辗转，醒不过来。幸亏有爱丽丝，她睡得浅，她会把他从噩梦中捞出来，但她也不要听他说梦见了什么，只是一遍遍告诉他，都过去了，没事了，那些都过去了。

怎么可能过去呢？战争一直在他的梦里，当偶尔有人祝愿他梦想成真的时候，他的脸色就会煞白。

这么些年，他心怀感激地活着，为能和当年救他的人当面说声感谢，他不远万里来到这里，而今天下午，他凝视海面，他却尝到了侥幸存世的孤独。约翰捏捏自己的身体，他偏瘦，骨骼在失去弹性的肌肤下一握便及。

自己的这堆骨骼，本应和海底下的同伴们叠在一起，献祭给那场战争。那些倒在敌人炮火中的身体，和这些海底沉船中的白骨，和在日本的战俘营中受尽折磨死去的身体，都是战争祭桌上的贡品，难道不是吗？他们所受的痛苦和死亡在枪林弹雨中没有区别，不不，还是有区别的，战俘们失去的不仅仅是身体，还有作为人的尊严——在进入战俘营之后，他们的尊严，已经死了。他们是死两次的。如果硬要比较的话，尊严死去的感觉，是在枪林弹雨中死去的战士感觉不到的。

此刻，约翰一根根摸着自己的骨骼，很想回到从前的那个酒吧，对丹尼说这些话。可惜，丹尼已经去世了。像他这样老的二战老兵，存世的已经不多，像他这样来自战俘营的老兵，就更少了。

翻译小张默默看着他。这个年轻人，好像能读懂他此刻无声的申诉。他向谁申诉？向丹尼吗，还是向那些让他们尽量保持沉默的人？

4. 漫漫长路通往蒂珀雷里

曲终人散。码头上，送行的人群已经散去，阿卷依旧坐在长凳上，望着远方已经接近地平线的船。

阿卷爱越剧，这岛上，偶尔也有越剧团来演，草台班子也好，正式剧团也好，阿卷都喜欢。明知道两三天后就要分离，却仍喜欢这梦一般的相聚。

这几天，也是梦啊。

岛上的人，承受的离别，比陆地上的人要多。一个人生活在陆地上的一个村庄，不出意外，他笃定死在自家的床上。一个人生活在海洋中的一个小岛，他未必能在自家的床上老去，从青年到壮年，就是自家的床，他也未必天天能睡到。

这说的是太平年代。战争来了，就没有什么笃定的事情。

这是他上回去香港时想通的一件事情。那天，他摸着酒店里松软的席梦思，想着生命尽头的死。所有诅咒里头，不得好死，是最重的了。死是所有的结果，怎样死，是顶要紧的。当年大人们救“里斯本丸”沉船落水的战俘，他们想要的终极回报，就是死后变成一颗天上的星星，高悬天空，远远看顾着后辈们，再没有比这更好的回报了，好到他们不要任何别的回报，唯恐因此死后成不了星星。

而香港之行，他们所受到的欢迎和表扬，会不会减损父辈们的阴德呢？此刻，他坐在码头上，这担心又加上了几分。阴德的阴，其中一层意思，就是最好是把这功德藏着，不要宣扬。

天空晴碧，白云松软，阿卷知道，星星还在头上，只是被日光盖住了。

“这样盯着太阳看，眼睛可受不了哦。”是香织，她走到他身边，拿手里的折扇帮他挡住阳光。香织还要在他女儿家住上几天，悠悠闲闲，才是度假，她说过。

“这几天也劳累你了。”阿卷跟她客气。香织帮的忙真不少，没有她，那翻译小张要忙坏了。

香织笑了，她的笑容，是阿卷见过的女孩子中最甜美的，她说：“那翻译哥哥说，要分一半的劳务费给我，我说不要，就是帮忙嘛。”

她停了停，想说什么，又止住了，说：“姐姐让我来喊您吃午饭去。”

她跟他说话的口气，很家常，在饭桌上，一看阿卷饭碗空了，她就站起来给他添饭，也自然得很。阿卷倒有些不自在，他接过饭碗，说了声谢谢。香织就又好看地笑笑。

“你还会说别的外语吗？”阿卷知道她已经会流利的英文和中文了。

“还会一点点德语。”香织已经把她面前的饭和菜都吃完了，她又补了一句，“用来查资料用的，我学的是机械方面的专业，会点德语方便许多。”

都能用来查资料了，那会的不是一点点吧？阿卷没把这话问出口，只赞叹道：“真了不起。你爸爸把你培养得真好，他一定走过很多地方吧？”

“是的，他在德国和美国都留过学，也是机械方面的，我这算是子承父业——我爸就我一个独生女儿。”香织回答。阿卷在心里又叹，你看，她能把中文说得那么明白，比我女儿好多了。他没把这赞叹说出口，只是重重地点了点头。如果自己当年真的去了香港，那，也有可能去德国和美国留学吗？

他又重重摇了摇头，想把这念头甩远了。他听女儿在说：“真让人羡慕啊，像我们，连从小生长的岛，一年都出不了几趟。”

香织愣了愣，说：“我们那里，也有很多一辈子都不离开自己小岛的呢，这样也挺好的。”

阿卷紧接着说：“是的，挺好的。各人有各人的生活。”最后一句，是他的父母当年说的，“我们有我们的生活”。阿卷总觉得，这句话里面，有一些很高贵的东西在，可他说不出那是什么。又有一些很丧气的东西在里面，他知道那些是什么。

饭桌上陷入沉默。阿卷看着香织的窘态，想扯些别的话，情急之中，又想不出什么恰当的，他说：“你去过香港吧？”

香织点了点头，只静待他继续说。

“今年6月，我们岛上五个跟我差不多大的老渔民，跟着一个出访团去了香港，受到一个大政要的接见，我们还跟一帮记者讲我们救战俘的事情，场面也不小，有人献花，有人拍照。”

阿卷觉得自己好像是在夸耀，就停住了，香织附和道：“和这两天的场面差不多吧？”

阿卷喝了口女儿递过来的绿茶，太烫了，他放下茶杯，说：“场面上的事情，过去了也就过去了。让我忘不掉的，是我们去了西湾坟场，那里有一千五百多座坟墓，里头不少是衣冠冢。坟场门口，还有座纪念碑，上面刻了二战中不知道葬在哪里的四千五百多个将士的名字，我对着这些名字想，沉在我们海底的这些人，也在这上头，我们就朝着这纪念碑鞠躬。从前，我光知道这大船在我们这里沉了，我们救上了一些战俘，还把三个人藏起来，送出了岛，别的战俘怎么样，我真不知道。到了香港，我才知道，原来是日本兵故意封住了舱口，用密不透风的油布啊，就是不让战俘们出舱……”

阿卷的女儿大声咳嗽，阿卷才从自己的激动里醒过来，对面的香织已经眼含泪光，她嗫嚅道：“对不起。这事情，我是这两天看了展览才知道，简直不敢相信，对不起。”她垂着头坐在那里，阿卷女儿在她身后抚着她的背，说：“快别这样，这跟你没关系。”

阿卷也想学着把这话说一遍，可是，激动的余波还在，他的身体还在战栗，他说不了话。

等阿卷午睡起来，香织已经走了，像是不给他一个道歉的机会似的。

“我看你就是故意的。”女儿说，“人家的女儿能讲好几个国家的话，你女儿不会，你就恨上人家了。”

阿卷哭笑不得，可细想想，他真的是故意的，原因呢，却没女儿说的那么简单。

为这个，女儿和他整整生了三天的气。

第四天，女儿大声来喊他，说香织来电话了，要和他说话。接之前，阿卷想好了，要和她道个歉，可等拿起话筒，他说的却是：“香织啊，你都好吗？”他和孙辈们打电话，也是这样开场的。

香织在那头开开心心地回说自己都很好，说话的口气，跟自己的外甥女一样。在问候之后，她说：“我回来在网上查了，我也和翻译小张哥哥联系了，您说的一点也没错，是日本兵把舱口密封了，这是他们对‘里斯本丸’上的战俘干的事。像‘里斯本丸’这样的战俘船，还有很多，情况比‘里斯本丸’更糟糕，简直是人间地狱。战争把那些人变成了魔鬼。你们岛上的渔民，在这些魔鬼的眼皮底下，救了那么多可怜的战俘——我看过图片，有些真的是皮包骨头了，他们勉强活着。你们救他们上来，真是又勇敢，又仁慈……”

阿卷听着不好意思起来，说道：“无论怎样，救人是应该的，天经地义的。”

“日本人落海，也救吗？”

阿卷沉吟了一下，说：“救，总归是要先救上来，都是人啊。”

香织在那头叹了口气，说：“战争会把人变成魔鬼，对吧？我爷爷很慈祥，可他也上过战场，战后虽没有被军事法庭提审过，可我不能保证他在战场上是个天使。在战场上，怎么会有天使呢？无论怎样，敌人也是人类，天使不会杀人类，对吧？无论出于高尚的还是卑下的动机发动的战争，屠杀的一样都是人类。再说了，所有发动战争的动机，貌似都是高尚的，至少，对于本国的国民来说。是吧？”

阿卷半懂不懂地听着，他想着如果自己也上了战场，那会怎样？香织那边也收住了自己的滔滔不绝，停顿了好久，才接着说：“这回很失礼，没跟您告别就走了。小张哥哥说，他下个月可能还要陪同潜水队的明星们再来一趟，我也想跟他一起来。”

阿卷说：“来就住家里，不用再付房费了。”

香织在那头痛快地答应了。

上一节的故事，大半是香织告诉我的，不过，不是在酒店一楼的露台上。

见了香织，我才明白，原来，真有一见钟情。香织有天底下最甜美的笑容，我的人生愿望，就是天天能看到这个笑容。

父亲从小教我："先把自己手头上的事做好，再谈其他。"他自己也是，不说公事，就是家务，只要是派给他的，他也做得一板一眼。"事情"在他那里，总是有始有终。做人家儿子的，到底逃不过这言传身教。做翻译的过程中，我认真做事，虽有心追求香织，可这不在我的日程之内，总算老天眷顾，香织自己主动来帮我分担。我看得出，她也是抱着"这事情我能帮的，就搭把手"的态度——这也是父亲的人生态度，大概，也已经是我的了。

有过在青浜岛纪念活动上的合作，往下的交往就十分顺利，说来奇怪，此后经年，我们一直生活在"里斯本丸"庞大的影子里。

转年，也就是2006年，英国作家托尼专门为"里斯本丸"沉船事件来东极诸岛，寻访当年亲历者，我们陪同，又把故事重温了一遍。我们私底下梳理过这故事的脉络，香织对渔民当年的勇敢和仁慈，赞叹再三："他们超越很多国族积怨，直接面对生命。除了敬畏生命，没有别的，这才是最纯粹的对生命的爱。"因为激动，香织这段对东极诸岛渔人的赞美，是中英两种语言混杂着说的。出于对我的爱（权且让我自恋一下），这几年，她对舟山的历史，也有了很多了解，在鸦片战争中，舟山也曾是个重要的战场，那时候，英军就是敌人。很多年后，东极诸岛的渔人，冒着生命危险，救起了曾经的敌人。

杰克大哥也跟我说过类似赞美的话。他的潜水队，几年间先后来了好几回，执意要潜到水底拍摄到沉船的影像。我很佩服他做事的执着，但那片海域也一样执拗，下潜十五米之后，海水要么黑蓝要么浑浊，就是不肯让他如意。有时候，我真的怀疑，这是逝者在捍卫自己的安宁。

这些年，无论岛上的渔民，还是海底的战俘，他们经常会进入我的思绪，让我想一些关于战争的问题，于是，在“里斯本丸”沉船的影子里，我们的恋爱进程，也是一路探摸战争面貌的进程。我们像两个执拗的孩子，想要弄明白战争到底是什么，似乎，如果我们看清楚了它的真实面貌，新的战争就会被提前消解掉，那么，和平就会永在——我们比谁都期盼和平永在。

好吧，就此打住，我们之间的恋爱故事，对彼此身心的迷恋，种种误会、猜测，在我们当事人觉得石破天惊的时刻，在您看来，那不过是恋爱常态，不谈也罢。这跨国之恋，如果您有兴趣听的话，我们什么时候再来另开一章，此刻，我还是遵循父亲的教导，先把“里斯本丸”的事情说完，再谈其他。

时间很快到了2017年，我所在的大学，已经有专门研究“里斯本丸”沉船的团队。大家筹划着，在我们舟山本岛上来一场大的纪念活动，让更多的本地人了解这段历史。我参与其中，不知为什么，我也拉了父亲进来，请他做些事务性的工作。其间，父亲就一些细节和我商量的时候，他多少带了些“请示”的谦虚。我知道，我漫长的青春期，终于结束了。

10月2日——是的，如果您此前留意了，就知道这一天是“里斯本丸”沉没的周年纪念日，晚上6点，在普陀山对面的东港莲花岛上，一场以“铭记历史真相，弘扬抗战精神，传递和平之声”为主题的纪念二战“里斯本丸”沉船事件暨英军士兵遇难七十五周年活动开幕。同时的伦敦时间中午11点，在英国伦敦的肯顿高街上，也举行了纪念二战期间在远东地区包括“里斯本丸”事件中牺牲的英军将士的仪式。我这样一字不漏地把两场同时举行的活动全称列出来，无非是想让您知道，这场活动，实际上，是献给留在海底的“里斯本丸”沉船里的战俘的。

从2005年之后，每年都有人祭奠这些海底的战俘，岛上的渔民自不必说，还有一些远道来的战俘后辈，我们学校的研究学者带着学生也会去。仪式是入乡随俗的，请和尚念《地藏经》超度也有，大概请牧师念《玫瑰经》的也有。用什么纪念，这并不重要，我们的心里一直想着他们，这才是最重要的。

这些年攒下的影像资料，这次都用上了。在宽大的露天幕布上，先拿央视早年间拍的“里斯本丸”事件纪录片做了背景介绍，还用一些黑白的历史资料照片加以佐证，再播放2005年的纪念活动录像，解说词和主持者都很庄重，现场的气氛，显得十分肃穆，人群中，没有一个大声喧哗的。我本来还怕这活动一不小心就综艺化了，或者会太煽情，谢天谢地，这两样都没有。

对了，如果您是个集邮爱好者，您或许会注意到，我们做活动的当天，四枚“里斯本丸”事件七十五周年纪念封同时在舟山、香港、伦敦发行。当年幸存者中现在唯一在世的丹尼斯·莫利，还有他和家人的合照，约翰夫妻和当年参与营救的老渔民的合影，那三名幸运的战俘当年离开舟山时和营救者的合影，都在纪念封上。

活动的高潮，是央视新闻频道《共同关注》栏目对两场活动做的连线，东极诸岛当年参与救援的渔民代表和在伦敦的被救英俘的后人隔空对话。

“非常非常感谢，您七十五年前救了我们这么多人，我们很佩服您。”

老渔民这边，只是一迭声地说：“我们应该的，我们应该做的。”

今天来的，不是能说会道的阿卷，他大概是怕出镜太多，影响他将来成为天上一星吧？

早几年，我暗暗笑过他这个接近原始人的忧虑，而现在，我已能理解了。

“怎么没见那位来过东极的约翰老人？”父亲当年从电视和报纸上看过很多报道，还做了剪报给我。

“他2009年过世的，他的夫人，去年也过世了。”

“这样啊……那当年‘里斯本丸’幸存战俘还有几个活着啊？”

“只有一个了。”

“1942年10月2日，在东极海域沉船上的战俘死亡的有多少啊？”父亲小心翼翼地问。他老早就问过我，今天他又忘记确切数字了。

“八百多个，绝大部分是年轻人，比我年轻。”在我回答的那一刻，我突然明白那些年轻人牺牲的不仅是肉身和尊严，还有本该拥有的生命历程，从人子到人父的种种，比如此刻，我和父亲这样的相处时光。

夜风凉，父亲的身体有些哆嗦，我脱了外套，披在他背上。现场正播着《漫漫长路到蒂珀雷里》，即便听不懂歌词，光听那欢快的节奏，也嗅得到年轻的气息。

It's a long way to Tipperary,

It's a long way to go!

It's a long way to Tipperary,

To the sweetest girl I know!

Goodbye，Piccadilly,

Farewell，Leicester Square!

It's a long way to Tipperary,

But my heart's right there.

音乐中，父亲在悄悄拭泪，我别过脸装作不知情。不独父亲在饮泣，在场的很多人，也在流泪抽泣。

幽深的夜海之下，那些“里斯本丸”沉船里面和附近的亡灵，会听见吗？

楔子的终篇还是楔子

世人偏爱“三部曲”，我也是。“三”，这个数字，颇可玩味。《道德经》有言：“道生一，一生二，二生三，三生万物。”这里，“三”是起点不是？先秦左丘明于《曹刿论战》又云：“一鼓作气，再而衰，三而竭。”连民间也说：“事不过三。”这里，“三”是某种终点不是？

“三”，于我，到底是什么？我完成了三个中篇，对我来说，这是终点还是起点？谁知道呢。对我来说，是写作这一系列的终点；对于结集出版，却又是一个起点。

“三”，既是实的，又是虚的，铺张开去，玄而又玄，暂且打住。万事至少可以两说，负阴抱阳也罢，二元对立也罢，激荡之下，是去往“三”还是归于“一”，难测之间，当有很多灰度世界吧？

你一定会笑我，几时从唐诗和俳句的世界去探看先秦？人嘛，还是应该活在当下，想那么多，干什么？

说实话，不过是觉得这是世纪纪元前老祖宗的东西，作为后人，如果一点都不在意，那，你何以做人家的后人？诚然，做“后人”这事情，即便不是我们自主选择的，到头来，我们也不得不认下。

我和香织，退到最原初，不过就是两个正当青春的男女，两情相悦多年，准备缔造一个家庭，这样的诉求，实在简单，临了，却被各自的“后人”身份拘束住了。

在京都木村家宴的那一晚，香织的奶奶出口说：“那年是昭和十七年吧？香织的爷爷也在那艘‘里斯本丸’上，他作为伤病员在香港登船的。”

香织捧着饭碗瞪大了眼睛盯着奶奶，说不出一句话来。

木村先生愣怔了好一会儿，说道：“家父当年是作为工程师参军的，在海军，他也还是被当作工程师使用。战后，他也没有被作为战犯受审。家父是个很内向的人，他1919年出生在中国东北，在那里读完小学，才回日本。”

奶奶叹了一口气，说道：“我们那时候在旅顺，我比他晚生了十年。幸亏，我们去得早，回来得也早。”

我刚读过《小姨多鹤》，对那段历史，有些了解。如果奶奶没有早回国，那么，也有可能就是多鹤她们。我坐在那里，不知道该如何接话。香织也是。我们对望了一眼，默默扒拉完碗里的米饭，每一粒都很饱满，可我嚼在嘴里，却全无滋味。

饭后，奶奶就带着小说的打印稿，进了自己的房间。木村先生依旧把我让进他的书房，香织帮着她妈妈收拾饭桌和厨房前，还帮我们沏了壶覆盆子樱花茶，用个木托盘端了来。

等她走后，我们默默喝了会儿茶，木村先生开口道："香织是个好孩子。"我说："您把她教育得真好。这，可不是恭维话。"

我们再次陷入了沉默。

夜色浓黑，越过书房和客厅两层落地玻璃门，院子里的那两盏庭院灯，更像一双无所依凭的眼睛了。我想和木村先生说说我和香织的未来，可这个话题，总还是香织一起来参与才好，我就等着香织从厨房出来再说。木村先生移了棋盘过来，拧亮了阅读灯，我们一起走围棋。木村先生执意让我执黑先行，我也只好承让，一上手我就知道，我不是木村先生的对手，只好硬起头皮来应对，慢慢也就心无旁骛，倒是走了几着妙招，木村先生啧啧赞叹。香织进来在我旁边坐了一会儿，等我们下完一局，就催我快去休息，毕竟旅途劳累的。

我没想到，香织跟我一起告辞出来，随身还带了一大袋行李。木村夫妇送我们出院子，她妈妈又给了我们一袋吃的，说是明天的早饭，到了记得放进冰箱。

一出大门，我就轻声问："奶奶在家，你确定不用陪她吗？"

"奶奶这样，挺失礼的。"香织叹气道，"奶奶说话常常会出人意料。她喜欢看人家惊讶的表情。我不喜欢这种惊喜。"

说实话，写完这"里斯本丸"系列的第三个中篇，我就想着和它来个切割，和那段黑暗分别，踏实来过我们尘世的日子，来京都见香织的家人，也是这"祛魅"仪式的一部分，不承想，奶奶这一番话，又把我的生活和那艘船缠在一起。

对待麻烦，我和香织的态度都差不多，就是先不去理会，当它不存在，稳稳心神再说。

这一晚，我和香织，就跟我们所有久别重逢的夜晚一样，先让我们的身体严丝合缝地结合在一起。说是性吸引力也好，说是亲密感的渴望也好，虽然我们已经是多年的情侣，对这个过程，我们彼此并不曾厌倦。我们知道我们是被对方温柔相待的。对这一点，我们都很肯定。

四周很静，阳台上的风铃想起什么似的来一声，香织已经睡着，脸朝向背光那侧，鼻尖埋在自己的长发里，本该比她更疲惫的我，却清醒得很。我关掉床头灯，夜光从遮光帘的缝隙里进来，打在榻榻米床垫前我的背包上。那里面有我的护照和身份证，证明我来自何方。但如果此刻有一枚炮弹从天而降，熊熊大火把我们烧在一起，所有证明身份的东西也都将焚烧而尽，那么，我们也就是两具人类的躯壳，没什么区别。香织翻了个身，贴近我，鼻尖就在我的肩头那里，她往下缩了缩身子，贴着我的肩膀，嗅了两下。我知道她还是在睡梦中，她说过喜欢我的味道，她在我身边睡得很安心。

可是，这一次，她醒着，她说："那个卢瑞秋，他最后被敏妮找到了吗？我觉得，该有敏妮从英国回来找爱人的章节。你该写的。"

我抚摩着她光滑的后背，我说："是历史的原因。国门关闭了，敏妮进不来。如果卢瑞秋在国内，他也不敢找敏妮。他们被历史的洪流冲散了。中英建交，是在1972年，那时候，他们生下的乔，也已经要三十而立了。他们还能找回彼此吗？”

“如果我是敏妮，我一定会来找你——不，找卢瑞秋的。”

“为了孩子，还是为自己？”

“都为。”

我们之间，没有孩子这样的纽带——我们都是怕给对方添麻烦的人，如果婚姻关系不能确立，我们就不会让意外发生。那么，我们所依仗的，只是爱情。对的，只是一对男女的爱情。我们已经在这条路上走了十多年了，这是不是爱情存在的证明？

那，为什么，我们迟迟不步入婚姻？

第二天醒来，我们没有继续追问这个问题。吃过早饭后，我们对坐着发呆。外头又下起雨来。说起来我真的是个非常不浪漫的人，雨中两个人撑一顶伞去游览京都，这样看着风雅的事，我一点也不想做。香织已经为我排过游览计划的，今天本来是要带我去看二条城，白天仔细游览，晚上那里正好有七夕祈愿，我们就在那里点了灯再回来。

“下雨了啊……”香织拖长了声音说，“那我们就待家里吧——”

这样合拍的人生伴侣，真是很难得呢。

我带了一些资料来，本来想和香织一起看看的，可不知怎么，似乎又犹豫起来。或许，如果我们不一起傻乎乎深入历史现场的话，我们早就稀里糊涂结婚了——就结了，怕什么？可我们总是分析来分析去，弄到后头，倒像是自愿去承继似的。我不过是一个教文学的，她不过是一个造船的，我们何必呢。

可香织已经看到了我那沓东西了，那是重庆大空袭的一些照片和浙江杭嘉湖平原日据时代的一些照片。大空袭的照片，各种惨状，尤其是1941年较场口大隧道那惨案的，那些尸体叠在一起，很多失去了衣服，他们毫无尊严地放在那里。杭嘉湖平原的那些照片，嘉善“新兴妇人会”在日军的武装监护下乘船到各地“宣抚”，“杭州日华佛教会”的浴佛法会，看着沦陷区里一派祥和——那是另一种样态的尊严尽失。

她看后，我又默默收了起来。我说：“完成这部小说后，我就打算去研究乔伊斯。人们告诉我，战争，这都是过去的事情了。”

“我那些长辈做的事情，就是我的一部分，怎么能轻易过去呢，否则，还要‘历史’这样的词做什么？”

香织沉默了很久，又说：“我的爷爷和老约翰，都在那‘里斯本丸’上，那艘船，在你家乡的海域被击沉了。这是历史，我们得原封不动接受下来，否则，怎么对得起那些在海底的年轻人？”

她这样说，我的眼睛潮了。起初，我写《地狱航船》这样的故事，只是想要控诉，可当我慢慢沉浸其中，我想发出的声音，有很多却像是来自那幽深的海底。

到下午的时候，雨停了，夕阳也出来了。香织接了她妈妈电话，说是她和奶奶要过来和我们一起吃晚饭。

“已经叫了两大盒刺身寿司，我们再带瓶清酒过来。你们那里有酒杯和筷子吗？”

“有啊，只要你们不嫌粗鄙的话，我们这里的房东有够五六个人用的餐具呢。”

香织把电话开了免提。收了电话之后，她笑着说：“我妈妈和你妈妈其实很像的。天下妈妈一般‘黑’。”

我们俩赶紧把楼下的客厅和餐厅收拾齐整了，临了，香织又冲上二楼把床铺也拉平了。这栋小民宿，二楼有两个房间的，我们用了一间有大床的，另一间是榻榻米，空着，卧具都放在装着移门的橱柜里。

“万一晚上下大雨了，她们俩睡这里都行。”香织说得像煞有介事。

我们四个人围着客厅的矮桌坐着，刚刚好。我刚提了一句：“木村先生的晚饭怎么吃啊……”木村太太就笑了：“他啊，他今晚说要用功读书，我们就不管他了。”老夫人夸了我：“真是个体贴的孩子啊。”我窘在那里，一时不知道怎样和这一家三代女人应对。

“我们今天这里是个小型读者见面会。”木村太太说，“我读不懂，但妈妈和小香都读了，我也知道大概了。据说这样的局外人，反倒可以做主持人呢。身在庐山外嘛。”

香织给大家都倒上了酒，酒杯挺大的。

“人投生在哪个时代，这是身不由己的。对于‘生’这事，个人完全无法把握。说起来，这一点，十分可怜。”这是木村太太的开场白，“生在一个坏的时代，跟着一起做了坏人，死去的时候，也心不安啊，可能会情不自禁地反问，在坏的时代，我为什么不努力去做个好人呢？其中肯定有好多好人的。”

老夫人说：“怎么知道自己身处坏的时代呢？只有等旧时代被结束的时候，在新时代里，才会有明确评判。可你回不去了呀。木村老先生很羡慕‘里斯本丸’二副荒木君，战后香港审判，荒木君去出庭做证了，指认押送的卫兵和船长、翻译他们有罪。荒木君做了该做的事情，他是有勇气的。木村老先生就不行，他说他什么也没做，就是苟活了下来。他本来就性子闷，下半辈子，就更闷，除了专业，别无兴趣，可对我念佛这样的事情，他却很上心。他要我按中国人的方式念，按农历算初一、十五，那两天，我上供，念经，回向。我问，那我回向给谁啊？他说，你就按我带回来的佛经后面的《回向偈》照念，用中文。他从中国带回来一本佛经——《地藏经》——我看你也写到了。”

“我外婆常念，我听熟了。”对于时代和个人这样的说法，我不打算跟进。这都是不言自明的东西。

“那时候的日本时代格言，有一句叫作‘八纮一宇’。‘八纮’这词，还是来自中国的古籍《列子·汤问》。天皇借了来，说全世界要合成一个大民族，世界是一家。这话，听着不像坏话吧？所以啊，不要听人怎么说，要看他到底怎么做。”老太太果然是学者之家的老太太，“先说亚洲。当时的日本人被教育说，亚洲是亚洲人的亚洲，我们要把亚洲从欧洲的殖民统治下解放出来。这话，听着也没错吧。怎么帮呢？至少得人家邀请你去帮吧？不，日本人被教育说，日本民族是世界上最优秀的民族，我们就要去帮亚洲别的国家。这话，也很好听吧？结果，被这些好听的话教育着，日本军人在中国做了什么？在亚洲做了什么？我们普通的日本人在战后虽然饱尝了侵略所带来的战败后果，可有几个会深入拷问这场战争的内在起源呢？”

香织默默把我带来的那沓照片资料递了过去，面上那几张，是日据杭嘉湖地区的照片，有衣着光鲜的妇女，有神态安静的僧人。我跟着说：“其实，在这些平静的照片背后，是日军屠杀无辜的中国平民。还有，在宫崎县，那八纮一宇塔，它如今还矗立着吧？现在的日本人，又是怎样被教育的呢？”

她们在翻看重庆大空袭的照片，好像一边在思索“被教育”的话题。木村太太反问：“阿明君写这个小说，是不是暗含教育功能啊？”

我说：“我想没有。一直觉得，写小说的人，在人群中，是相对愚笨的，很多别人一目了然的东西，他们非得绕一个大圈才明白。不过，这一旦明白了，可能比众人的明白通透些，也持久些，因为，毕竟是自己跌跌撞撞得来的，不是谁把‘明白’像包裹一样交到手上的。”

“你说的是自我教育？像佛陀一样的修行，在某个时刻，开了法眼或是慧眼，这样的感觉，我倒也有哪。”奶奶一边说道，一边喝着杯中酒，“在悲伤的时刻，总想着不如喝一杯吧。现在就是。不管了，闭起眼睛是最舒适的状态。所以，很多人宁肯不要睁开眼，真的，看明白了，就很痛苦。”

香织把酒又满上了，我把照片也收起来了。何必呢，这只是家宴。我已经时不时把我爱的女人当作控诉的对象，现在是要把她的家人，也拉进来吗？奶奶闭着眼睛，香织给她身后塞了一个靠枕。8月京都的湿热，在酒意中，更浓了。我起身开了角落里的立式空调，把叶片转到向上的状态。

此行，我是来求婚的，可我真的做不出求的样子。真诚的恳求都不行吗？“请把您家女儿嫁给我”这样的话语，在今晚，恐怕也不合适讲。那么，留给明天吧。我走来走去，把南北向的窗都关了。冷气积聚，室温变得宜人。

不知怎么，我想到了波特中校。“里斯本丸”船沉前夕，在漆黑的船舱里，他用日语长夜呼救；白天来临，他奋力出舱，恳请日本士兵停止射击；最后，他永远留在东极的海底。这会儿，他的目光，穿越时光和海域，望向我们。

沉默了很久的香织突然开口道：“你们啊，你们在讨论的问题，在我们年轻人眼里——对不起，我在这里，最适合做年轻人的代表，我们都觉得啊，你们说的那是现代以前的事情了，而我们——这个我们也包括你们，现在是在后现代了。阿明君的小说，也是这样，到最后，他也只能以一个最朴素的‘人’的姿态，在一片不确定中呼喊，‘别忘记战争的各种苦难啊。’‘大家要记得啊，不要去蹚那条老路啊。’他就是呼喊罢了。如果把这部小说比作这座房子的话，他的呼喊，也就是在这严严实实的房子里，不是‘我说语言，而是语言说我’……”

她没把话说完，自己先咕噜咕噜喝了两口酒，就摇头不说了。

我们三个人作为年长者的代表，默默看着她。

“不如我们来讨论一下女人。第一部里的爱丽丝，她是约翰的笔友，为一个虚幻的纸上的男人，她等啊等一直等到战争结束还在等，还真等到了，最后一直陪他到终老。那个敏妮呢，她和卢瑞秋，一旦分别就难续前缘，她会等吗？她可能会，但一边等待，一边可能就跟另一个合适的人结婚了——我猜想她肯定会的。至于那个在楔子里不停出现的‘香织’，阿明君一会儿以为‘香织’会是爱丽丝，一会儿以为‘香织’会是敏妮，他始终没有写出是个怎么样的女人，对吧？你们看出来了吗？”

我们三个一起摇头，虽然摇头的含义不一。

“看出了这一点，我反倒放心了。不确定，才是目前最真实的。阿明还是把我当一个鲜活的女人在爱，而不是一种观念。那么，你们说，我该嫁给他吗？我已经看到他藏在包里的求婚钻戒了。”

“是吗？那钻戒好看吗？”木村太太问。

“是吗？那，阿明君，我们都会被写进小说吗？”

“好看的，妈妈。”香织看起来有点喝多了，“会的，奶奶。只是写进了小说的楔子部分。楔子嘛，就只要尽到楔子的本分就可以了。”

2022年3月30日